天地震撼

伊東潤

角川書店

目次

天地震撼

武田勢進軍ルート
主要地名図

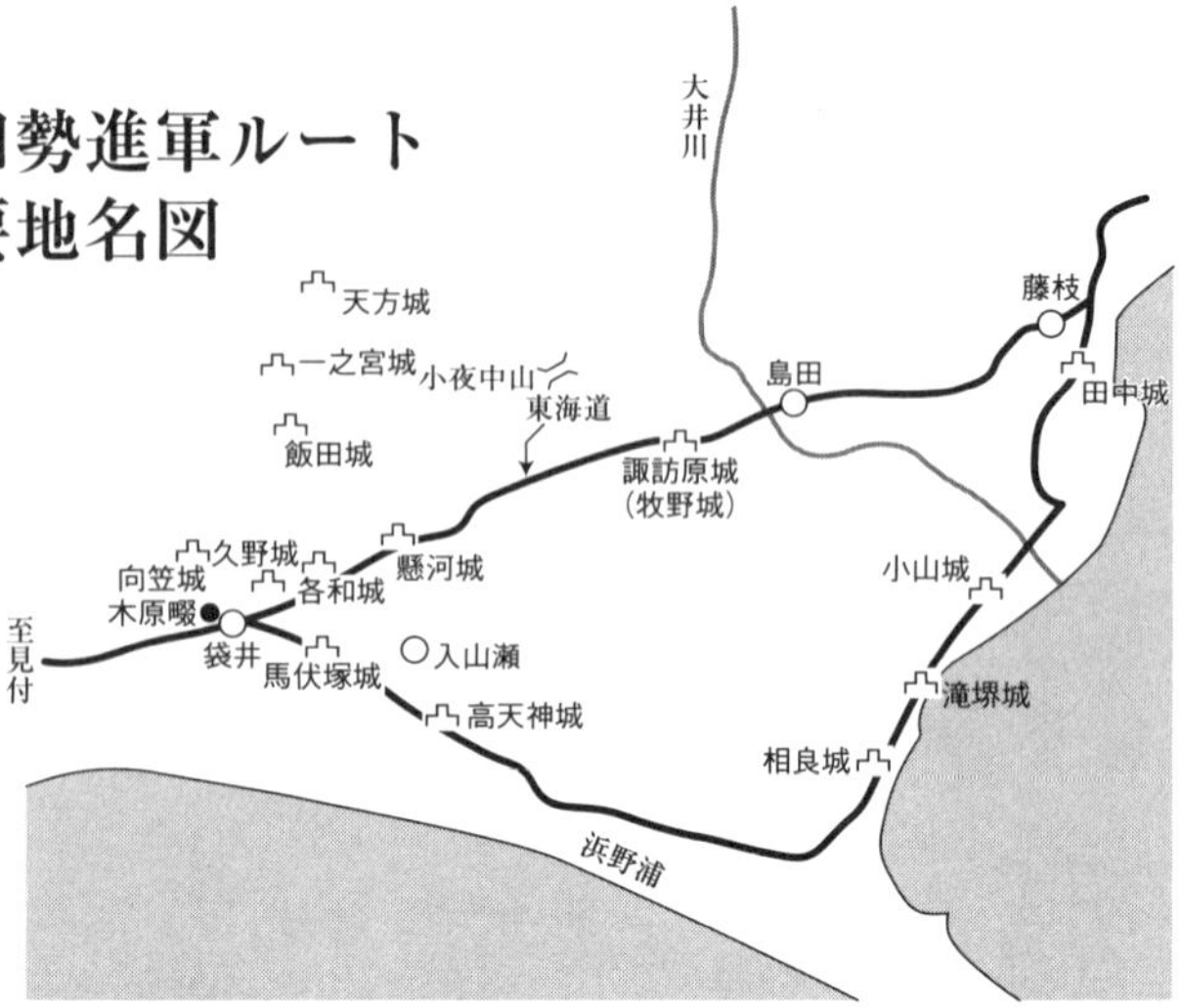

二俣城周辺
主要地名図

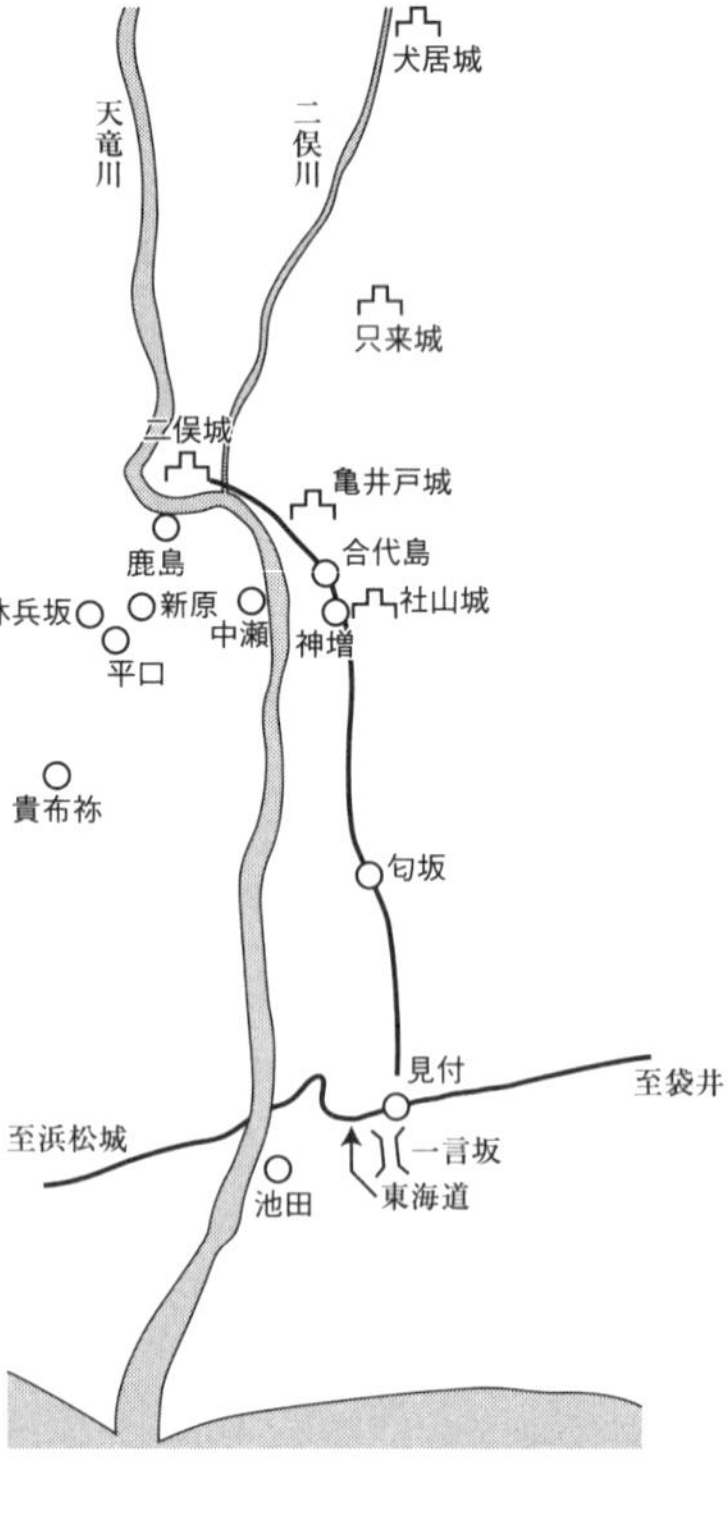

浜名湖周辺主要地名図

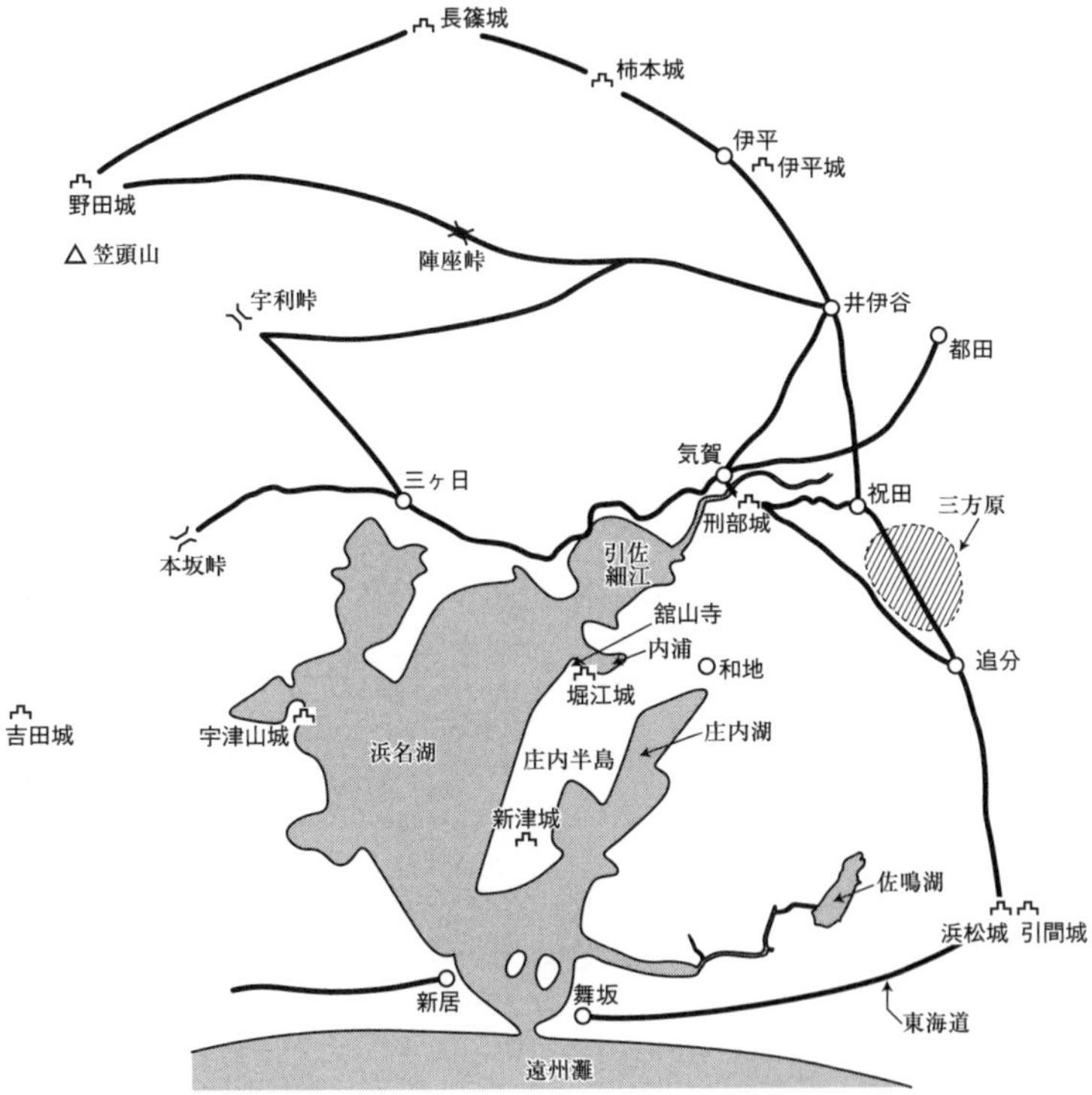

長篠城
柿本城
伊平
伊平城
野田城
笠頭山
陣座峠
宇利峠
井伊谷
都田
気賀
三ヶ日
祝田
刑部城
三方原
本坂峠
引佐細江
舘山寺
内浦
和地
堀江城
追分
吉田城
宇津山城
浜名湖
庄内湖
庄内半島
新津城
佐鳴湖
浜松城
引間城
新居
舞坂
東海道
遠州灘

三方原台地主要地名図

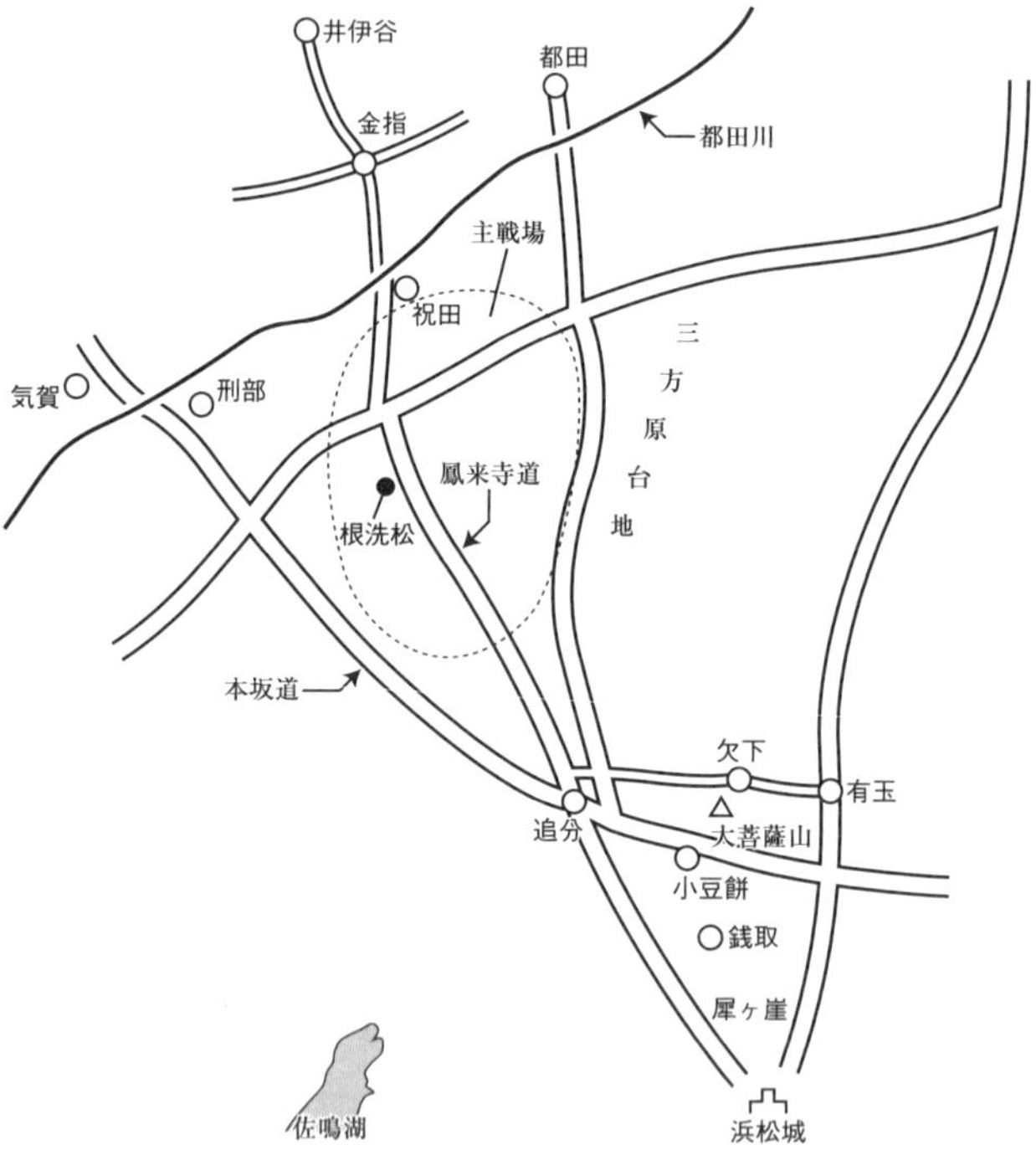
井伊谷
都田
金指
都田川
主戦場
祝田
三方原台地
気賀
刑部
鳳来寺道
根洗松
本坂道
欠下
有玉
追分
大菩薩山
小豆餅
銭取
犀ヶ崖
佐鳴湖
浜松城

天地震撼

第一章

軍神起つ

一

その日、信玄《しんげん》は起き上がるのも億劫《おつくう》なほどのけだるさを感じた。胃の辺りをさすると、以前からあったしこりが、少し大きくなったような気がする。ここのところ多忙にかまけて忘れていたが、しこりは、しっかりとそこに根を下ろしていた。

――膈《かく》の病いかもしれぬな。

膈とは胃癌や胃潰瘍《かいよう》、ないしは食道癌のことだ。

――この分だと、あとどれくらい生きられるか分からぬ。

最近は朝目覚めても快適なことはほとんどない。寝床から起き上がるのも辛《つら》くなり、乗馬や弓《きゆう》箭《せん》の稽古《けいこ》をしようという気も起きてこない。

――かようなことでは駄目だ。

しかし気力を奮い立たせようとしても、若い頃のようにはいかない。

――これも天意なのか。

群雄割拠の戦国の世も、守護大名から国人・土豪までもが入り乱れて覇を競った時代から、いくつかの領域勢力に統一される時代になってきていた。東国では武田《たけだ》、上杉《うえすぎ》、北条《ほうじょう》が、畿内《きない》では織田《おだ》信長《のぶなが》が、その勢力下に中小の領主たちを収め始めていた。そんな時に死病に冒されれば、たとえ九十万石と言われる武田領国でも、四囲から侵攻を受けて倒されるだろう。

——今川《いまがわ》家のようにな。

かつて駿河《するが》・遠江《とおとうみ》・三《み》河《かわ》三国に覇を唱えていた今川家は、桶狭間《おけはざま》の戦いで「海道一の弓取り」の名を馳《は》せた今川義元《よしもと》が不慮の討ち死にを遂げて以来、弱体化の一途をたどり、遂には滅亡した。

それを思うと焦りと不安が渦巻く。

——まだ病臥《びょうが》するわけにはまいらぬ。

気力を振り絞って上半身を起こすと、隣室にいた小姓が気づいたのか、衣擦《きぬず》れの音がした。

「三郎次郎《さぶろうじろう》か」

昨夜から今朝にかけての不寝番には、甘利《あまり》三郎次郎が就いていた。

「はっ、三郎次郎に候」

三郎次郎は、信玄股肱《ここう》の臣だった甘利虎泰《とらやす》の血を引いている。

「冷たい水を持ってこい」

「はっ」と答えるや、三郎次郎が屋敷内の井戸まで冷水を汲《く》みにいった。冷水が体によくないのは分かっているが、それでも冷たくないと飲む気がしない。

片膝《かたひざ》を立ててゆっくりと起き上がった信玄は、尿意を催したので厠《かわや》に向かった。

用を済ませた後、厠の窓から外を見ると、小鳥のさえずりと鶏の鳴く声が聞こえた。

——かつては朝が来てこうした声を聞くと、一日の始まりとして気が引き締まったものだ。

信玄が寝室の前に戻ってくると、広縁に控えた三郎次郎の脇に、小さな水甕《みずがめ》と柄杓《ひしゃく》が用意されていた。それを手ずから飲んだ信玄は、残った水を中庭に撒《ま》いた。それに驚いたのか、数羽の雀が一斉に飛び立った。

「三郎次郎よ、庭の紅葉が散り始めたな」

「はっ」と答えたまま、十三歳の甘利三郎次郎が畏《かしこ》まる。

「そなたに四季のことを語っても詮《せん》ないことだった」

「さようなことはありません。手習いで古歌や漢詩を習うようになりました」

「そうか。それはよきことだ。とくに漢詩には、唐土《もろこし》の男たちの雄渾《ゆうこん》な思いが込められている。武士としての心胆を練るためにも、漢詩を学ぶのはよい」

「しかと心得ました」

褒められたことがうれしかったらしく、三郎次郎が得意げに首肯する。

「それはそれとして、わしが言わんとしたのは、時の流れだ」

「時の流れと――」

「そうだ。そなたら若衆は、自らの人生《にんしょう》が永劫《えいごう》に続くと思っている」

「人生ですか」

人生という言葉は、平安《へいあん》時代に成立したある漢詩集が初出になる。

「そうだ。そなたら若者は、時に限りがあることを知らない。明日も明後日も、一年後も五年後も十年後も、今日のような日が続くと思うておる」

「は、はい」

三郎次郎にも言いたいことはあるのだろう。だが反論しなかったということは、多分に的を射ていたからに違いない。

「だが人には、天から与えられた時がある。それが長い者もおれば、短い者もおる。全体をならせば、おおよそ五十年の時を、人は天から与えられている」

この時代の平均寿命は三十代だが、新生児・幼児死亡率が高いので、中央値は五十年となる。

「私は、もう十三年も使ってしまったのですね」

「そういうことになる。だが童子の頃は仕方がない。そなたの場合、これからどう過ごすかが大切だ。そなたは元服までの二年から三年の間に何を成したい」

「はい、今読んでいる『武経七書《ぶけいしちしょ》』を読破することを目指しています」

「武経七書」とは中国における代表的兵法書のことで、『孫子《そんし》』『呉子《ごし》』『尉繚子《うつりようし》』『六韜《りくとう》』『三略《さんりやく》』『司馬法《しばほう》』『李衛公問対《りえいこうもんたい》』から成る。信玄も幼少の頃から、これらの書物に親しんできた。

え武田家中では、子弟に読ませることが奨励されていた。

「それはよきことだ。兵を率いるには、それらの漢籍に精通していなければならぬ」

「はっ、心得ました」

「だが、時は待ってくれぬぞ」

その一言は信玄自身に向けられていた。

「人には四季がある。一人前の男になるための支度をする春、自らの培ってきた才覚を駆使して出頭を目指す夏、それまで積み上げてきたものを伝えていく秋、そして朽ち果てるのを待つ冬だ」

「冬は朽ち果てるのを待つだけですか」

「ああ、大半の者の生涯は秋で終わる。だがな――」

信玄は一拍置くと続けた。

「人より長い生を天から与えられた者は、天意に従い、冬だと分かっていても働かねばならぬ」

「それは辛いですね」

「辛かろうと、天意に従わぬ者は罰せられる」

「そういうものですか」

三郎次郎がうなずいた時、近習《きんじゅ》の武藤喜兵衛《むとうきへえ》に導かれて長廊をやってくる者がいた。

――源四郎《げんしろう》か。

源四郎こと山県昌景《やまがたまさかげ》は享禄《きょうろく》二年（一五二九）生まれなので、この年、すなわち元亀《げんき》三年（一五七二）、四十四歳になる。五十二歳の信玄の八歳年下だ。官途名は三郎兵衛尉《さぶろうひょうえのじょう》だが、信玄をはじめ重臣たちは、親しみを込めて源四郎という仮名《けみょう》で呼んでいた。

昌景は信玄の股肱の臣だった飯富虎昌《おぶとらまさ》の甥《おい》にあたり（弟説もあり）、主に軍事と外交に活躍していた。極端に背が低く、「口荒み《くちすさ》（口唇裂）」という障害を持ちながら、誰よりも勇猛果敢かつ有能で、信玄に欠かせない重臣となっていた。当初使番を務めていた昌景だったが、上田原《うえだはら》の戦いで信玄が板垣信方《いたがきのぶかた》と甘利虎泰という二人の重臣を失うと、百五十騎を与えられて侍大将に格上げされた。それからの活躍には目を見張るものがあり、信玄をして「源四郎の赴くところ敵なし」と言わしめるほどだった（『甲陽軍鑑《こうようぐんかん》』）。

昌景と喜兵衛の二人が長廊に拝跪《はいき》する。

「山県様をお連れしました」

「苦労」と信玄が喜兵衛に言うと、昌景が顔を上げた。

「源四郎、罷《まか》り越しました」

――相変わらず醜男《ぶおとこ》よの。

だが信玄は、その醜い顔の中にある男としての美しさを認めていた。

「話があるから呼んだ」

「いずこでお話しになりますか」

「不動堂《ふどう》で共に護摩を焚《た》こう」

武田家の本拠の躑躅ヶ崎館《つつじがさきやかた》には、毘沙門《びしゃもん》堂、不動堂、飯綱《いづな》堂という独立した三つの堂があり、信玄は祈願する内容やそれぞれの神の吉日によって、どこで護摩を焚くか決めていた。

喜兵衛が如才なく言う。

「では、支度をしておきます。しばしお待ちを」

今年二十六歳になる武藤喜兵衛は、奥小姓をやらせていた頃から誰よりも機転が利くので重宝していた。この喜兵衛が後の真田昌幸《さなだまさゆき》になる。

信玄と昌景の二人が不動堂に入ると、すでに護摩の支度ができていた。

護摩は真言《しんごん》密教の修法《ずほう》の一つで、何かを祈願することもあるが、心を整える意味でも焚く。

壇上の不動明王《みょうおう》像に一礼した信玄が火のついた炉に護摩木を置くと、隣の昌景もそれに倣った。

「オン・バサラ・ソワカ、ノウマク・サンマンダラザラバン――」

(激しい怒りを表す不動明王よ、わが迷いを打ち砕き給え。わが障りとなるものを取り除き給え。諸願を成就せしめ給え――)

信玄が印を結んで真言を唱え始めると、昌景もそれに和した。二人の低い声が堂内に満ちていく。信玄は、自ら唱える真言の中に次第に没入していった。

信玄の見つめる炎の中に、不動明王が形を成し始める。炎は明王へ、さらに明王は信玄本人へと変化《へんげ》していく。

——明王よ、わが命を長らえさせ給え。

信玄は信仰を重んじ、自らを不動明王と重ね合わせてきた。それが将兵を死の恐怖から解放し、武田勢は無敵の軍団となったが、将兵が信玄を尊崇し、神格化すればするほど、次代を担う者にとって重圧になるのは明らかだった。

——わしは次代を考えず、自らを神格化してきた。そのつけを、わが跡を継ぐ者は払わされることになる。

だが今の信玄にとって、それは些末《さまつ》なことだった。

不動明王への祈願が終わり、信玄と昌景の二人は炉を挟んで向き合った。

ちなみにこの不動明王像は、後に武田不動尊として武田氏の菩提寺《ぼだいじ》の恵林寺《えりんじ》に祀《まつ》られ、甲斐《かい》の民から篤《あつ》い信仰を受けることになる。この像は一説に信玄の顔を模したとされる。

「どうだ、源四郎、心は澄み切ったか」

「はい。遠州灘《えんしゅうなだ》のように静まっております」

その戯《ざ》れ言《ごと》に信玄の口元もほころぶ。

遠州灘は荒ぶる海として知られ、四季を通じて静まったことがない。すなわち、これからの話題が遠江国のことになると、昌景は見越しているのだ。

——さすが源四郎だ。わが分身よ。

信玄にとって、昌景は自らの代わりができる唯一の人物だった。

「では、本題に入ろう」

「御意のままに」

「絵図は要らぬな」

「はい。駿河・遠江・三河三国から美濃《みの》・尾張《おわり》二国に関しては、間道から小砦《しょうさい》、宿町の傾城屋《けいせいや》まで頭に入っております」

傾城屋とは、江戸《えど》時代の遊女屋や女郎屋に相当する。

「ははは、さすがわが耳目の源四郎よ。この世に知らぬことはないな」

「御屋形様には敵《かな》いません」

二人はひとしきり笑うと真顔になった。

「さて、源四郎、いよいよ龍の目に墨を入れるべき時が来た」

「画龍点睛《がりょうてんせい》、と」

「そうだ。わが人生の仕上げの時という謂《いい》だ」

「はっ、ははあ」

昌景が雷に打たれたように平伏した。

二

――この地に城を築いてよかった。

浜松《はままつ》城の天守から眼下に広がる遠州灘を眺めつつ、家康《いえやす》は自らの決断が間違っていなかったことを確信した。

――この城が攻められることはあるのか。

戦国大名たる者、常にそのことを念頭に置かねばならない。

家康は三河・遠江二国五十五万石余の領主に成長していたが、敵対する武田信玄は、甲斐・信濃《しなの》・駿河など九十万石余という広大な領国を有する。しかもその軍団は精強で、まともに戦って勝てる相手ではない。しかし家康には、織田信長という頼もしい後ろ盾が付いている。

——だが、これほどあてにならぬ後ろ盾はおらぬ。

家康にとって信長は、対等の同盟相手というより寄親だった。しかもこの寄親は冷酷で利己主義なため、寄子を切り捨てることもあり得る。だが家康が滅ぼされれば、信玄の矢面に立つのは信長になるのだ。

——その点では、わしが信長殿の生殺与奪権を握っている。

家康はほくそ笑んだ。

永禄十三年（一五七〇）二月、初めての上洛《じょうらく》を果たした家康は、信長と共に足利義昭《あしかがよしあき》の御所となる二条城《にじょう》の落成式に参加し、その足で信長の越前《えちぜん》遠征に加わった。だが、この戦いは浅井長政《あざいながまさ》の離反によって失敗に終わり、家康はほうほうの体で本拠の岡崎《おかざき》に帰ってきた。当初は先に逃げた信長の生死さえ定かでなかったが、すぐに健在が知らされ、ほっと胸を撫《な》で下ろしたという経緯がある。

だが信長に容赦はない。「軍勢を率いてすぐに参れ」という要請を受けた家康は、六月に岡崎を発して信長に合流し、浅井長政の小谷《おだに》城攻めに参陣した。

浅井氏と同盟している越前朝倉《あさくら》氏も出馬してきたので、双方は姉川《あね》を挟んで激突し、織田・徳川連合軍が浅井・朝倉連合軍を打ち破った。世に名高い姉川の戦いである。

六月、岡崎に帰還した家康は本拠の移転を始める。というのも信玄との関係が悪化し、自らの領国である三河・遠江両国を守るには、本拠が岡崎では西に偏っているからだ。

当初、家康は遠江国の国府があった見付《みつけ》に城を築こうとしたが、見付だと天竜川《てんりゆう》の東になり、攻められた時に背水の陣となる。そのため東海道《とうかいどう》、本坂道《ほんさかみち》（姫《ひめ》街道）、鳳来寺道《ほうらいじ》（金指《かなざし》街道）、秋葉《あきは》街道といった諸街道の結節点にあたる引間《ひくま》の地を浜松と改名し、そこに城を築くことにした。浜松は街道が四通八達している上、西に広がる浜名湖《はまな》を利用すれば、岡崎からの兵站線《へいたん》も確保できるからだ。

さらに引間には大きな長所があった。遠江国の国府だった見付が政治の中心なら、引間は経済の中心だった。つまり引馬には商人町が形成されており、諸国の名産品の集積地となっていた。

元亀三年九月、家康の許《もと》に上杉謙信《けんしん》の使者がやってきた。使者は山崎秀仙《やまざきしゆうせん》という儒者だ。常陸国《ひたちのくに》出身の秀仙は、儒者として佐竹義重《さたけよししげ》に仕えていたが、北条氏に圧迫される義重に見切りをつけ、謙信の許に転がり込んだ。謙信は秀仙の学識を高く評価し、重用していた。

この時、秀仙は京にいる信長に使いをしての帰途で、その報告から話は始まった。

同席するのは重臣の一人・酒井忠次《さかいただつぐ》である。

「此度《こたび》、わが主《あるじ》は織田殿の真意を確かめるよう、長景連《ちようかげつら》殿と拙者を京に派遣しました。その首尾は上々で、織田殿が信玄坊主との同盟を破棄する旨、血判起請文にて承りました」

謙信が信長を疑い、同盟の確認のために使者を送ったことが、これで分かった。

「そうか。これで信玄坊主も身動きがとれまい」

「それならよいのですが、かの御仁は、何を考えているか分からぬところがあります」

――それは、そなたの主人だろう。

家康は内心苦笑した。信玄は基本的に常識人なので、突飛なことはやらない。だが謙信は、何をしでかすか分からないところがある。

「信玄が兵を動かす予兆でもあるのか」

「はい。先般、将軍家の御諚《ごじょう》（命令）により織田殿が仲介して進めていた当家と武田家の矢留（停戦）ですが、成立寸前に破談となりました」

「ああ、聞いている。何でも信玄坊主が難癖をつけてきたというではないか」

「そうなのです。当家は矢留に同意し、武田殿も異存はないと思っていたところ、突然『朝倉殿（義景）が仲裁するなら矢留に応じるが、織田殿では同意できない』などと申し、断ってきたのです」

「仲介は誰でもよいはずなのに、不可解だな」

「こうした難癖をつけるということは、大規模な侵攻を考えているのでは」

「信玄が今、兵を動かすとしたら、飛驒国《ひだのくに》の統治を確かなものにするためではないのか」

信玄はこの五月、信濃国福島《しなののくにふくしま》城主の木曾義昌《きそよしまさ》、美濃国岩村《いわむら》城主の遠山景任《とおやまかげとう》、同苗木《なえぎ》城主の遠山直廉《なおかど》を飛驒に派遣し、飛驒の国人一揆《いっき》と戦闘に及んだ。激戦の末、遠山兄弟は負傷し、その時の傷が元で、それぞれ年内に死去することになる（病没説もあり）。だが戦いには勝利し、飛驒国衆の多くが信玄に帰順した。

「飛驒ごときのために、大軍を動かすでしょうか」

飛驒国はほぼすべてが山岳地帯で、耕地はさほどない。そのため一国で三万八千石の石高しかない。信玄が飛驒国まで侵攻するとなると、最低でも一万の軍勢を率いることになり、その経費は莫大《ばくだい》なものになる。すなわち経済的には見合わない出兵になる。

「では、川中島《かわなかじま》に兵を出し、そなたの主人と雌雄を決するのではないか」

「以前のように、信玄がわれらだけを見据えていた頃と違い、今は織田殿がおられます。わが主と戦うことになれば、武田方も相応の痛手をこうむります。さすれば徳川殿単独でも――」

秀仙が口をつぐむ。だが家康には、その後に続けようとした言葉の推察はついていた。

――「武田家を滅ぼせるかもしれませんぞ」と言いたいのだろう。まあよい。わしはその程度のものだ。

家康は常に己を過小評価するよう努めていた。

「では、信玄はどこを攻めるというのか」

「徳川領です」

「何と――、飛騨でも越後でもなく、わが領国だと言うのか」

家康は唖然《あぜん》とした。

武田・織田・徳川三家の同盟の歴史には、複雑な経緯があった。

永禄《えいろく》八年（一五六五）、信玄は信長との間で同盟を結び、さらにその三年後の永禄十一年（一五六八）、信長の仲介で家康とも同盟を締結した。それ以前、信長と家康の間では清須《きよす》同盟が結ばれていたので、この時点で三者は同盟関係にあった。

翌永禄十二年（一五六九）、信長と足利義昭の仲介により、信玄は謙信との間で「甲越和与《こうえつ》」を実現し、謙信の脅威をも取り除いた。

一方、こうした水面下の動きを知らない相模国《さがみのくに》の北条氏政《うじまさ》は、謙信との間で越相《えつそう》同盟を締結していたが、信玄の侵攻に際し、その履行を求めても謙信が動かないので不審に思っていた。謙信からは武蔵国《むさしのくに》の分割条件が実現できていないためと告げられたが、緊急時なので先に動いてくれないと困る。そうこうしているうちに信玄に北条領国を席巻《せっけん》され、小田原《おだわら》城まで攻め込まれた。

結局、北条領は焦土と化し、領民たちは餓死寸前まで追い込まれた。これに音を上げた氏政は謙信を見限り、信玄と再同盟する。

氏政の要請を受け容《い》れ、北条氏との関係を旧に復した信玄に怒った謙信は、信玄に「甲越和与」の破棄を通告した。そして信長への書状で信玄を口汚く罵《ののし》り、信長と家康と共に「打倒信玄」に邁進《まいしん》したい旨を明らかにした。

こうした経緯から、家康としては、信玄が兵を動かすとしたら飛驒国の統治を確実なものにするか、謙信と無二の一戦を行うかのいずれかだと思っていた。

秀仙が気の毒そうな顔で言う。

「信玄坊主は、徳川殿の領国に攻め寄せると、わが主は見ております」

「どうしてうちなのだ。さっぱり分からぬ」

「殿」と酒井忠次が口を挟む。

「山崎殿の仰せのことは、上杉殿の憶測にすぎませせぬ」

秀仙が色をなす。

「憶測とは遺憾ですな」

「昨今の情勢を鑑《かんが》みれば、信玄が冷静なら飛驒に出馬し、去就定かでない国衆を鎮撫《ちんぶ》ないしは平定するでしょう。また怒りを抑えられないなら、その矛先は越後に向くのではないでしょうか」

「そうだ。それが妥当な見方だ」

忠次の自信に満ちた言葉に、家康は安堵《あんど》した。

「わが主は――」

秀仙がため息交じりに言う。

「『人の命には限りがある』と申しておりました」

「あっ」と言って家康と忠次は顔を見合わせた。

家康は慌てて問うた。

「信玄は病いなのか」

「そこまでは定かではありませんが、軒猿《のきざる》が申すには、これまでの日課が変わりつつあるとか」

軒猿とは上杉家の忍のことだ。

家康は焦りをあらわに問うた。

「具体的には、どのように変わったのだ」

秀仙が咳払《せきばら》いをしてから言った。

「まず、毎朝の勤行《ごんぎょう》を休むことが多くなったようです」

忠次が不審げに問う。

「その軒猿とやらは、どこにひそませておるのか」

「それは申せませんが、躑躅ヶ崎館ともなれば、端女《はしため》や釜《かま》焚きの爺《じい》まで含めると三百人ほどが働いております」

躑躅ヶ崎館のどこかに、謙信は軒猿をひそませているのだろう。

家康は話を戻した。

「日課の勤行を休むことのほかに、何か病いの兆しはあるのか」

「これまでとは違い、公の場に姿を見せることが減ったとか。また姿を見せても顔色が青黒く、生気がないとも聞きました」

忠次が首をかしげる。

「気のせいではないか」

「それだけではありません。軒猿には、城下で薦《こも》かぶり（貧民）をさせている者もおります」

「その薦かぶりが何と言ってきた」

「館の外に住む医家や薬師が、躑躅ヶ崎館に入る回数が増えたと申しておりました」

「うーむ」と言って家康は脇息《きょうそく》を抱えた。不安に襲われた時、家康は脇息を抱える癖がある。何かに頼りたいという心理が、そういう形で出てしまうのかもしれない。

忠次が冷静な声音で問う。

「もし病いが真《まこと》なら、養生に努めるのではありませぬか」

秀仙が首を左右に振る。

「ただの人なら、そうするでしょう。しかし信玄は、ただの人ではありません」

それを家康ほど知る者はいない。

「尤《もっと》もなことだ。かの男の心中は、かの男でないと分からぬ」

忠次が眉間《みけん》に皺《しわ》を寄せる。

「つまり、信玄は自らの寿命を覚《さと》り、病いを押して徳川領国に攻め込むという見立てですな」

「長年にわたって信玄と戦ってきたわが主の見立てでは、そうなります」

家康は、謙信の情報分析力と人間洞察力には一目置いてきた。謙信は越相同盟が破綻《はたん》する前に北条氏が己に疑いの目を向けてきたことを察知し、同盟を維持するつもりがあるのかどうか、氏政の父の氏康《うじやす》に確認を取っている。氏康はむろん肯定したが、その死去後、跡を継いだ氏政は謙信に「手切れの一札」を出して越相同盟を破棄し、甲相《こうそう》同盟に乗り換えた。今回は「甲越和与」

の存在を氏政に見破られたことになるが、氏政が見破ったことは謙信も察知していた。

——謙信の見立てとやらが当たるかどうか。

信玄の病いが重篤なら養生するだろう。少なくとも、飛騨国を完全な支配下に置くことを優先する。それが戦国大名としての務めだからだ。しかし体を動かせる程度の病いなら、西進策を取ることも考えられる。

——よほどのことがない限り、東海道を西進してくることはあるまいが、用心するに越したことはない。

家康は楽観的に考えないよう己を戒めた。

秀仙が秘事を告げるような顔で言う。

「わが主の見立てを信じようと信じまいと、徳川殿次第。しかし織田殿にも、このことは伝えておきました」

「で、織田殿は何と——」

「ただ一言、『あい分かった。このことを三河殿にも伝えてくれ』と」

それで秀仙が浜松を訪れた理由が分かった。

——織田殿は、十分にあり得る話だと思っておるのだ。

秀仙が威儀を正す。

「いずれにせよ、備えは怠りなきよう。もしも見立てが正しかった時は、わが主もせせり（牽《けん》制《せい》）の兵を信濃に出すとのこと」

「かたじけない」

「では、これにて」

秀仙が家康の前を辞していった。その足音が去ってから、家康は忠次に問うた。

「どう思う」

「あり得ない話ではありませぬな」

「回りくどい言い方をするな。そなたの見立てはどうだ」

「わが手の者、つまり草からは何も言ってきておりません。尤も、越後方より武田家に深く入り込めていませんが」

草とは軒猿や透破《すっぱ》と同じく忍のことだ。

「そなたの見立てを聞いておる」

「五分五分かと」

さすがの忠次にも、信玄の心の内までは読めないのだろう。

「分かった。国境《くにざかい》に監視の兵を増やしておけ。それから修験や商人《あきゅうど》に化けた草を、駿河と信濃に向かわせろ」

「承知 仕《つかまつ》りました」

忠次が足早に去っていった。

――信玄は何を考えておるのか。

信玄が西進策を取るとなると、家康はもとより、信長をも刺激することになる。そんな一か八かの戦いを信玄が挑むとは思えない。

――だが、待てよ。

信玄は自らを神格化してきた。それが行き過ぎて家臣たちは神仏を拝するが如く、信玄に接するようになったと聞く。そのため後継者が苦労すると、家康は思っていた。

――後継者は諏訪四郎《すわしろう》か。

長男の義信《よしのぶ》は信玄と不和になって切腹（病死説もあり）、次男の海野信親《うんののぶちか》は幼い頃に疱瘡《ほうそう》で失明、三男の信之《のぶゆき》は夭折《ようせつ》していたため、信玄が側室に産ませた四郎勝頼《かつより》が後継者と目されていた。

――だが四郎では、家臣団がついてこないだろう。

諏訪氏に養子入りさせられた上、これまで信玄に家臣扱いされてきた勝頼が、信玄股肱の老臣たちを従わせるのは至難の業だ。

――信玄はここで賭《か》けに出ない限り、次代で守勢に回ることになる。

勝頼が一時的に守勢に回るのは致し方ない。代替わりとはそういうものだ。だがその前に、信玄ができる限り領国を広げておけば武田家は安泰となる。

――そうか。時間との戦いは、もう一つあったな。

姉川の戦いで織田・徳川連合が勝利してから、本願寺《ほんがんじ》と浅井・朝倉連合は劣勢に立たされていた。もしも信長が彼らを滅亡に追い込めば、信玄でも敵わないほどの勢力を、信長は築き上げることになる。信玄としては、その前に信長を叩《たた》きたいはずだ。

信玄の心の内を洞察しようと、家康は己の考えに沈んでいった。

三

護摩が終わった後の不動堂には、神聖な空気が漂っていた。

――やはり護摩はよい。

護摩のおかげで精神が統一され、不快な気分も一掃できた。それが一時的なのは分かっているが、胃の痛みが忘れられるのは何よりもありがたい。

だが護摩が終わっても、山県昌景の顔は緊張で強張《こわば》っていた。

「さように気を張るな」

信玄が微笑むと、昌景の裂けた口辺にも笑みが浮かんだ。

「これはご無礼を。別のことを考えておりました」

「さては戦のことだな」

「しかり。様々な算段をめぐらせておりましたが、御屋形様が出馬すれば、徳川や織田など物の数ではありません」

「そのつもりでおるが、戦は何があるか分からぬ。とくに長い遠征には、不測の事態が付き物だ。それゆえ入念に策を立てねばならぬ」

「その前に、大義はいかがなさるおつもりか」

長期の出征となると、内外に掲げる大義が重要になる。内には家臣、国衆、領民に多大な負担を強いることになるので、出征の必要性を納得させ、出征の見返りを用意する必要がある。

また大義は、将兵にやる気を起こさせる起爆剤にもなる。誰でも自らに正義があると信じることで、命を捨てる覚悟ができるからだ。

外に向けても大義は大切だ。自らの言い分を主張し、そこに理があることを朝廷と幕府に納得してもらわねばならない。いかに形の上とはいえ、朝廷と幕府をないがしろにすると、自軍が不利になった時など、和睦《わぼく》の仲介に入ってもらえないからだ。

「そなたの申す通り、大義は大切だ。将軍家は信長に握られている。朝廷も同様だ。彼奴《きやつ》らに納得してもらうのは容易なことではない」

「仰せの通り。朝廷と将軍家に支持してもらえる大義が必要ですな」

「信濃に侵攻している頃は、さようなものは不要だった」

「それは鄙《ひな》の戦だったからでござろうのこと」

「いかにもな」

信玄は過去に思いを馳せた。

天文《てんぶん》十年（一五四一）、名実共に武田家の当主となった信玄（当時は晴信《はるのぶ》）は、高遠頼継《たかとおよりつぐ》と組んで諏訪頼重《よりしげ》を滅ぼし、天文十一年には小県《ちいさがた》郡の大井貞隆《おおいさだたか》を没落させ、翌天文十一年、信濃侵攻を本格化させる。

天文十四年、伊那《いな》郡の高遠頼継や藤沢頼親《ふじさわよりちか》を滅ぼして伊那谷《いなだに》の北部を制圧し、天文十六年には佐久《さく》郡の小田井原《おたいはら》まで進出してきた関東《かんとう》管領・山内《やまのうち》上杉憲政《のりまさ》が派遣した関東勢を破り、後詰を待っていた同郡志賀《しが》城の笠原清繁《かさはらきよしげ》を滅ぼした。

翌天文十七年、上田原合戦で埴科《はにしな》郡の葛尾《かつらお》城主の村上義清《むらかみよしきよ》と戦い、一敗地にまみれた信玄だったが、同年の塩尻峠《しおじりとうげ》合戦で小笠原長時《おがさわらながとき》を破って退勢を挽回《ばんかい》すると、天文二十一年、小笠原長時を村上義清の許に追い、翌天文二十二年四月には、義清を葛尾城から落去させた。義清は八月まで小県郡の塩田《しおだ》城で抵抗したものの、ほどなくして越後に逃れた。

一方、義清ら北信濃国衆の救援要請に応《こた》えた上杉謙信（当時は長尾景虎《ながおかげとら》）は、同年九月、更級《さらしな》郡の川中島まで進出し、第一次川中島合戦が勃発《ぼっぱつ》する。この戦いは、信玄が決戦を避けたこともあり、謙信は撤退を余儀なくされた。

天文二十三年、信濃国から越後制覇を目指す信玄と、関東全域の領有を目指す北条氏康の間に対立はなくなり、さらに西進策を取っていた今川義元も交え、三国同盟が締結される。甲相駿三《こうそうすん》国同盟である。

しかし永禄三年（一五六〇）五月、桶狭間の戦いで義元を失った今川家が衰勢に陥り、甲相駿三国同盟にも陰りが見られ始めた。

信玄は、謙信と第二次、第三次、第四次と川中島を舞台に対峙《たいじ》や激戦を展開し、川中島の領有を成し遂げるが、それ以上は北進できず、さらなる領地を得るためには、矛先を変えざるを得なくなる。

この頃、信長は足利義昭を奉じて上洛を果たすべく、積極的な外交策に打って出ていた。まず永禄七年（一五六四）、謙信と同盟を締結し、翌永禄八年には信玄と同盟を締結した。だが信長にとっての懸案は、自らが尾張・美濃両国を空けた隙に、今川氏真《うじざね》が侵攻してくることだった。そのため家康に、信玄との同盟締結ないしは軍事協力を取り付けるよう要請した。

これを了承した家康は、永禄十一年（一五六八）二月頃から密約交渉を始め、七月頃に双方は合意に達した。これにより信玄と家康が協力し、今川領に侵攻することになった。

「あの時、御屋形様は家康と密約を結びましたな」

「ああ、彼《か》の者と今川領を分け合う密約を結んだ」

「当方は駿河を、そして家康は遠江一国を分かち合うという条件でした」

「だが同盟の条文は、『遠江を河切に取り給え』とした」

駿遠《すんえん》両国は大井《おおい》川を国境にしていた。

「そうでした。どこの川とは明記しなかったものの、誰が考えても、駿遠二国の境目を流れる大井川だと思いますね」

「それを後で、『あの条文は天竜川のつもりだった』として遠江に兵を入れたのだからな。家康ならずとも怒るのは当たり前だ」

二人が声を上げて笑う。

信玄と家康が密約を結んだことに対抗するかのように、同年四月、今川氏真は上杉謙信との間で駿越《すんえつ》同盟を締結、信玄が駿河国に侵攻してきた場合、謙信が北信濃に攻め込むという約束を取り交わした。

そして同年十二月、信玄は駿河国に侵攻した。越後国が雪で閉ざされ、謙信が動けない時期を選んでの出陣だった。瞬く間に駿河国は席巻され、氏真は遠江国の懸河《かけがわ》城に逃れた。ところが、こちらもすぐに徳川勢に囲まれる。

一方、信玄は家康のこれ以上の東進を防ぐため、秋山虎繁《あきやまとらしげ》を遠江国の北辺部から見付まで進出させた。密約を破られた家康は怒り、懸河城に籠《こ》もる氏真と講和し、反武田の旗幟《きし》を鮮明にした。信玄の今川領侵攻に激怒したのは、北条氏康・氏政父子も同じだった。北条氏にとって今川氏は婚姻関係などを通じて親しい間柄の上、甲相駿三国同盟を前提にした外交・軍事戦略を立てていたからだ。

徳川・今川両家が講和する少し前の永禄十二年二月、氏政は駿河国に攻め入り、四月には信玄を撤退させた。続いて五月、北条氏は家康との間に矢留を結び、懸河城にいた氏真を蒲原《かんばら》城に引き取り、駿府《すんぷ》館に今川勢を入れた。さらに六月には、長年の仇敵《きゅうてき》の上杉謙信との間に越相同盟を締結する。

こうしたことにより、信玄は北条・上杉両氏を同時に敵に回すことになった。しかも家康との密約を破って遠江国に兵を入れたため、家康とも敵対してしまう。信玄は西に徳川、東に北条、北に上杉という形で周囲を敵に囲まれてしまったのだ。

「それでも御屋形様は屈しませんでした」

「ああ、無為無策で孤立するだけでは、今川家の二の舞だ」

「仰せの通り。こうした苦境を脱するには、どこか一つを痛めつけ、われらに敵対することに利がないと覚らせるしかありません」

「そうだ。越後の痴《し》れ者（謙信）は手強く、家康は弱小だが、背後には信長がいる。彼奴らと戦うとなると厄介なことになる。だが北条は、氏康から氏政への代替わりの時期に来ており、一時的に弱体化していた」

「そうでした。そこで御屋形様は、北条の侵攻に参っていた東方衆一統勢力を味方に引き入れ、北条方に攻撃を仕掛けるようにしました」

信玄は北関東の佐竹義重・宇都宮国綱《うつのみやくにつな》・結城晴朝《ゆうきはるとも》・小山秀綱《おやまひでつな》ら北関東の国人勢力、いわゆる東方衆一統勢力と誼《よしみ》を通じ、北条氏を挟撃する約束を取り付けてから、北条領への侵攻を開始した。

九月、北条領の武蔵国に乱入した信玄は、鉢形《はちがた》・滝山《たきやま》両城を攻撃し、落城寸前まで追い込むと、周辺地域を焼き払いつつ小田原まで進軍した。しかし北条方が決戦を回避し、籠城《ろうじょう》戦に徹したため撤退する。

その帰途、甲斐への帰路にあたる三増《みませ》峠に陣取る北条氏照《うじてる》・氏邦《うじくに》兄弟を破って北条氏を痛めつけると、十一月には駿河国の再制圧を目指して南下を開始した。

氏康は謙信に信玄への牽制を要請するが、謙信は越相同盟締結時に約束した条件（領土割譲）を、北条氏が履行しないことを理由に腰を上げない。

しかしその裏には、信玄の巧妙な外交策があった。越相同盟の情報を摑《つか》んだ信玄は、信長を通じて将軍義昭に謙信との和睦を斡旋《あっせん》するよう依頼していた。そこで信長の合意を得た義昭は永禄十二年二月、謙信に「甲越和与」を命じる御内書を出し、七月末頃までに「甲越和与」は成立した。これを知らぬは北条氏だけだった。

十二月、北条方の駿河国における前線拠点の蒲原城を落とした信玄は、翌元亀元年（一五七〇）には、いったん失った駿河国の大半を回復した。

元亀二年（一五七一）一月に入ると、信玄は駿河国東端に近い深沢《ふかざわ》城を攻略し、韮山《にらやま》城を囲むなどして北条氏を威嚇する。

「そして御屋形様は、遂に氏政に音を上げさせました」

「ああ、十分に締め上げたからな」

九月には上野国《こうずけのくに》から武蔵国に侵攻し、再び北条氏を牽制した信玄は、十月に氏康が死去したことを機に、氏政から持ち掛けられた再同盟の要請に応じる。この結果、北条氏は駿河一国と利根《とね》川以西の上野一国を武田領と認めた。

孤立していたにもかかわらず、信玄は北条氏に音を上げさせることで、自らの包囲網を瓦解《がかい》させたのだ。

「さすが御屋形様。これで氏政は二度と逆らえませぬ」

「その通りだ。元々わしは氏政の岳父でもあり、氏政もわしに親近感を抱いていた。それが功を奏したというわけだ」

氏政の正室の黄梅院《おうばいいん》は信玄の娘にあたる。

「これで地固めは終わりましたな」

「そうだ。後は西に向かうだけだ」

昌景の顔色が変わる。

「ということは、上洛戦を行うのですか」

「そうしたいのはやまやまだが、体が言うことを聞いてくれるかどうかは分からぬ」

「家康を打ち滅ぼし、信長と無二の一戦に及ばんとする時、御屋形様がご不例では、われらも不安を抱えての戦いとなります」

「わしもそれを憂えておる」

「それがしの思いを述べさせていただいてもよろしいですか」

「構わぬ」

「ここは隠忍自重し、養生に努められたらいかがでしょう」

「源四郎よ、わしには時間がないのだ」

——そしてもう一つ。わしには西に向かわねばならぬ理由がある。

しかし信玄は昌景にさえ、そのことを告げる時は来ていないと思っていた。

「では、肚《はら》を決めて、賭場《とば》にすべてを張るのですな」

信玄には、すでにその覚悟ができていた。

「そうだ。これまでわしは博打《ばくち》が嫌いだった。だが、寿命だけは誰にも分からぬ。それゆえ博打を打たねばならぬ」

「御屋形様なら、その博打に勝てます」

昌景が自信を持った口調で言ったが、信玄は首を左右に振った。

「それは分からぬ。すべては天意次第だ」

「天意に賭けるのですな」

「ああ、画龍は点睛を欠いている。それを入れることを天は許してくれるだろう」

「この源四郎、死を覚悟して御屋形様の馬前を駆けます」

「頼りにしておるぞ」

信玄は勝負の時が来たことを感じた。

四

家康は何か不安なことがあると、それが次第に増幅し、夜も眠れなくなる。この日も輾転《てんてん》反側していたが、いっこうに眠りはやってこず、致し方なく寝床を抜け出すと、長廊に出てみた。

早速、次の間で不寝番を務めていた小姓の大久保《おおくぼ》千丸《せんまる》（後の忠隣《ただちか》）が、手燭《てしょく》を掲げて畏まった。

「わしに構わぬでよい。いや、すましを持ってきてくれ」

すましとは飲料水のことだ。

「承知仕りました」

千丸が長廊を歩き去ると、それまで声を押し殺していた虫たちが再び鳴き始めた。

――もう冬というのに、まだ鳴いておるのか。

弱々しくなった虫の声を聞くでもなく聞きながら、家康は信玄の思惑を推し量っていた。

実は、謙信の使者の山崎秀仙から信玄の三河侵攻の可能性を聞いた直後の元亀三年十月二日、信玄が侵攻してきた場合、当然通過するはずの三河の東北部にあたる奥三河を所領とする山家《やまが》三方衆、すなわち作手《つくで》の奥平《おくだいら》氏、長篠《ながしの》の菅沼《すがぬま》氏、田峯《だみね》の菅沼氏、さらに野田《のだ》の菅沼氏に対し、浜松城に参集し、信玄来襲時の相互支援体制について談合しようと呼び掛けた。しかし山家三方衆は、それぞれ病いを口実にやんわりと断ってきた。

そんな中、野田の菅沼定盈《さだみつ》だけはやってきた。

野田菅沼氏は田峯菅沼氏の庶流で、長篠城と吉田《よしだ》城の中間辺りに所領がある。

そこで定盈に、武田から調略の手は伸びていなかったか確かめると、「半年に一度はあります」と言って笑いつつ、昨今の調略には一段と激しいものがあると語った。つまり信玄の調略の手が山家三方衆に伸び、それに耐えきれなくなった三家が折れたのかもしれないというのだ。というのもこの三家は、いつも談合して進退を決めているので、方針が定まると、三家が歩を一にするからだ。

定盈の話により、山家三方衆の寝返りを前提に策を立てねばならなくなった。

だが信玄が侵攻してくるにしても、どれだけの大軍を率い、何を目的としてくるかで侵入経路は変わってくる。奥三河からとなると山道なので、兵力は一万前後が関の山だろう。その目的も、三河の東北部の領有化だけとなる公算が高い。

——だが、別のことを考えていたとしたらどうする。

信玄が家康との全面対決を考えていれば、別の経路を使ってくることになる。謙信の使者の山崎秀仙が言っていたのが正しければ、信玄には残された時間があまりないのだ。

——人の命には限りがある、か。

それを信玄が意識していれば、堂々と東海道を西進してくるはずだ。

仮にそうなった場合、家康が頼みとするのは信長だが、肝心の信長は、大坂本願寺、浅井、朝倉、三好《みよし》、松永《まつなが》らに包囲され、将軍義昭との関係も悪化している。

——浜松城が包囲されても、後詰を送ってこないかもしれぬ。

信玄はそれを承知で、思いきった調儀（作戦）に出てくる可能性がある。

――となると、奥三河からやってくるのは浮勢《うきぜい》（別働隊）で、信玄率いる本隊は東海道をやってくる。

家康は、武田勢がいくつにも分かれ、三河国に侵入してくることを恐れていた。そうなると家康はその手当てに追われ、ただでさえ不足気味の兵力を分散配置させねばならないからだ。

「お待たせしました」

千丸が、小さな甕と柄杓を傍らに置くと拝跪した。

「すまぬな」

千丸のすくった水を家康は喉《のど》を鳴らして飲み干した。

「うまい」

「よろしゅうございました」

「もうよい。下がっておれ」

「はっ」と答えて、千丸が下がろうとした時だった。

近習の持つ手燭に導かれ、二人の男がこちらに向かってきた。一人は大股《おおまた》で歩くその姿から石《いし》川数正《かわかずまさ》だと分かる。

――もう一人は誰だ。

近くまでやってきて、ようやくそれが誰か分かった。

――服部半蔵《はっとりはんぞう》か。彼奴がやってきたということは、山が動いたか。

服部半蔵は伊賀国《いがのくに》出身で、徳川家の草の者を束ねている。

「殿、起きていらしてよかったです」

数正がいつものように無愛想な顔で言う。

「寝ていても起こしたろうに」

「はい、起こしました」

数正はいつも直截《ちょくせつ》だ。

「で、一大事だな」

「しかり。信玄坊主が領国内に陣触れを発した模様です」

「そうか。行き先は分かったのか」

半蔵が数正に代わって答える。

「草の者の注進によると、さる九月二十九日、信濃に向けて甲斐府中を発した衆がおります」

「そうか。その旗印は――」

「黒地に白桔梗《しろききょう》とか」

「山県か」

黒地に白桔梗は山県昌景の旗印になる。

数正が口を挟む。

「山県勢は信玄本隊の先手に相違なし。彼奴が信濃に向かったとなると、行き先は越後か、飛騨か――」

「遠江もあり得る」

「いえ、遠江に向かうなら、信濃からではないはず」

「信玄坊主のやることだ。われらごときが見通せるようなことはしまい」

「いかにも。しかし信玄坊主は、まだ出陣していないようです」

半蔵が話を替わる。

「手の者からは、『花菱《はなびし》』の馬標《うまじるし》が館を出たという話はありません」

信玄の馬標は「赤地に黒の唐花菱三つ」で、館とは、甲斐府中にある躑躅ヶ崎館になる。

「いずれにしても、信玄が初手を打ったな」

「はい。山県勢は角道《かくみち》を開けるのか、飛車先を突くのか――」

数正が将棋用語で言った。この場合、「角道を開ける」とは信玄率いる本隊の動きを幻惑させることで、「飛車先を突く」とは信玄本隊の露払いの役割を果たすこと、すなわち信玄の本隊が、別働隊と同じ経路を進んでくることを指す。

「いずれにしても、まずは歩を動かしてきたということか」

「そういうことになります。それゆえ次の一手をどう打つか――。ここ数日は、殿も枕を高くして眠れませぬな」

「与七郎《よしちろう》よ、わしが枕を高くして眠ったことなどあるか」

家康の戯れ言に、数正と半蔵の二人が忍び笑いを漏らす。

「仰せの通り。殿の半生は常に何かに怯《おび》えておりましたからな」

数正に遠慮はない。

――その通りだ。

これまでの半生どころか、これからの生涯も、枕を高くして眠れない日々が大半なのを、家康は覚悟していた。

「だが、それにも慣れたわ」

家康が自嘲《じちょう》すると、数正が「さもありなん」と言いたげにうなずく。

「では、また新たな知らせが入ったら参上仕ります」

数正と半蔵は一礼すると、家康の寝所から去っていった。

――さて、信玄坊主め。次の一手をどう打ってくるか。

家康は、半ば開き直ったかのような気持ちになっていた。

五

十月三日の空が白んできた。

信玄は体を起こすと咳《せ》き込んだ。その拍子に胃の腑《ふ》が痛み出した。つい半年ほど前までは、悪寒がするだけで痛みまでは伴わなかったが、二月《ふたつき》ほど前から、胃の腑は鈍痛を発し始めていた。

――厄介なものを抱え込んでしまったな。

次の間に控えていたらしき、武藤喜兵衛の声がした。

「御屋形様、ご加減が悪いようですね」

「さようなことはない」

今日は出陣なのだ。具合の悪いところは、身内も同然の喜兵衛にも見せられない。

「それならよろしゅうございました」

「そなたがそこに控えていたということは、わしが起きるのを待って、何か知らせたいことがあるのだな」

「お察しの通りです」

「構わぬから申せ」

「はい。昨夜、山県殿の軍勢が大島城《おおじま》に入った由、城代の秋山伯耆守《あきやまほうき》殿から飛札《ひさつ》が届きました」

「そうか。源四郎が大島城に着いたか」

九月二十九日に甲斐府中を出陣した山県昌景勢は、諏訪を経て伊那谷に入り、その後も南下を続け、南伊那の大島城に入った。諏訪から北上すれば越後か飛騨に進出することになるが、南下したとなると、遠江方面に展開するのを敵に知られることになる。

むろん昌景は透破を周囲に配しているので、織田や徳川の草の者をすべて始末できていれば、この情報は信長や家康には伝わらない。だが伝わっても構わないと、信玄は思っていた。

――もはや隠すことなどない。

信玄は起き上がると、廁に立った。

長廊に出ると、庭に馬廻衆《うままわりしゅう》の主立つ者たちが控えていた。

侍大将の一人の土屋昌続《つちやまさつぐ》が進み出る。

「出陣の支度が整いました」

昌続は武田氏庶流の金丸《かなまる》氏の出で、武藤喜兵衛、三枝昌貞《さいぐさまささだ》、曽根昌世《そねまささだ》、甘利昌忠《まさただ》（後に信忠《のぶただ》に改名）、長坂昌国《ながさかまさくに》と共に、信玄の「奥近習六人衆」の一人として、七歳から信玄の謦咳《けいがい》に接し、二十二歳の時に侍大将の一人に抜擢《ばってき》された。

「さようか。では『八幡大菩薩《はちまんだいぼさつ》』と『勝軍地蔵大菩薩《しょうぐんじぞう》』の旗を掲げよ」

「承知仕りました！」

武田氏は多くの旗を使用した。最も尊重されたものが「神宝御旗《しんぽうみはた》」と呼ばれるもの、「孫子旗」と呼ばれる紺地に金箔《きんぱく》押しで「疾如風徐如林侵掠如火不動如山」と書かれたもの、「旗印」と呼ばれる赤地に金箔押しで「八幡大菩薩」と「勝軍地蔵大菩薩」と書かれたもの、そして四囲に梵《ぼん》字《じ》が書き込まれた「諏訪梵字旗」などだ。そのほかにも使番が背に差す「百足《むかで》衆の旗」などがある。

信玄が自室に戻ると、小姓たちが甲冑《かっちゅう》の支度をしていた。すぐに合戦が起こるわけではないが、出陣にあたっては、兜《かぶと》はかぶらないまでも鎧《よろい》を着るのが慣例になっていた。

「主立つ者を集めろ」

「はっ」と答えて小姓たちが走り去った。


鎧を着け終わった信玄が御旗《みはた》屋に赴くと、宿老、御親類衆、侍大将といった主立つ者たちが一堂に会していた。

武田氏の軍議は、甲斐源氏《げんじ》の祖・新羅《しんら》三郎義光《さぶろうよしみつ》以来、家宝として相伝されてきた「楯無鎧《たてなしよろい》」と、源 頼義《みなもとのよりよし》（義光の父）が後冷泉《ごれいぜい》天皇から下賜されたという「神宝御旗」の安置された御旗屋で開かれる。

二つの家宝に対して「御旗、楯無、御照覧あれ」と、声を合わせて三度唱えることにより、列席者全員が決定事項に従う誓いを立てるのだ。

信玄は主座に着くと、居並ぶ者たちに確かめた。

「軍議で決したことに、とくに異論はないな」

「おう！」

反対意見がないことを確認した後、出陣の儀となる「三献の儀」が執り行われた。

「では、参るぞ」

「御旗、楯無、御照覧あれ。御旗、楯無、御照覧あれ。御旗、楯無、御照覧あれ！」

そこにいる者たちが唱和する。

「これで武田家祖神のご加護が得られる。諏訪上社、下社、恵林寺といった大社大寺には、すでに加持祈禱《きとう》を依頼した。神仏はわれらの味方だ。恐れるものは何もない」

「おう！」

「では、出陣する！」

「おう！」

主立つ者たちは立ち上がると、甲冑の札《さね》の音を派手にたてながら外に出ていった。

「では、行く」

背後の小姓にそう告げた時、信玄は袴《はかま》が濡《ぬ》れていることに気づいた。

――しまった。

久しぶりに興奮状態にあったためか、失禁していたようだ。

――かようなことに気づかぬとは。

派手に漏らしたわけではないが、明らかに袴が濡れているので、多少の漏れはあったようだ。

「おい」と背後に声を掛けると、二人の小姓が怪訝《けげん》そうな顔を向ける。

「袴と下帯を替える」

それですべてを察したのか、一人が奥の間に小走りで戻っていった。

「御屋形様、少しお休みになった方がよろしいのでは」

甘利三郎次郎が信玄の肩を支えて立ち上がらせた。

「構わぬ。少し気が張っていただけだ」

いったん自室に戻り、下帯と袴を替えた信玄は、皆の待つ前庭に出た。

信玄がなかなか姿を見せないことで不安そうだった将兵の顔が、一斉に明るくなる。

信玄はしっかりした足取りで縁に立つと、振り上げた軍配を下ろした。

「出陣！」

「おう！」

信玄の雄姿に安堵した将兵の意気は、天を衝《つ》くばかりになった。

やがて引き出されてきた豪奢《ごうしゃ》な輿《こし》に乗り込むと、深いため息が出た。

――かようなことで戦ができるのか。

だが、もう後戻りはできない。

――どこまでこの身が持つかは分からぬ。だがわしは、どうしても行かねばならぬ。

輿が持ち上げられた。信玄は体を支えるために垂らされた縄を摑むと、歯を食いしばって輿が揺れるのを堪《こら》えた。

――いかに辛い道行きでも、わしは上洛せねばならぬ。

輿は乗っているだけで体力を使う乗り物だ。常に体を硬くしているので、その夜は小姓たちに体を揉《も》み解《ほぐ》してもらわねばならない。

やがて輿が館を出たと分かった。簾《すだれ》を通して外の風景が見える。

――再びここに戻ることができるのか。いや、できまい。

それは予感にも近いものだった。

信玄の乗った輿は、南に向かう道をゆっくりと下っていった。

この頃、信長は信玄の出陣を全く知らなかった。近江《おうみ》国の横山《よこやま》城から岐阜《ぎふ》城に戻った信長は、将軍義昭にあてて「異見十七ヶ条」を提出。さらに信玄に対して、信玄と上杉謙信の講和について引き続き骨を折っている旨の書かれた書状を送っている。信長が信玄出陣を知ったのは、岩村城から知らせの入った十月中旬から下旬にかけてだった。岩村遠山氏の家臣団が動揺し、武田方に付こうという動きが出ていたからだ。これに慌てた信長は、梃入《てこい》れのために異母兄の信広《のぶひろ》と河尻秀隆《じりひでたか》を岩村城に送った。

六

家康は不安で居たたまれなかった。いまだ信玄の思惑は分からず、服部半蔵からも確かな情報は入ってきていない。朝餉《あさげ》も進まないので、途中で箸《はし》を擱《お》くと、気分転換も兼ねて、飼っている鷹《たか》を見に行くことにした。

家康ほど鷹狩が好きな者はいない。その理由は自分でも分からない。山を歩くと足腰が鍛えられる、多くの人を使うので合戦で指揮を執る時に役立つ、山谷を駆けめぐるため領内の視察になる、といった副次的な効用はあるにしても、こうした道楽（趣味）は、好きでないと続けるのは難しい。だからといって獣が好きなわけではない。家康は犬猫の類《たぐい》をさほど好まない上、闘犬に至っては見るのも嫌だ。

――まあ、理由など考えても仕方がない。好きだから好きなのだ。

家康が自分を納得させて鷹小屋に赴くと、家康の姿を認めた三十代半ばの男が拝跪した。最近帰参を果たした者だ。

「そなたは、確か本多《ほんだ》某と申したな」

「はい。本多弥八郎正信《やはちろうまさのぶ》と申します」

「そうだった。確か熱心な一向宗徒《いっこう》だったかと」

「その節は――、申し開きもありません」

その節というのは永禄六年（一五六三）頃のことだ。三河一向一揆の蜂起《ほうき》によって家康は危機に陥った。徳川家中が二分されたこの戦いで、徳川家傘下の国衆の一人だった正信は一揆方となり、家康と敵対した。その後、一揆が鎮圧されると三河国にいられなくなり、加賀《かが》国に赴き、加賀一向一揆に加わった。ところが一揆内部の権力争いに嫌気が差し、かつての傍輩だった大久保忠世《ただよ》を頼って徳川家に帰参を果たした。だが帰り新参なので鷹匠《たかじょう》とされた。昔から鷹の飼育が得意だったからだ。

「終わったことはもうよい。それよりも与えられた仕事に精勤すれば、また扶持《ふち》を与えてもよいと思っている」

「ありがたきお言葉――」

正信が首《こうべ》を垂れる。

正信は天文七年（一五三八）、三河国の安城小川《あんじょうおがわ》村で生まれた。天文十一年（一五四三）生まれの家康とは、四歳違いになる。正信が生まれ育った小川村は、一揆方の本拠の一つとなった野寺の本証寺《ほんしょうじ》にも近く、一向宗信仰が盛んな地域だ。

「して、鷹の様子はいかがか」

「はっ、『獅子嚙《ししがみ》』は少し下痢をしておりますが、『蒼斑《そうふ》』は至って壮健なので、いつでも鷹狩に使えます」

「して先般、鳥見（野生の鷹の監視役）が捕獲してきた『瑞風《ずいふう》』は、ものになりそうか」

「はい。かの若鷹は類まれな暴れ者でしたが、やっと言うことを聞くようになりました」

「そうか。それはよかった」

「直上に飛び上がる速度は、殿の鷹の中で最も速いかと」

「そうなのか。それは楽しみだな」

しばしの間、家康は俗世間の悩みを忘れて、正信と鷹談議に興じた。

その時、石川数正に伴われ、服部半蔵がやってくるのが見えた。

――また動きがあったな。

「殿、よろしいか」

その場に拝跪した数正が、硬い表情のまま問うた。

「生きるか死ぬかの話だ。よろしいに決まっておる」

「では半蔵、頼む」

「殿、心してお聞き下さい。信玄坊主が大軍を率いて出陣しました」

「大軍とはどの程度だ」

「浮勢と合わせて二万五千はいると、草は申しております」

二万五千といえば武田家が動員できる全軍に近い。

「して、どこに向かっておる」

「富士《ふじ》川沿いを南下してきております」

「駿河方面だな」

緊張が高まり、小便《ゆばり》がしたくなってきた。

「そうです。おそらく――」

半蔵が一拍置くと言った。

「いったん駿府に出て、駿河国衆が集まるのを待ち、西に転じるつもりかと」

武田氏は北条氏と同盟関係にあるので、東に向かうことはない。

駿河は武田領国だが、遠江は徳川領国になる。駿遠両国は大井川を国境としているが、かつて信玄は大井川ではなく、もっと西の天竜川までが武田領国だと主張していた。それゆえ天竜川東岸までの制圧を目指してくるかもしれない。

――となると、二俣《ふたまた》城から見付にかけての取り合いになるな。

天竜川東岸には徳川方の二俣城があり、その南には東海道の宿駅の一つの見付がある。しかし二俣城と見付を守るとなると、家康の本拠の浜松城からは天竜川を越えねばならない。となれば背水の陣となり、補給も苦しくなる。

かつて国分寺《こくぶんじ》や国分尼寺《こくぶんにじ》が置かれていた遠江国の国府・見付は、遠浅の湊《みなと》もある上、東海道も通っているので、古くから商業の盛んな地だった。こうしたことから永禄十二年の七月、北を除く三方が入り江に面した城之崎《きのさき》と呼ばれる舌状台地に、家康は築城を開始した。しかしこの地は西に天竜川を抱えているため、増水の際など、三河からの増援部隊が渡河できないことも考えられる。こうしたことから家康は、天竜川西岸の引間の地、すなわち浜松に城を築くことにした。

数正が渋い顔で問う。

「殿は今、どこで信玄を迎え撃つかお考えですな」

「うむ。どうやら信玄は北の奥三河方面から侵攻させる山県勢と、東から攻め込む本隊により、われらの兵を分散させるつもりでいる」

「なかなか難しい戦になりそうですな」

「戦はいつも難しいものだ」

「天竜川の東に出張ろうなどとは、仰せになりますまい」

数正が先手を打ってきた。数正は極めて保守的な人間なので積極策を好まない。

「しかも北の抑えとなるべき山家三方衆の帰趨《きすう》が、定かではありませぬ。下手に東に進めば、北から岡崎を突かれますぞ」

岡崎は浜松の西にある家康生誕の地で、かつて家康の本拠だった。今は長男の信康《のぶやす》に守らせている。奥三河から南進すれば、確かに岡崎を突くこともできる。

「山家三方衆は、もはや敵方に付いたと考えておくべきだろう」

「でしょうな」

「与七郎、すぐに織田殿に飛札を送り、助勢を送るよう頼んでくれ。せめて山家三方衆の動きを封じたい」

信長が岐阜にいる織田勢の一部を東美濃に派遣するだけで、山家三方衆の動きは慎重になるはずだ。

「承知仕りました。しかし――」

「織田殿に、その余裕があるかだな」

「いかにも」

「だが此度の信玄の侵攻は、織田殿に責任がないわけではない」

「岩村・苗木の両遠山家のことですな」

「そうだ。あれは織田殿の失策だ」

長らく武田・織田領国の境目に位置し、名目上は織田方ながら、武田方とも敵対せずに両属のような関係を維持してきた岩村・苗木の両遠山氏に今年、変化が生じた。

信玄から飛騨攻めを命じられた遠山兄弟は、激戦の末、二人の当主が別々に負傷し、苗木遠山直廉は五月に、岩村遠山景任は八月に死去した。つまり織田氏の東の守りを担ってきた両遠山氏が突然、当主不在の状態に陥ったのだ。これを憂慮した信長は、岩村遠山氏に四男の御坊丸《ごぼうまる》を、苗木遠山氏には飯羽間《いいばま》遠山氏の友勝《ともかつ》を送り込んだ。しかもそれぞれに軍勢も付けたので、両遠山氏は両属という曖昧《あいまい》な存在から明白な織田方となった。

これを知った信玄は、甲尾《こうび》同盟への違背行為と周囲に喧伝《けんでん》し、信長に手切れの一札も入れずに同盟関係を破棄した。

——それゆえ織田殿にも責任がある。

だからといって信長にその件を持ち出せば、逆に怒りを買って援軍など送ってこないだろう。

しばし考えた後、家康は数正に言った。

「致し方ない。使者には下手に出るよう伝えよ」

「それでよろしいですな」

「うむ。織田殿の気持ちを損ねることだけは慎まねばならぬ」

「分かりました。気の利いた者を遣わします」

そう言うと、数正は半蔵と共にその場から去っていった。

「弥八郎、そんな次第だ。鷹の話はまたにしよう」

「卒爾《そつじ》ながら——」

その場を去りかけた家康の背に、嗄《しゃが》れた声が掛かった。

「わしは多忙だ。鷹のことなら——」

「いえ、鷹のことではありません」

「では、何だ」

「今のお話ですが――、ちと気になる点があります」

「気になる点だと」

鷹匠が何を言い出すのか、家康は予想もつかない。

「そうです。織田殿に対してのことです」

「それは聞いての通りだ。織田殿に後詰勢を頼まずして、わが領国は保てぬ」

「いえ、そのことではありません」

「では、何だ」

正信が物怖《ものお》じせずに言った。

「頼み方に難があると思います」

「どういうことだ」

「織田殿に下手に出てもよろしいのですか」

「何を言う。織田殿とは同盟関係にあるとはいえ、国力からして、われらは劣っている。しかも信玄の矢面に立たされているのは、われらなのだ。下手に出るのは当たり前だ」

「仰せの通り。しかし織田殿は四囲に敵を抱え、われらに後詰を送る余裕はありませぬ」

「さようなことは分かっている。それよりも、そなたは鷹のことを案じていろ」

再びその場から去りかけた家康に、鷹を呼ぶ時の笛を吹くような正信の声が追ってきた。

「いっそのこと、『後詰勢を送らなければ、信玄の膝下《しっか》にひれ伏し、織田殿を攻める先手になる』と仰せになったらいかがか」

「そなたは虚《うつ》けか」

家康は振り向くと大きなため息をついた。

「虚けと言えば虚けに候。かつて殿を裏切り、信仰に殉ずるつもりだったことからすれば、虚けと呼ばれても返す言葉はありません」

「もうよい。そなたはそなたの仕事をしっかりこなせ」

「もちろんです。しかし殿は、織田殿という人物を洞察できておりません」

「何だと！」

そこまで言われては、家康も引き下がれない。

「話を聞いてやったら、つけ上がりおって。わしには時間がないのだ」

「今一度、お考え下さい。下手に出ることで織田殿は兵を送ってきますか」

──待てよ。

家康の心中に疑念が生まれた。

──織田殿は弱い者には残酷だ。しかし強い者には一目置く。

信長は世辞や追従を言う者を好まない。同様に、平身低頭して命乞《いのちご》いをする者には至って残酷だ。しかし敵として最後まで戦い抜き、気骨のあるところを見せた者には寛容な一面がある。

──だがそれは、その時の気分にもよる。

信長が常に同じ基準で物事を考えないことを、家康はよく知っていた。

──しかし此奴《こやつ》の言う通りにするのは賭けだな。

眼前には、禿げ上がった頭頂を惜しげもなく晒《さら》して拝跪する鷹匠の姿があった。

「弥八郎よ」

「はっ」と答えて正信が顔を上げる。その顔は間が抜けているように見えるが、それは相手を油断させるためで、実はその逆なのかもしれない。

「そなたは、なぜ織田殿の気質を知っている」

正信がさも当然のごとく言った。

「一揆方は常に劣勢です。織田殿と戦うには、織田殿の気質を知悉《ちしつ》し、その裏をかくしかなかったからです」

――そういうことか。

三河国から追放された後、流浪の身となった正信は、何とか加賀一向一揆を勝たせようと、知恵を絞ってきたのだ。

「そなたは、織田殿のことを調べ尽くしたのだな」

「いかにも。織田殿の配下には、一揆に通じる者もおりましたから」

「で、そなたはここで、わしに勝負をかけろと申すのだな」

正信がうなずくと言った。

「下手に出れば、織田殿は兵を送ってはきますまい」

「そなたはそう思うか」

「はい。それがしは殿と一蓮托生《いちれんたくしょう》の覚悟。それゆえ徳川家が潰《つい》えては困ります」

家康はつい笑ってしまった。

「それもそうだ。そなたも生きるか死ぬかなのだな」

「はい。すぐに石川殿を呼び戻し、硬骨漢の使者に替え、織田殿を脅すようご命じ下さい」

――織田殿を脅すか。そいつは面白い！

使者の口上を聞き、顔を真っ赤にして怒る信長の姿を、家康は想像した。下手をすると、怒りに任せて使者を手討ちにするかもしれない。

「しかし使者は殺されに行くようなものだ。なり手はおるまい」

「いいえ、おります」

「どこにおる」

「ここにおります」

家康は正信の顔をしげしげと見た。

「そなたは鷹匠ではないか」

「いかにも。それゆえ鷹匠は今日までとさせていただき、武士に取り立て扶持を賜りたいと」

正信が歯茎を剝《む》き出しにして笑った。その笑顔は、贔屓目《ひいきめ》に見ても美しいとは言えない。

「そなたは己の命を賭場に張るのだな」

「はい。そのくらいの覚悟がなければ、戦国の世は生き抜けません」

――此奴に徳川の身代を預けるのか。

しかし家康は、信長が自分を見捨てないことを知っていた。つまり信長が四囲を敵に囲まれているからこそ、家康と徳川勢は大切な味方なのだ。

――わしが信玄坊主の走狗《そうく》となれば、織田殿は九分九厘しまいだ。

「よし、わが命とわが領国をそなたに託した！」

「ありがたきお言葉！」

家康は正信という男に感心した。

「やはりそなたは、鷹匠をやらせておくには惜しいな」

「はい。この瞬間から武士に戻りました」

「いいだろう。だが、鷹匠としても惜しい男だな」

「承知しております。なんなら向後も、よき鷹を見つけてまいります」

二人は声を上げて笑った。

――鷹匠上がりと心中か。それもまた面白い。

家康の心中に、どうとでもなれという気持ちが満ちてきた。

「よき鷹は、獲物を取れる勝算がなければ決して飛び立ちませぬ」

正信が再び歯茎をせり出すようにして笑った。

七

十月十日、信玄は大井川を越えて徳川領に入った。

――ここからは敵地か。もう後には引けぬ。

「喜兵衛」と輿脇にいるはずの武藤喜兵衛に声を掛けると、すぐに「どうかいたしましたか」という返事があった。

「ここで休みを取ろう」

「ここは見通しのよい河原です。もう少し行った方がよろしいかと」

「いや、見通しの悪い場所の方に、敵の筒上手はいるものだ」

筒上手とは射撃のうまい狙撃手《そげきしゅ》のことだ。鉄砲足軽の中には、子弟を取り立ててもらうことを条件に、自らの命と引き換えに藪《やぶ》の中や木の上に隠れている者もいる。彼らは狙撃が成功しても失敗しても、事が終わった後は、その場で自害する。なぶり殺しになりたくないからだ。

「あっ、そうでした」

「狙いは、それだけではない。敵にあえてわが軍の威容を見せ、怖気づかせるのだ。まだ家康の草は物見に来てはおるまい。来ているとしたら、小山《こやま》城の松平真乗《さねのり》か高天神《たかてんじん》城の小笠原氏助《うじすけ》の物見だろう。彼奴らは、せいぜい五百から一千の兵しか持たぬ小国人だ。われらの威容を見せ、戦わずして降伏開城させた方がよい」

「ははあ、恐れ入りました。では早速、大休止に入ります」

輿の簾越しに喜兵衛が感心する。

「よし、四郎と内藤《ないとう》をこれへ」

「承知仕りました」

喜兵衛が弾むようにして走り去った。

四郎とは信玄四男の勝頼のことだ。喜兵衛とは年齢が近いので仲がよい。内藤とは「甲軍の副将」と呼ばれ、信玄の信頼厚い内藤修理亮昌秀《しゆりのすけまさひで》のことだ。

小姓に命じて煎《せん》じさせた胃痛に効くという薬湯を喫していると、相次いで二人がやってきた。

「四郎、参上仕りました」

「修理亮に候」

信玄は簾を上げさせたが、万が一の狙撃を考えて輿からは出ない。

「二人とも大儀」

「はっ」

「して、修理亮、まずは小山城だな」

「いかにも。かの城は――」

昌秀が小山城について説明する。小山城は北西から延びる牧《まき》ノ原《はら》台地の南東端に築かれた平山城で、今川氏が領有していた頃は山崎砦《やまざきとりで》と呼ばれていた。東海道が貫通する大井川の渡しを監視する役割を担っているだけで、城としての抗堪力《こうたんりょく》は弱い。

ちなみに小山城が三重堀を持つ堅固な城になるのは、武田氏に制圧されて以後となる。

「そうか。たいした城ではなさそうだな」

「いかにも。その南にある滝堺《たきさかい》・相良《さがら》の両城も砦にすぎないので、われらが近づけば、小山城同様、敵は放棄するでしょう。厄介なのは――」

「相良城の西にある高天神城だな」

それまで黙っていた勝頼が口を挟んできた。

「父上、それがしに先手を務めさせて下さい。高天神城など揉み潰《つぶ》してみせます」

「さような料簡《りょうけん》だからいかんのだ」

「えっ」と言って勝頼が絶句する。

昌秀が話を替わる。

「四郎様、われらが本気で掛かれば、高天神を攻め落とすことはできましょう。しかし先のことを思えば、一兵も損じずに高天神城を手にすることが上策です」

「四郎、聞いたか。それが将たる者の考え方だ。目先のことに囚《とら》われず、常に大局から物事を見通すのだ。それができなければ、いつまでも侍大将だ」

「はっ、申し訳ありません」

「四郎よ、今は一つひとつが学びだ。そなたを早くから養子に出してしまったので、わしと接する時間がさほどなかった。悔やんでも悔やみきれないが、今からでも遅くはない。わしからすべてを学べ」

「承知仕りました！」

——しかし、それもいつまでできるか。

信玄は、しくしく痛み始めた胃の腑のことを思いやり、暗然とした気持ちになった。

勝頼は実母が諏訪氏の出だったため、幼い頃に諏訪氏に養子入りさせた。正室腹の三人の息子がいたことから、勝頼が家督を継ぐことはないと踏んでいたからだ。しかし相次ぐ不運に見舞われ、勝頼は家督継承予定者となった。だが武藤喜兵衛のように、少年の頃から信玄の側近くに控え、信玄からすべてを学んだ者と比べ、勝頼には至らないところが多々ある。それを危惧《きぐ》した信玄は喜兵衛を取り立て、勝頼の右腕にして次代の武田家を支えさせようと思っていた。それを知ってか知らずか、喜兵衛は勝頼と親しい関係を築いていた。

——さすが喜兵衛だ。わしの心を読む。

それに比べ、勝頼の表裏なき性格は心許ない。

「で、御屋形様、ここから先の城攻めの先手を四郎殿に担わせるのですな」

昌秀が先回りして問うてきた。

「そのつもりだ。そなたは二の手に回り、四郎を後見してほしい」

「承知仕りました」

「父上」と勝頼が詰め寄る。

「後見とは、兵一人を動かすにも、修理亮殿の許しを得ろということですか」

「そうだ」

「それでは臨機応変な動きができません」

信玄はため息をついた。

「よいか。わしは、そなたに臨機応変な動きなど求めておらぬ。遠江の諸城を攻略するのに、できれば一兵も損じたくない。それゆえ調略を施して城から退去させる」

「では、それがしは木偶《でく》ではありませんか！」

「おい」と言って信玄が叱責しようとするのを、昌秀が制する。

「お待ち下さい。四郎様は、御屋形様の真意が分かっておりませぬ」

「真意とは何か」

勝頼が挑むように問う。

「城は攻め落とすも、調略で退去させるも同じことなのです」

「どういうことだ」

「いかなる方法でも城を手にすれば、それが四郎様の功となるのです」

勝頼が強く反駁《はんばく》する。

「さようなものは功ではない。戦って城を落としてこそ功なのだ！」

「四郎！」

さすがに信玄も肚に据えかねた。

「そなたが戦わずに城を手に入れることで、近隣の諸大名はそなたに一目置く。それが、わし亡き後の武田家の抑え（抑止力）となるのだ。それが分からぬか」

「あっ」と言って勝頼が赤面する。

――戦って城を手にする者より、戦わずして城を手にする者こそ、周囲は恐れるのだ。

永禄十二年（一五六九）二月、信玄に攻められた今川氏を助けるべく、小田原から駆けつけてきた北条氏信《うじのぶ》らは、今川氏の駿河東部支配の拠点城の蒲原城に入った。しかし同年十二月、信玄は蒲原城に攻め寄せて一日で攻略した。この時の勝頼と甥の信豊《のぶとよ》の活躍には凄《すさ》まじいものがあり、信玄の書状に、「例式四郎、左馬助聊爾故《さまのすけりようじ》、無紋《むもん》に城へ責め上り候、寔《まこと》に恐怖候の処《ところ》、不思議に乗り崩し（後略）」とある。

これは、「いつものように勝頼と信豊は考えがないから、無謀に城に攻め寄せ、ひやひやしていたが、不思議と城を攻略できた」という大意になる。

二人の若者が中心となって蒲原城を落とせたことが、この時の信玄は、よほどうれしかったのだろう。その書状の中で、蒲原城のことを「海道第一の険難《けんなん》の地」と呼び、「この勝利は人の成せる業ではない」とまで言って褒めたたえている。

しかしこの時の戦いで、勝頼が味をしめたことを信玄は危惧していた。

「四郎よ、蒲原城のようなことは二度とない。あの時、われらは劣勢で、どうしてもかの城を落とさねばならなかった。それゆえわしも力攻めを許した。しかし城は、できる限り攻めずに落とさねばならぬ」

「よく分かりました」

「分かったならそれでよい。世事に長《た》けた修理亮の言うことをよく聞き、計策（交渉）や調略を学ぶのだ」

「はっ、承知仕りました」

「もう行ってよい」

勝頼は一礼すると、その場を離れた。小走りで自軍の許に戻っていく姿を見れば、たしなめられたとはいえ、先手を任されたことがうれしいのだろう。

「修理亮、四郎はどうだ」

「はなはだ心許ないかと」

昌秀は歯に衣着せぬ物言いをする。

「やはりそうか。蒲原城の武功が逆に働いてしまったな」

「いかにも。あれが四郎様の大きな自信になりました」

「もしもだ」

信玄は一瞬躊躇《ちゅうちょ》した。というのも己の死をほのめかしたりすることは、縁起が悪いとされていたからだ。

――だが、さようなことを案じている暇はない。

「もしもわしが没したら、四郎を支えてくれるか」

昌秀が難しい顔をする。

「四郎様は、それがしを嫌っております」

四郎が後継者と決まった時から、信玄は昌秀に後見役を託した。昌秀が最も厳しい男だからだ。しかしそれが二人の間に反目を生みかけており、信玄は自らの判断が間違っていたかもしれないと思い始めていた。

――自らの死後のことまで案じねばならぬとは。何たる因果か。

信玄のあらゆる判断基準は、自らの死後に向いていた。

「それでも支えてもらわねばならぬ」

「分かりました。しかし、それがし一人では手に余ります」

「もちろんだ。宿老たち皆で支えていってもらう」

「では遺言で、すべては宿老たちの談議（合議制）で決めていくとご明記下さい」

昌秀は、信玄の死後、勝頼が専制君主のように振る舞うことを危惧しているのだ。

「分かった。約束しよう」

「ありがとうございます」

そう言って一礼すると、昌秀も信玄の前から去っていった。

――わしは、おいそれと死ねぬな。

輿の簾を下ろさせた信玄は、自嘲的な笑みを浮かべた。

八

高天神城主の小笠原氏助の使者からその一報がもたらされた時、浜松城内の軍議の場に衝撃が走った。

「信玄坊主が大井川を越えたと申すか！」

国境を巡検する示威行動だけで、信玄が兵を引くという希望的観測は、物の見事に打ち砕かれた。これで信玄は、少なくとも遠江制圧は念頭に置いていることが明らかとなった。

――信玄坊主め、わしと雌雄を決する気だな。

どこまで信玄が本気かは分からない。だが信玄ほどの戦巧者なら、ここから本心を覚らせずに駆け引きしてくることは確実だ。

――さて、どうする。

こうした場合に頼りになるのは、やはり家臣たちだ。

この時、石川家成《いえなり》は懸河城に、大須賀康高《おおすがやすたか》は高天神城の西の馬伏塚城《まむしづか》に入っていて不在だったが、軍議の場には、酒井忠次、石川数正、大久保忠世、内藤家長《いえなが》、内藤信成《のぶなり》、本多康重、本多重次《しげつぐ》、本多忠勝《ただかつ》、榊原康政《さかきばらやすまさ》、鳥居元忠《とりいもとただ》といった家康股肱の面々が顔をそろえていた。さらに岡崎城から、嫡男の信康とその後見役の平岩親吉《ひらいわちかよし》も来ていた。

使者が緊張の面持ちで報告する。

「十月十日、大井川を越えた武田勢は、小山、滝堺、相良を自落に追い込み、高天神城に向かっております。わが主からは、早急に後詰を送っていただきたいとのこと」

「分かっている。そのつもりだ」

「もしも間に合わなければ――」

使者の声が震える。

「間に合わなければ何だ」

「自落ないしは降伏開城するとのこと」

自落とは、寄手《よせて》の兵力や勢いを見て「とても敵わじ」と思った城方が、一戦も交えず城を放棄して逃げ出すことだ。

「小笠原殿は戦うつもりはないのか」

「いえ、戦います。ただし後詰勢が送られてこないなら、どうなるかは分からぬとのことです」

――わしを脅かすのか。

だが、それが国衆だというのは家康も心得ている。

酒井忠次が口を挟む。

「高天神城には、源次郎《げんじろう》殿が入っているはず。容易には引きませぬ」

源次郎とは大給松平《おぎゅうまつだいら》氏の当主の松平真乗のことだ。真乗はかつて今川氏の山崎砦（小山城）奪取の折に活躍したことで、榛原《はいばら》郡内に所領をもらい、小山城を与えられていた。

使者が恐る恐る答える。

「いえ、大給松平（真乗）様は馬伏塚城に向かいました」

「何と――。有事の際は小山城を放棄し、高天神城に入って小笠原殿と共に戦うことになっていたではないか」

「大給松平様はいったん馬伏塚城に向かい、大須賀様と共に後詰勢を率いてくると仰せでした」

――源次郎は戦わずして逃げたのか。

だが真乗の身になってみれば、分からない話ではない。もしも小笠原家中が降伏と決すれば、真乗の首を持って敵陣に降《くだ》るに違いないからだ。

大久保忠世が口を挟む。

「殿、馬伏塚のお味方をどうするおつもりか」

大久保家は勇猛果敢な武将を輩出した一族で、忠世は庶流ながら三河一向一揆の鎮圧で頭角を現し、家康が「三備《みつぞなえ》」の軍制を敷いた際も、酒井忠次と石川数正と共に名を連ねている。

「高天神城に後詰させる」

「さようなことは、信玄坊主は承知の上ですぞ」

「では、どうする」

「馬伏塚にいる兵は、大給松平勢などを含めても二千程度。それで高天神城に後詰に向かえば、飛んで火にいる夏の虫。われらと合流してから向かわせるべきです」

使者が泣きそうな声で言う。

「それでは、いつ後詰にいらしていただけるのですか」

しばし沈思黙考した末、家康は断じた。

「とにかく当初の方針通り、小笠原殿には高天神城で敵を押しとどめてもらう。後詰勢をわし自ら率いていくので、それまでの辛抱だ。そう小笠原殿に伝えよ」

「何卒《なにとぞ》、お願いいたします」

使者は青畳に額を擦《こす》り付けると、その場から去っていった。

「父上」と信康が発言を求めた。

「後詰勢を、それがしに率いさせて下さい」

「元服を済ませたとはいえ、そなたは十四歳ではないか」

「しかし父上が出張り、万が一のことがあれば――」

「死は覚悟の上だ」

家康は自分の覚悟を見せることで、家臣や国衆を奮い立たせるつもりでいた。とくに遠江国衆は相当動揺しているはずなので、将棋倒しのように武田方に靡《なび》く可能性がある。それを押しとどめるには、家康の出馬以外にない。

「殿」と酒井忠次が発言を求める。

「早急に高天神城に後詰すべきですが、高天神城は殿の持ち城の懸河城や馬伏塚城とは違い、小笠原氏助殿の城です。となると、やはり戦わずして降伏することも考えておかねばなりませぬ」

「それでも、われらが後詰に行くまで、何とか持ちこたえてもらうしかあるまい」

「それは尤もながら、高天神城が降伏した際のことも考えておかねばならぬのです」

高天神城の北西にある久野《くの》・各和《かくわ》の二城が敵手に渡れば、懸河城が孤立する。この二城は国衆の久野宗能《むねよし》の城なので、その降伏・開城を防ぐには、遠江国を守り抜くという強い意志を見せねばならない。

「殿」と言って、内藤信成が手を挙げる。

「ぜひ、それがしに大物見を仰せつけ下さい」

大物見とは、敵と戦闘になることも辞せず、敵情を視察してくる威力偵察部隊のことだ。

信成は武辺者として知られるが、戦場の駆け引きにも長け、大物見にはうってつけの人物だ。

三河譜代の信成は、内藤本家の清長《きよなが》の養子となるが、清長に実子の家長が生まれたので、別家を興すことを許された。一説には家康の父の広忠《ひろただ》の落胤《らくいん》で、家康の異母弟とも言われている。

「いや、この場はそれがしにお任せ下さい」

本多忠勝が申し出る。言わずと知れた「徳川四天王」の一角を担う忠勝も三河譜代で、十三歳の時に桶狭間の戦いで初陣を飾って以来、赫々《かくかく》たる武功を挙げてきた。

忠勝に続いて、大物見に名乗りを上げる者が相次いだ。

「待て。大物見は敵と戦うことにもなりかねない大役だ。この場は三左衛門《さんざえもん》に任せたい」

三左衛門とは信成のことだ。

「ありがたきお言葉」

「平八郎《へいはちろう》は三左衛門の半里ほど後方を進め」

平八郎とは忠勝のことだ。

「承知仕った」

大物見はせいぜい百ほどなので、戦となれば退却を視野に入れておくことになる。その時、誰かが敗軍を収容し、殿《しんがり》の役割を果たさねばならない。そうした役割には、肝の太い忠勝が適している。

——さらに退《の》き戦となっても、冷静に駆け引きできる者が必要だ。

「三の手は新十郎《しんじゅうろう》に任せたい」

新十郎とは大久保忠世のことだ。

「ありがたきお言葉！」

「よし、出陣だ！」

「おう！」

諸将が野太い声で呼応した。

それを頼もしく思いつつ、家康は出陣の支度をすべく奥の間に引き揚げた。

九

——ここまでは読み通りだ。

徳川方が自落したことにより、小山、滝堺、相良の三城を手中に収めた信玄は、小山城を除いた二城を徹底的に破壊した。信玄の脳裏には遠江国の統治方針が固まっており、この二城は使わないつもりでいたからだ。というのもこの二城は、東から来る敵には高天神城の前衛として必要だが、西から来る敵には存在意義が薄れるからだ。

信玄が輿脇を歩く喜兵衛に声を掛ける。

「四郎とは、どのくらい離れている」

「四郎様は一里半ほど先を行っています」

「ということは、もう高天神城を望む位置に着いているな」

「おそらくそうなります」

「おそらく」と前置きしつつも、喜兵衛の声は確信に満ちていた。

「高天神城の小笠原与八郎《よはちろう》は肝の据わった男か」

「さほどでもないのでは」

「その根拠は何だ」

他人の意見を聞いた時、信玄は必ず根拠を尋ねる。

「遠州忩劇《そうげき》の折、彼奴は戦わずして徳川の麾下《きか》に参じました」

遠州忩劇とは、永禄五年（一五六二）から同九年（一五六六）の間に起こった遠江国衆の今川家からの離反騒動のことだ。これ以降、今川氏の影響力は急速に弱まり、滅亡への道をひた走ることになる。

「今川家があの有様では、致し方なかったのではないか」

「いえいえ、それでも意地を見せるのが武士たる者の心得」

喜兵衛の言い方が可笑《おか》しかったので、信玄は笑みを浮かべた。

「武士たる者か。さようなことでは乱世を生き抜けぬ。表裏者やら比興者《ひきょう》やら言われて後ろ指を指されようと、生き残ることが国人の務めだ」

「仰せの通りかもしれません。しかし――」

「そなたの言いたいことも分かる。意地を見せぬ者は侮られる。だが、意地の代償は高くつく」

意地のために戦って貴重な将兵を失えば、国人は家臣たちから見放されることもある。

常陸《ひたち》国人の小田《おだ》氏や下野《しもつけ》国人の佐野《さの》氏などは、強敵が攻めてくれば城を捨てて逃げ出すか、戦わずして降伏し、家臣や農民の人的損害を最小限にとどめた。そうした行動が評価されたのか、両氏共に領民の協力を得て、城と所領を回復することが多かった。

「よいか、賢者は理屈で考え、愚者は感情で考える。この差は大きい」

「なるほど。武門の意地などは不要ということですね」

「不要とまでは言わぬが、それを先んじれば（優先すれば）、家を失うことにもなりかねない」

信玄は意地のために滅ぼされた信州《しんしゅう》国衆を多く知っていた。なぜかと言えば、信玄が攻め滅ぼしたからだ。

「では、小笠原与八郎はどうするとお思いか」

「おそらく与八郎は矢合わせ程度で戦ったことにし、城を開けるだろう」

矢合わせという言葉には、鉄砲を撃つことも含まれる。

「なるほど。では、与八郎がそうしたら賢者ですね」

「そうだな。だが、それは弱き者の賢さだ。強き者は別の賢さを持たねばならぬ」

「あっ、高天神城が見えてきました」

喜兵衛が話題を転じる。

輿の窓を開けると、高天神城が見えた。東から見る高天神城は、草木の生えていない急崖《きゅうがい》が西日を反射し、まさに要害堅固という言葉が似合っている。

――さて、与八郎は賢者か否か。それよりも四郎が賢者か否か、だな。

信玄は、勝頼の手腕を試すのが楽しみだった。

翌朝、鉄砲の音で目覚めた信玄は、陣所を出ると「誰かある」と声を掛けた。

「はっ」と答えて近づいてきた喜兵衛に問う。

「筒音が聞こえたが、どうなっておる」

「それがしにも分かりません」

「見てこい」

そう命じると、小姓を呼んで甲冑を用意させた。その間も鉄砲の音は鳴りやまない。

小半刻《こはんとき》（約三十分）も待っていると、喜兵衛が内藤昌秀の使番を伴って戻ってきた。

「申し上げます。四郎様と城方が大手門を挟んで筒合わせを始めました」

「どういうことだ」

使番が答える。

「矢合わせ代わりの鉄砲を敵が撃ってきたことに四郎様が怒り、筒衆を前に出したようです」

「修理は何をしていた」

「たまたま休みを取っていました」

いかに剛勇の内藤昌秀でも、仮眠くらいは取る。どうやらその間に、勝頼が独断で戦いを始めたようだ。

「致し方ない。大手口を取った後、矢止めせよと命じよ」

「承知仕りました」と言い残すと、使番は駆け去った。

「四郎の奴、あれほど戦うなと申しつけたのに」

「鉄砲を放たれて何の返礼もせずでは、侮られるのでは」

「それは違う。山のように黙して動かぬから、敵は畏怖《いふ》するのだ。それが強き者の賢さだ」

「あっ、恐れ入りました」

信玄は自らに言い聞かせるように言った。

「戦場の駆け引きの難しさは、そうしたところにある。敵は怖いから吠《ほ》える。吠える敵に対して吠え返しては、敵に恐怖を植え付けることはできぬ」

「それがしが浅慮でした」

後年のことだが、第二次上田《うえだ》合戦の折、城に向かって威嚇射撃をする徳川秀忠《ひでただ》勢に対し、昌幸（喜兵衛）は沈黙で応じた。それに怒りを覚えた秀忠は、自らの怯えを打ち消すかのように打ち掛かり、手痛い敗北を喫する。

「気にすることはない。何事も学びだ。そなたが学べば、それが四郎の一部となる」

「四郎様が、わが言を容れてくれればの話ですが」

「わしの懸念もそこにある」

信玄は、また胃がしくしくと痛み始めたのを感じていた。

しばらくすると、勝頼の使者がやってきて大手門の奪取を告げた。

「四郎様は、『大手門を取れば、城を取ったも同じ。ここは速やかに攻め上るべし』と仰せです」

「それは違う。大手門を取ったからこそ、敵は音を上げるのだ。すぐに使者を送り、降伏開城を促すよう伝えよ」

「はっ」と答えて使者が走り去る。

その後、使者の行き来が続き、最後には小笠原氏助も降伏開城を受け容れた。

信玄は氏助から人質を受け取っただけで、その本領と高天神城を安堵するという寛容な沙汰《さた》を下したので、氏助はたいへん喜び、信玄に忠節を誓った。

その夜、信玄の許に勝頼と内藤昌秀がやってきた。

「父上、此度の小笠原に対する処分、承服できかねます」

篝《かがり》に照らされた勝頼の顔は怒りに紅潮していた。

「四郎よ、そなたなら、あの城を落とせただろう」

「仰せの通り。一気に大手口を駆け上り、一刻（約二時間）もあれば落とせたはずです。さすれば功を挙げた者たちに、小笠原領を分け与えることができました」

「だが、その代償は支払わねばならぬ」

信玄は湯気の立つ薬湯に息を吹き掛けた。

「敵は腰が引けているので、兵を損じたとしても数十が関の山でしょう」

「そうかもしれんが、兵にとっては一つの命だ。ぞんざいに扱ってはならぬ」

だが、勝頼は承服しかねるようだ。

「高天神城を落とすことで遠江国衆に恐怖心を植え付ければ、次なる城は自落していくはず。さすれば結句、失う兵も少なく済むはず」

熱い薬湯を飲み下すと、死にかけている胃がよみがえるような気がした。

「修理はどう考える」

「四郎様のお考えにも一理あります。同一地域で一つか二つの城を落城に追い込み、ほかの城を帰伏させるのも戦い方の一つです。しかし『高天神を制する者は遠江を制す』と謳《うた》われるほどの難攻不落の名城でそれをやれば、相応の損害を覚悟せねばなりません」

「四郎、分かったか。一つの城を攻め落とすことが、われらの宛所（目標）ではない。一国を平定し、さらに大きなものを手に入れるためには、兵を損じずに城を手に入れねばならぬ」

「しかし父上、さように生ぬるいことでは、敵になめられます」

「生ぬるいからよいのだ。国衆たちが大切にしているのは先祖伝来の所領だ。それを安堵してやれば、喜んで頭《こうべ》を垂れてくる。国衆に大望はない。それゆえ彼奴らが望むものを与えてやるのだ」

「分かりました」と答えたものの、勝頼は不服そうだった。

昌秀が話題を転じた。

「御屋形様、犬居《いぬい》城の天野宮内《あまのくない》が挨拶《あいさつ》に来ています」

「ああ、帰順してきた天野だな」

「お目通り叶《かな》いますか」

「もちろんだ。連れてこい」

いったん陣幕の外に出た昌秀が二人の男を伴って戻ってきた。一人は四十歳前後で、今一人は二十歳前だと分かる。

「天野宮内右衛門尉藤秀《うえもんのじょうふじひで》に候。こちらに控えるは、わが嫡男の小四郎景康《こしろうかげやす》に候」

天野家は鎌倉《かまくら》時代以来の国人の家柄で、長らく今川氏に従属していた。藤秀は天野氏の庶家だったが、遠州忩劇の折、惣領《そうりよう》家が今川氏から離反して没落したため、藤秀が今川氏から惣領と認められた。だが後に藤秀は今川氏を離反し、徳川氏に従属した。境目国人らしく、藤秀は目端の利く男だった。

「早々の帰順と来陣、殊勝である」

「ははっ」と答えて二人が平伏する。

「此度のご出陣、真に祝着。ぜひともご同陣仕りたく、ここに参上した次第」

「同陣とな」

昌秀が藤秀に代わって答える。

「天野殿は遠江・三河両国の諸街道に精通しており、道案内を仰せつけてほしいとのこと」

藤秀が補足する。

「諸街道のみならず、何度か浜松城にも伺候したことがあります」

「それは重畳《ちょうじょう》」

「つきましては、わが息の小四郎を側近くに置いていただければ幸い」

側近くに置くとは、この場合は人質を意味する。

「承知した」

「ありがたきお言葉」

信玄が昌秀に合図すると、昌秀は二人を伴い、その場を後にした。

「父上、よろしいか」と、傍らの勝頼が発言を求める。

「構わぬ」

「かような者を信じるおつもりか」

「ああ、息子まで出してきたのだ。信じるに値するだろう」

「しかし父上、彼奴は今川から助勢してもらい、徳川方となった惣領家を討ち、自らが惣領家となると、今度は徳川傘下に入ったという表裏者です。かような者は、何を考えているか分かりませぬ」

信玄はため息をつきたかった。しかし一つひとつ教えていかないことには、埒《らち》が明かないのも事実だ。

「それはそうだ。しかし利害打算に聡《さと》い者は逆に扱いやすい」

「なぜですか」

「いかに不利な状況に陥っても、忠義者は梃子《てこ》でも動かぬ。一方、表裏者は強い方に付くだけだ。これほど分かりやすき者たちはおらぬ。要は、われらが強者でいる限り、表裏者たちは離反することはない」

「それはそうですが――」

「四郎よ、そなたの気持ちは分かる。だが、家臣や国人を好き嫌いで用いてはならぬ。たとえ表裏比興の者でも、武田家に参じるとなれば、当主は肩を抱いて迎えねばならぬ」

「それがしは表裏比興の者を好みませぬ」

「おい！」

信玄が雷を落とそうとした時、昌秀が陣幕をくぐってきた。

「お待ちあれ」

その言葉に信玄は口をつぐんだ。勝頼のことは昌秀に託してあるからだ。

「四郎様、人を好き嫌いで見てはいけません」

「では、何で見る」

「役に立つか否かです」

「役に立てば、嫌いな者でも重用しろと申すか」

「そうです。どんなに人がよく、四郎様が好む者でも、役に立たない者は、犬にでもくれてやるのがよろしい」

「犬の餌にせよと申すか」

「そうです。役に立たない者を側近く使えば、百害あって一利なし。それなら犬の餌にしてやった方が、その者のためにもなるのです」

勝頼が反駁する。

「しかし表裏なき武辺者が、わしは好きだ」

「人を好き嫌いで区別するのが許されるのは、下賤《げせん》の者たちです。一人でも配下を持つ者は、役に立つか否かだけで見るのです」

「裏切られたらどうする」

「それは、裏切られた方が悪いのです」

勝頼が言葉に詰まる。

「四郎よ、修理の言葉を胸に刻むのだ」

「しかし父上――」

「修理はわが分身だ。その言葉はわが言葉と同じ」

昌秀が平伏する。

「身に余る光栄です」

「修理、ここからが正念場だ。四郎を頼むぞ」

「はっ、承って候！」

昌秀は立ち上がると、勝頼を促すようにして陣幕の外に出ていった。

――何事も忍耐だ。

信玄は実戦を通じて、自らの全知を勝頼に伝授するつもりでいた。だが、前途が多難なのは明らかだった。

信玄の胃が再び痛み出した。

――果たして、わが家は続くのか。

十

家康は輾転反側しながら眠気が訪れるのを待った。だが眠りは、なかなかやってこなかった。

――明日はいよいよ出陣か。眠らなければ。

――此度ほどの危機は、これまでもなかったからな。

家康は幾度となく危機に遭ってきた。

天文十一年（一五四三）十二月、家康は三河国の岡崎城内で生まれた。幼名は竹千代《たけちよ》。この時、父の広忠は十七歳、母の於大《おだい》の方は十五歳だった。於大は刈谷《かりや》水野《みずの》氏から輿入れしてきて一年半ほどしか経っていなかった。

この頃、広忠は苦境に陥っていた。家康の祖父にあたる清康《きよやす》が天文四年（一五三五）に家臣に殺されて以来、広忠は今川義元の庇護《ひご》の下で何とか領国を保っている状態だったが、そんな時、刈谷水野氏の当主信元《のぶもと》が織田方となったからだ。そのため今川氏との関係を強化するため、天文十六年（一五四七）、六歳の家康を人質として駿府に送った。しかし家康一行は途次に田原《たはら》城主の戸田《とだ》康光《やすみつ》に捕まり、織田信秀《のぶひで》に引き渡されてしまう。

信秀は家康を使って広忠を誘降しようとしたが、義元を恐れた広忠は応じず、家康は見殺しにされるところだった。信秀が短気な武将だったら、家康はここで命を絶たれていただろう。

ところがその直後、広忠が家臣によって殺されてしまう。義元はすぐに将兵を送り、岡崎城を占拠し、松平一族の離反を防いだ。

その後、義元の軍師の太原雪斎《たいげんせっさい》が安祥城《あんじょう》を攻略した折、信長の庶兄の信広を捕らえたことで、家康との人質交換が成立した。まさに家康は九死に一生を得たのだ。

——そして駿府での日々が始まった。

家康は二年間の尾張での人質生活を経て、駿府で八歳から十九歳まで十二年間を過ごした。駿府で家康は厚遇され、太原雪斎の薫陶を受けることで一人前の武将に成長していく。

——だが次なる危難が迫っていた。

十四歳になった家康は駿府で元服し、十六歳で今川家の重臣・関口義広《せきぐちよしひろ》の娘・築山殿《つきやま》を娶《めと》った。そして十七歳で初陣を飾り、目覚ましい活躍を示したことで、今川家中でも注目されることになる。ところが永禄三年（一五六〇）、大きな転機が訪れる。桶狭間の戦いだ。

この戦いで大高城《おおだか》への兵糧入れを成功させた家康だったが、義元が討たれたことで、今川勢は崩壊する。家康はかろうじて岡崎まで逃れ、独立大名としての一歩を踏み出した。

——あの時、今川家に忠節を誓っていたら、どうなっていたか。

今川家の扱いに不満はなかったが、義元が討たれたことで、今川家は急速に勢いを失うと予想され、家康は信長と同盟を締結した。家康は第二の危機も乗り切ったのだ。

かくして三河国を掌握した家康だったが、永禄六年（一五六三）に勃発した三河一向一揆によって三河国内は二分された。ここで今川勢が侵攻してくれば、ひとたまりもなかったはずだが、義元の跡を継いだ氏真は家中の統一に苦慮している最中で動けず、家康は命拾いをした。

何とかこの大乱を乗り切った家康は永禄十一年（一五六八）、今川領の遠江国への侵攻を開始した。その裏には、信玄との密約があった。すなわち信玄は駿河国を、家康は遠江国を取り、今川領を二分しようというのだ。

その後、首尾よく今川氏を滅ぼした家康だったが、そこから信玄との関係がこじれていく。

これまでの半生を振り返り、ため息をついた家康だったが、その時、次の間から「よろしいですか」という小姓の大久保千丸の声がした。

「ああ、構わぬ。どうした」

「鷹匠、いや、本多弥八郎殿から早馬で書状が届きました」

「そうか。ちこう」

室内に入った千丸は膝行《しっこう》すると、油紙に包まれた書状を差し出した。それを受け取り、開封した家康は、そこに書かれた文字に貪《むさぼ》るように目を走らせた。

――「首尾よくいきました。織田殿の兵と共に戻ります」か。

「よし！」

「よき知らせでしたか」

「ああ、織田殿が助勢してくれる」

「それは祝着。これで枕を高くして眠れますな」

ここ数日の家康の苦悩を知っているからか、千丸も喜んでくれた。

「だが、助勢の兵力までは書いてきていない」

「三河を突破されて困るのは織田殿です。それなりの兵力を送ってくるのでは」

「いや、わしを捨て殺しにするつもりなら、よくて数百だ」

信長が岐阜城決戦を想定しているなら、さほどの兵力を送ってはこないはずだ。

――信長にとって、浜松城は捨て城なのか。

信玄の思惑だけでなく、信長の思惑も家康は考えねばならなかった。

「明日は出陣なさいますか。それとも織田殿の助勢が来てからになさいますか」

「いや、遠江国衆が離反するのを防ぐためにも、明日出陣する」

「承知しました」

千丸が静かに襖《ふすま》を閉めて退室した。

――もはや後には引けぬ。

信長が援軍を送ってくれると聞いたことで、家康は信玄と戦う覚悟ができた。

十一

十月二十二日、高天神城を手にした信玄の選択肢は二つあった。

高天神城は小笠山《おがさやま》丘陵の南東端に築かれていたので、北上するには、丘陵の東を回るか西を回るかのどちらかになる。

東を回れば滝堺・相良の両城を取り除いてあるので北上に支障はないが、街道の北西に位置する懸河城から出てきた敵と一戦交えることになるかもしれない。一方、西回りの道を取ると、道中にある馬伏塚城を攻略せねばならない。

そのためこの日の夜、高天神城下の陣所で、信玄は軍議を招集した。

勝頼と内藤昌秀は警戒にあたらせていて不在だが、その他の重臣たちはそろっていた。

信玄は皆を見回しつつ問うた。

「さて、ここからどちらの道を行くかだが、皆はどう思う」

「はっ」と答えて穴山信君《あなやまのぶただ》が進み出る。

「高天神城は国人の城ですが、懸河・馬伏塚の二城は徳川の持ち城です。双方共に相応の抵抗があるはず。だとすれば万が一の時の退路を考え、小笠山丘陵の東を北上し、いったん東海道に出て、東から懸河城を落としておくのが上策かと」

穴山氏は甲斐国南部の河内《かわうち》地方を治める国人で、信君の母は信玄の姉にあたる。また信君自身も信玄の娘を正室に迎えており、こうしたことから、信君は御親類衆筆頭の座にあった。

――それが兵法の常道だな。

この戦いが徳川領の併呑《へいどん》を目指しているなら、それが上策になる。

小山田信茂《おやまだのぶしげ》が信君に反論する。

「小笠山丘陵を東回りで北上するのに異存はありません。ただし懸河城は要害堅固。囲んだところで攻略するのは困難。だとしたら、牽制するだけで西に向かうのがよろしいかと」

小山田氏は秩父平氏《ちちぶへいし》系の国人と言われるが、出自は定かではない。武田氏とは一線を画した勢力を甲斐国東部に築いてきたが、この頃は穴山氏同様、武田家と歩を一にするようになっていた。

信君が首をひねる。

「しかし、懸河城を攻略せず、背後に残して西上の途に就くのは不安ではないか」

「一言よろしいですか」

馬場信春《ばばのぶはる》が発言を求める。

馬場氏は武田氏譜代の名家だったが、信玄の父の信虎《のぶとら》の時代に絶家とされた。信虎の勘気をこうむったのだ。信玄の時代になり、甲斐国巨摩《こま》郡の地侍の教来石《きょうらいし》氏から信春を迎えて再興させた。

信春は主に信濃戦線で活躍し、信濃国衆の取次を担った。城取（築城）にも手腕を発揮し、江《え》尻《じり》・田《た》中《なか》・諏《す》訪《わ》原《はら》・小山などの城の築城ないしは修築にかかわった。

「いかにも懸河城を背後に残しておくのは不安です。しかし懸河城の兵が追ってきたとしても、殿だけでさばけるはず。それよりも、われらの宛所を考えれば、懸河城を後方に置いても進軍すべきでしょう」

信君が反論する。

「われらの宛所は、遠江と三河の制圧、続いて美濃まで攻め寄せることではないか。だとしたら懸河城は落としておくべきではないのか」

この時点で、諸将には「西上の調儀」とまでは言っているが、上洛はもとより、どこまで攻め上るかは告げていない。

信春が信玄に問う。

「御屋形様、いかがでしょうか」

「当面の宛所は遠江を制圧することにある。しかしながら、今後の戦いを見据え、できる限り兵を損じたくない」

「ということは、懸河城を攻めるのは、上策ではありませぬな」

信春の言葉に、なおも信君が反論する。

「しかし後方に懸河城を置いて西進するのは、不安ではありませんか」

敵の城を後方に置いて進撃するのは、兵法の常道ではない。正面から来る敵と背後の敵に挟撃されるからだ。

信玄は末席にいる天野藤秀に問うた。

「天野殿は、いかにお考えか」

「はっ」と答えて、藤秀が前に出る。

「懸河城は要害堅固。かつてそれがしも徳川勢の一翼を担い、今川殿の籠もる懸河城を攻めましたが、徳川殿は全力を尽くしても攻略できず、矢留によって今川殿を退去させ、ようやく城を手に入れました」

ここで言っている今川殿とは氏真のことだ。

信君が憤然として言う。

「われらは徳川勢とは違う！」

「申し訳ありません」

信君が藤秀の話の腰を折ったので、信玄は不快になったが、それは面に出さず藤秀を促した。

「構わぬから続けよ」

「はっ、浜松から懸河への給糧（兵站）は見付と久野を経ることになります。それゆえ馬伏塚を攻略後、北上し、久野・各和の二城を降し、西から懸河城を攻めるのがよろしいかと。さすれば懸河城は孤立し、自《おの》ずと立ち枯れるでしょう」

立ち枯れるとは、孤立して兵站補給がなくなり、降伏することだ。

小山田信茂が問う。

「となれば、家康は動くでしょうな」

信君が答える。

「遠江国衆の手前、動かざるを得ますまい。つまり懸河城を囮《おとり》にして、おびき出せます」

これまで黙していた春日虎綱《かすがとらつな》（高坂昌信《こうさかまさのぶ》）に、信玄は問うた。

「弾正《だんじょう》はどう思う」

「懸河城を落とすには、十日から十五日は掛かります。城を落とせることは落とせるでしょうが、当方で働けなくなる者の数は五百前後。手傷を負った者らを甲斐に戻すために人手も要ります。おおよそ一千前後、兵力が減じるはず。それを覚悟してのことなら攻めるべきでしょう」

虎綱は石和《いさわ》の大百姓の息子として生まれたが、十六歳の時に信玄の近習となった。その後、使番や足軽大将となり、一時は香坂《こうさか》（高坂）氏に養子入りして高坂昌信と名乗っていたが、今は旧姓に復している。主に信濃北部の戦線を受け持ち、川中島の海津《かいづ》城を預けられている。頭脳明晰《めいせき》で常に感情を面に表さず客観的なので、信玄は相談役として重用していた。

「思ったより損害は大きそうだな。で、根拠は何だ」

「今川氏真が懸河城に籠もっていた時、徳川方は半月ほど攻めても落とせず、討ち死にと手負いを五百ほど出したと聞きますので、われらも同程度は覚悟した方がよさそうです」

信玄は藤秀に問うた。

「天野殿、馬伏塚城の周囲は湿地ばかりだと聞いたが、大軍の進退は難しいのではないか」

「いかにも。あの辺りは泥田か湿地ばかりで、道は一本です」

「さような危地に、大軍で踏み入るのは危ういな」

「はい。まさかとは思いますが、東西を塞《ふさ》がれれば、進退が極まることもあり得ます」

「よし、では、小笠山丘陵の東から北上し、懸河城の前をかすめるようにして西進しよう」

「はっ」と皆が声を合わせた。

信玄の中では、すでに結論が出ていた。だが、諸将を納得させるためにも、議論が必要なのだ。

その夜、勝頼が陣所にやってきた。

「父上、懸河城に寄せずに西進すると聞きました」

「そう軍議で決した」

「それは、いかなるお考えからか」

「懸河城に寄せれば、貴重な時と多くの兵を失う。われらの宛所は西進することだ」

「西進して、どこに行くのです」

信玄は、勝頼にもすべてを語っていない。

「まだ、それを言う段階ではない」

「では、懸河城を攻略しましょう」

「遠江制覇だけを宛所とするなら、それもいいだろう。だが、わしの狙いは別にある」

「つまり、懸河城を攻めぬのですね」

「今はそのつもりだ」

勝頼が落胆をあらわにする。

「懸河城を背後に残すということは、帰途に東海道を使うのは困難となります。帰途をどうしますか」

「山家三方衆を味方に付けておるので、奥三河から信濃に抜ければよい」

「しかし、それは最悪の場合ですね」

「そうだ」

最悪の場合など想定したくはないが、いかに有利な情勢でも、常にそれを考えるのが信玄だ。

「われらが敗軍となれば、山家三方衆は裏切りますぞ」

「人質を取っているので、そう容易には裏切るまい」

「彼奴らは、生き残るためなら何でもします」

——それは尤もだ。

信玄は勝頼の言葉にも一理あると思ったが、そこまで危惧していたら何もできない。

「そのことは考えておく。それよりそなたは、どうしてわれらが敗軍になると思う」

「それは——」

勝頼が口ごもる。

「構わぬから申せ」

「父上の具合が悪いと聞きました」

「法印からか」

信玄は侍医の板坂法印を同行させていた。

「はい。法印から幾度も出陣を引き止めたと聞きました」

板坂法印としては、自らが引き止めたことを勝頼に知らせておきたかったのだろう。

「つまり、わしが途次に死去した場合のことを案じておるのか」

「はい。その時は速やかに兵を引くのですか」

「その時はその時だ」

信玄は言葉を濁した。

「父上の真意は、いずこにあるのですか」

勝頼の顔には、不安の色が浮かんでいた。

「真意か」

「そうです。それがしにまで真意を教えていただけないのでは、兵に不安が広がります」

「さようなことはない。兵はわしに全幅の信頼を置いている。そなたもわしを信じよ」

「時が来るまでは、何も教えてはいただけぬのですね」

「そうだ。しばし待て」

勝頼が威儀を正して言う。

「父上、夜分に申し訳ありませんでした」

それだけ言うと、勝頼はその場から去っていった。

――いつか真意を明かさねばならぬ時が来る。それまで体が持つか。いや、持たせねばならぬ。

信玄は不安を打ち消して横になると、胃の痛みに「鎮まれ」と命じながら眠りに落ちていった。

十二

十月二十一日、家康は浜松城を出陣した。その兵力は八千。まずは見付を目指すことになるが、この頃には天竜川以東、大井川以西の国人や地侍の一部が、武田方に靡いたという一報も届いていた。

「後詰に行くので忠節を尽くすように」という伝言を持たせた使者たちの中には、帰ってこない者もいた。おそらく武田方に参じると決意した国人や地侍に殺されたのだろう。

実は、武田勢が大井川を越える前から、武田方に馳せ参じる者がいた。十月八日には神尾《かみお》氏（榛原郡島田《しまだ》領主）が、十日には三和《みわ》氏（磐田《いわた》郡於保《おほ》領主）ら遠江南部の国衆が武田方となった。

さらに凶報は続いた。

豊田《とよた》郡の国人や地侍たち、天方《あまがた》城主の久野氏（庶家）、高根《たかね》城主の奥山《おくやま》氏、一之宮《いちのみや》城主の武藤《むとう》氏、向笠《むかさ》城主の向笠氏らが武田氏の傘下入りをしたというのだ。彼らはそれぞれの居館を城に改修し、武田方として籠もることになる。

それでも久野・各和両城主の久野宗能（久野惣領家）が、徳川方として戦う肚を決めたことだけが唯一の救いだった。実は、庶家が先んじて武田勢に参じたので、後れを取ることで惣領家を乗っ取られる恐れが出てきたため、徳川方を貫かねばならなくなったのだ。

また豊田郡にある城としては、只来《ただらい》・飯田《いいだ》両城も徳川家の持ち城となっていたが、小さな砦なので、家康は守備兵を撤収させた。


見付城に入った家康は、沈痛な面持ちで軍議の場に臨んだ。

「皆も知っての通り、信玄坊主は本気で当家を滅ぼすつもりのようだ。これからの駆け引き次第で当家の盛衰は決する。まずは、大物見として馬伏塚城まで行ってきた三左衛門が現状を申し聞かせる」

内藤信成が進み出る。

「天竜川以東で、当方が維持している城は極めて少なくなっている。まずは石川（家成）殿らが籠もる懸河城が最東端になる。続いて国衆の久野氏の守る久野・各和両城、そして大須賀（康高）殿の籠もる馬伏塚城だけになった」

家臣たちがどよめく。

「われらは侵攻されている立場なので、敵の動きに応じて策を講じねばならぬ。おそらく信玄坊主は懸河城に攻め寄せるだろう。敵が高天神城から北上を開始したら、われらも後詰に向かう」

家康の言葉に誰かが問う。

「敵が高天神城のある小笠山丘陵を東から回るか西から回るかによって、今後の手立ても変わってきますが、いかにお考えか」

「東から北上するのが常道だが――」

「待たれよ」

大久保忠世が家康に向き直る。

「信玄坊主が遠江を完全な支配下に置くつもりなら、東から北上し、懸河城奪取に向かうでしょう。しかしそうでなかったら――」

皆が忠世の次の言葉に固唾《かたず》をのむ。

「西から回り、馬伏塚を攻撃することも考えられる」

その言葉に、皆が再び侃々諤々《かんかんがくがく》の議論を始める。

「静まれ」と忠世が皆を制する。

「だが、わしはその場合も、東側を北上すると見ている」

その言葉に皆が顔を見合わせる。先ほどの言葉とは矛盾するからだ。

「しかし信玄は、まず各和、続いて久野の攻略を目指すはずだ」

家康は問うた。

「どうしてそう思う」

「その二城を落とせば、懸河城を孤立させられるからです」

久野と各和は久野氏の城なので、懸河城に比べれば攻略しやすいのは確かだ。

「では、東から北上するというのか」

「それは定かではありません。しかし信玄が東回りの道を選べば、馬伏塚城の兵が無駄になります。この場は馬伏塚城を放棄し、そこに籠もる大須賀らを見付城に撤収させましょう」

「敵が西から回ろうとしたらどうする」

「大軍は湿地帯を嫌います。信玄たる者、それくらいは心得ているはず」

馬伏塚城は泥田や湿地に囲まれた平城だ。海にも近く、少しでも雨が降れば進軍もままならなくなる。

「分かった。そんな地に二万を超える大軍が押し込まれれば、大敗を喫する可能性も出てくる。

「承知仕った」

信玄坊主の進路が確定し次第、馬伏塚を捨て、大須賀らを見付に撤収させろ」

忠世が「わが意を得たり」とばかりにうなずいた。

十三

高天神城を発した武田勢は北上を開始し、入山瀬《いりやませ》を経て懸河城の南西をかすめるようにして東海道に戻った。

――あれが懸河の城か。

原川《はらがわ》で小休止した信玄は、四半里ほど北東の懸河城を望んだ。

懸河城は東、南、北を低丘陵に囲まれた盆地にある平山城なので、高所から見下ろすことができる。とは言うものの、標高五十六メートルの龍頭山《りゅうとうざん》という独立丘陵上に築かれているため、信玄の立つ原川の丘陵とは低地を隔ててほぼ同じ高さになる。

「喜兵衛よ、あれを見てどう思う」

信玄が武藤喜兵衛に問うと、喜兵衛が問い返してきた。

「どう思うとは、われらを追尾してくるか否かですか」

「そうだ。こうして見ると、あの城は静まっているように思える。だが城代の石川家成は家康股肱の一人だ。このままわれらを逃しては、面目が立たないはずだ」

「仰せの通りかもしれません。しかし城を出ることはないでしょう」

「なぜだ」

「石川日向《ひゅうが》守殿は慎重な性格と聞きます。われらの威容は城からも見えているはず」

「そうだな。しかし追いすがってきたらどうする」

「伏兵を置き、煮炊きさせたらいかがでしょう」

「炊煙をわざと見せ、伏兵がいることを知らせるわけか」

「そうです。しかも高天神城をわが方で押さえたので、懸河城は動けません」

この二つの城は二里ほどしか離れていない。ちなみに、これから滞陣予定の袋井《ふくろい》と見付の間は五里半ほどになる。

喜兵衛の歯切れのよさに、信玄は上機嫌になった。

「喜兵衛は、わが心中をよく読む」

「いつも近くに侍《はべ》っておりますので」

「よし、では後備を担う小山田の許に赴き、煮炊きの煙を派手に出すよう伝えよ」

「承知しました」

喜兵衛が馬を駆って後方に走り去った。本来なら使番にやらせるのだが、微妙な対応が必要なことなので、あえて喜兵衛に行かせた。

小休止を終えた後、信玄一行は西に向かった。案に相違せず、懸河城は城門を閉ざして追撃してこない。

国本《くにもと》でもう一度小休止を取った信玄は、この日の夜、太田《おおた》川東岸の袋井に陣を布《し》いた。太田川は天竜川の支流で、袋井の西を南流している。つまり太田川に外堀の役割を担わせたのだ。さらに一部の部隊を太田川東岸沿いの木原《きわら》と西島《にしじま》に布陣させ、信玄本陣の前衛とした。

胃が弱っている信玄は、夕餉に石臼《いしうす》で米粒が砕かれた割粥《わりがゆ》を食べた。割粥は消化にいいので、胃が健常な者も、戦場で取ることが多い。


食事が終わったところで、陣幕の外から喜兵衛の声が聞こえた。

「御屋形様、使者が参っております」

「使者だと。誰だ」

「上野介《こうずけのすけ》殿に候」

「上野介とは信友《のぶとも》のことか」

「いかにも」

「そうか――。よし、通せ。人払いもせよ」

しばらくして信友が入ってきた。

武田信友は父信虎の十一子で、信虎が駿河に追放された後の天文十一年（一五四二）、駿府で生まれた。それ以来、信虎と行動を共にし、駿河今川氏滅亡後は信虎と一緒に京に住んでいる。信虎が信玄に用がある時などは、使者として信友を派遣してきた。

――父上によう似ておるわ。

信玄は信友の中に、信虎の面影を見ていた。

明応《めいおう》七年（一四九八）に生まれた信虎は、その父信縄《のぶつな》の死によって永正《えいしょう》四年（一五〇七）に十歳で家督を継いだ。しかしその頃は武田宗家の力が弱まっており、各地に割拠した庶家との間で抗争が絶えなかった。それでも永正五年（一五〇八）に叔父《おじ》の油川信恵《あぶらかわのぶよし》を討ち、信虎は武田家の内訌《ないこう》を終息させた。その後、甲斐国の統一と外敵との戦いを同時に進め、大永元年（一五二一）には侵攻してきた今川勢を撃退した。

「兄上、お久しぶりです」

「上野介か。本当に久しいの」

時候の挨拶や互いの知己の消息などを語り合った後、信友が威儀を正した。

「こちらが父上の書状です」

「大儀」と言いつつ、信玄はそれを黙読する。

「此度は一筋縄ではいかぬようだな」

「いかにも。さすがの父上も手こずっております」

「そうか。あの父上でも手こずるか」

信友がにやりとする。

「とは言っても、もはや信長は風前の灯火《ともしび》です」

「それは真か」

「はい。長年にわたる父上の策動により、包囲網に参画する者たちが増えてきております」

「そうか。さすが父上」

行灯《あんどん》の灯《あか》りが信友の半顔を照らす。

――わしよりも父上に似ている。

その一事だけでも、信玄はこの腹違いの弟を頼もしく思った。

「それで父上は何と――」

「父上は、本願寺、伊勢長島《いせながしま》の一向一揆、浅井、朝倉と談合し、すでに話をつけています。また三好康長《みよしやすなが》、同義継《よしつぐ》、松永久秀《まつながひさひで》も味方に引き入れました」

「なんと――」

「さらに足利将軍家にも内諾を取り付けております」

「まさか――、そこまで進んでいたのか」

さすがの信玄も、信虎の調略がそこまで進んでいるとは思わなかった。

「ただし将軍家は、表立っては反旗を翻せないとのこと」

義昭は信長に監視されているので、確実に勝てると分かってからでないと、旗幟を鮮明にできないのだろう。

「さすが将軍家、身の振り方を心得ている」

「しかし父上もさるもので、『武田勢が上洛してから味方面しても、わしと違って信玄は厳しいですぞ』と釘《くぎ》を刺していました」

信友は従者のように信虎に付き従っているので、上方の事情に精通している。

「で、将軍家は何と答えた」

「兄上が家康か信長相手に大勝したら、旗幟を鮮明にするとのこと」

「さすが父上だ。相手が公方《くぼう》様でも言いなりにはならんな」

「そのあたりに抜かりはありません」

信玄は信虎の手腕に敬服した。

「そうか――。遂に父上は包囲網をまとめ上げたのだな」

だが己の体が、信虎の期待に応えられるかどうかは分からない。

「さらに父上ご自身は甲賀《こうか》の衆を率い、岐阜城へ戻ろうとする信長の行く手を阻むとのこと」

「兵まで動かすのか。父上は意気盛んだな」

信虎は明応七年生まれなので、今年すなわち元亀三年（一五七二）で七十五歳になっている。

「病い一つせず、以前と全く変わりません」

「それは重畳」

信玄は信虎の健康が羨《うらや》ましかった。

「しかし相手は信長です。正面から戦えば敵わぬので、瀬田《せた》の唐橋を切って落とし、後は山戦（ゲリラ戦）で、織田方の給糧を破壊するとのこと」

「父上、ありがとうございます」

信玄は京に向かって拝礼した。

信虎が初めて上洛したのは、駿府に本拠を構えていた弘治四年（一五五八）の正月で、同三年には菊亭晴季《きくていはるすえ》（後に従一位・右大臣）が信虎の末娘を妻に迎えている。それ以降も、信虎は京と甲斐をつなぐ役割を果たした。とくに本願寺との連携には一役買っており、信長包囲網を構築するために走り回っていた。

信友が遠慮がちに問う。

「で、兄上、この足で上洛ということでよろしいですな」

「それを確かめに来たのだな」

「はい。家康を滅ぼし、岐阜城を落とし、尾張・美濃両国を手にした後、兄上はどうなさるおつもりか。それが父上の最大の関心事です」

──父上の地ならしは予想以上にうまくいった。だからといって、このまま上洛戦を挑んでよいものか。

それは、あまりに危険な賭けだった。

「兄上、父上からは『この機を逃せば、天下に覇を唱える機はない』と伝えるよう申しつけられております」

天下とは畿内を指すことが多く、国内全土は海内《かいだい》と言うが、畿内を押さえることが海内を支配する前提となるので、この場合は天下となる。

「そうか」と言ったきり信玄は己の考えに沈んだ。その時、何かを訴えるかのように、胃がしくしくと痛み出した。

──お前は何が言いたいんだ。

胃の痛みは断続的に続いていたのだろう。考えに沈んだことで、それが意識され始めたに違いない。

──わしに『この機会を逃すな』と言いたいのか。それとも『行くな』と申しておるのか。

「兄上のお考えによって父上の動きも変わってきます。兄上が岐阜城を囲んだ時点で、朝倉義景が信長の後背を突くことになっています。しかし兄上が、いったん引き揚げると仰せなら──」

「待て」と、信玄は信友を制した。

──この機を逃すわけにはまいらぬ。

胸底から気魄《きはく》がよみがえってくるのを、信玄は感じていた。

——やるか。

「此度の出征で、少なくとも岐阜までは行く」

信玄は慎重に言葉を選んだ。

「それ以降は、どうなさるおつもりか」

「首尾よく岐阜城を落とせたら——、上洛の途に就く」

「兄上——」

信友が涙声で平伏した。

「そう父上にお伝えしてもよろしいですね」

「ああ、構わぬ」

——これで後に引けぬ。

岐阜城を落としてから甲斐に戻ることになれば、包囲網は雲散霧消し、信長に再起の時間を与えてしまうかもしれない。

「兄上、よくぞ——、よくぞご決意なされました」

信友が嗚咽《おえつ》を漏らす。

この時、京の空に翩翻《へんぽん》とはためく「八幡大菩薩」と「勝軍地蔵大菩薩」の旗を、信玄はありありと脳裏に浮かべた。

十四

信玄が袋井に布陣したと聞いた家康は、今後の対応について軍議を開いた。

居並ぶ重臣たちを見回しながら、家康は言った。

「どうやら信玄坊主は浜松までやってくるようだ」

酒井忠次が不機嫌そうな顔で返す。

「天竜川以東では、犬居城主の天野宮内、天方城主の久野宗政《むねまさ》、高根城主の奥山、一之宮城主の武藤、向笠城主の向笠らが信玄の麾下に参じました。只来・飯田両城からは兵を撤収させました。よって太田川以東でわが方なのは、久野城の久野宗能のみ」

「懸河城もわが方だ」

「ああ、そうでした。しかし敵が目前を通り過ぎても、何もしないで城に籠もっている者を、わが方というのもおかしな話」

懸河城を預かっている石川家成と同族の石川数正が反論する。

「酒井殿、口が過ぎますぞ」

「何もしない者をお味方かどうか疑うのは、当然のことではないか」

「懸河の衆が敵を追尾すれば、その隙を高天神城の敵に突かれます。それで懸河城を失ったらどうするおつもりか」

「たとえ失おうと、われらと挟撃態勢を築ければ、敵に痛手を与えられるではないか。やはり石川日向守殿は――」

忠次が盾机を叩くと言った。

「肝が小さい」

「無礼でござろう！」

数正が立ち上がったので、忠次もそれに続いた。双方の与党も何事か喚《わめ》き始めたので、とたんに陣幕内が騒がしくなった。

——この二人が、わが家中の両輪なのだ。

戦いが近づけば殺気立つのは当然だが、家康に次ぐ重責を担う二人がこれでは、先が思いやられる。

「もうよい！」

家康が叱責《しっせき》したので、二人は座に戻った。

——これまでの人生で、わしが最も多く吐いた言葉が「もうよい」だ。

家康は情けなくなってきた。

「よいか。この軍議で決めるのは懸河城のことではない。久野城に後詰するかどうかだ」

「よろしいか」と言いつつ鳥居元忠が発言を求める。

家康より三歳年長で、十三歳の時に家康の近習となった元忠は、常に家康に近侍し、数多くの合戦で功を挙げてきた。三河国人としては、酒井一族、石川一族、大久保一族、本多一族のように一族単位の勢力が強いわけではないが、家中に確固たる地位を築いていた。

「久野殿は、われらの大切な国衆ゆえ、後詰せねばなりますまい」

「待たれよ」

大久保忠世が発言を求める。

「武田勢は、懸河城を後方に置き去りにして西進しているようだ。懸河城よりも小さい上、今後の計策を考えた上で攻略するに値しない久野城を本気で攻撃するだろうか」

懸河城よりも戦略的価値の低い久野城を武田勢が攻略することに、忠世は疑問を呈した。

忠世が続ける。

「信玄坊主は無駄なことをしない。また思いつきの行動も取らない。だとしたら懸河城を置き去りにし、久野城を攻める理由はない」

元忠が口を尖《とが》らせる。

「懸河城は徳川の持ち城。一方の久野城は国衆の城だ。あえて見せしめに落とし、後詰しなかったわれらの評判を落とそうというのではないか」

――それは一理ある。

家康は信玄の心の内に踏み入ろうとした。

――そうした見せしめをすることで、いかなる利があるか。当然、武田勢の行き手の国人たちは、恐怖に駆られて武田の傘下に入るだろう。しかし信玄の宛所がいずこにあるかで、狙いは変わってくる。

「御屋形様、いかがなされますか」

元忠が迫る。忠世もじっと家康を見つめている。

「難しいところだな」

家康の言葉に誰もが失望したのか、緊張が解けたような空気が流れる。

――これはまずい。

信長なら敢然と言ったに違いない。「決まっておろう。信玄坊主の首を取りに行くぞ！」と。もしくは「見殺しにしろ」と言うかもしれない。いずれにしても決断は早い。

だが、家康は信長ではないのだ。

忠世が妥協案を提示する。

「久野城に使者を走らせ、数日持ちこたえるよう命じましょう。それまでに、われらの方針を決すればよいのでは」

元忠が憤然と言う。

「しかし久野殿は、『何日頑張ればよいのか』と聞いてくるぞ」

「三日から四日と言っておけばよいでしょう」

「さようにいいかげんなことが言えるか！」

「もうよい」

家康はため息交じりに言った。

「後詰したところで久野城を救えるかどうかは分からん。後詰勢さえ後れを取るかもしれん。そんなことにでもなれば、わしの面目は丸潰れだ。この場は、信玄が久野城を素通りすることに賭けよう」

その言葉に、居並ぶ家臣たちが侃々諤々の議論を始めた。

――信長殿も信玄坊主も、軍議の場でかようなことはあるまい。

織田家中も武田家中も、結論が出れば家臣たちは黙って従うだけだ。それを思うと情けなくなってくる。

忠世が確認する。

「では、敵が天竜川東岸に進んでくるまで兵を出さず、敵が河畔に着いたところで、敵を討ち果たすということでよろしいか」

――討ち果たせるという保証がどこにある。

だが家康は、その言葉をのみ込んだ。

「それでよい。久野殿には直筆書状を出しておく」

「お待ちあれ！」

内藤信成が銅鐘のような声で待ったを掛けた。

「さようなことでは、徳川の武威が地に落ちます」

――また余計なことを。

だが信成の顔には、一歩も引かぬ決意が表れていた。

「信玄坊主は久野城を攻撃するふりをするでしょう」

「ふりだと――。何のために、さようなことをする」

「殿をおびき寄せるためです」

再び軍議の場は喧噪《けんそう》に包まれる。

「静かにしろ！」

酒井忠次が怒声を発すると皆が静まったので、信成が続ける。

「それを罠《わな》と分かって行くのも一つですが、それは下策です」

「では、ほかによき策があるのか」

「あります」

皆の注目が信成に集まる。

「久野城の後詰には向かわず、それがしが一手の兵を率いて袋井まで進み、信玄坊主の寝首をかいてきます」

――さようなことができるものか。

三河武士は、自らの武辺ぶりを誇りたいがために大言壮語することが多い。とくにこうした外《け》連味《れんみ》たっぷりの言い回しを好む。

「密《ひそ》かに袋井の敵陣に迫り、奇襲を掛けるのだな」

「いかにも。さすれば、たとえ信玄坊主の首をかけずとも、殿の立場も守れ、久野殿に義理も立ちます」

──立場か。自らの立場を気にしなければならない大名がどこにいる。

だが、家康が臆《おく》した様子を少しでも見せれば、国人たちは水が引くように離反していく。

「一手と言うと、どのくらいの兵が必要か」

「百もあれば十分。それ以上率いていっても逆に見つかります」

「どこから攻め寄せる」

「ここに木原畷《きはらなわて》という地があります」

信成の毛深い指が一点を指し示す。

「ここは畷と呼ばれるだけあり、泥田の中を一本の道が走っているだけの地です。ここなら敵も警戒を厳にしていないはず」

「ということは、夜間に木原畷という一本道を突き進み、信玄の本陣を突くというのか」

「そうです。信玄の主力勢は、もっと南の東海道の渡しを警戒しているはずなので、木原畷は手薄のはず」

「しかし押し返されたら敗走となる。一本道での敗走は損害が大きい」

かつて上杉謙信は関東奥深くまで攻め込み、下総千葉氏《しもうさちば》の臼井《うすい》城を攻撃しようとした。しかし臼井城に至るには下総道と呼ばれる泥田の中の一本道を行かねばならず、総勢三万余の上杉勢は押し合いへし合いしながら向かった。その後、攻撃に移った上杉勢は二曲輪《にのくるわ》まで落としたが、どうしても本曲輪を落とせず撤退となる。その時、一本道なので城からの追撃が激しく、さらに市《いち》川津《かわつ》で北条勢の待ち伏せに遭い、「五千余手負い死人出来せしめ」という手痛い敗北を喫した。このように泥田の中の一本道、いわゆる畷での深入りは、全軍壊滅の危険性が高い。

「待たれよ」

本多忠勝が発言を求める。

「それなら、いっそこうしたらいかがか」

忠勝が長い人差し指で、家康の前に広げられた絵図を示す。

「内藤殿が袋井を奇襲し、首尾よく信玄坊主の首が取れればそれでよし。しかし万が一にも、さようなことはありますまい」

「いや、取ってみせる！」

信成の反駁を大きな手で制し、忠勝が続ける。

「まずは聞かれよ。もしも本陣まで突入できないと分かれば、構わず兵を引きなされ」

「それでは敗走となってしまう」

「もちろん。しかしそれでよいのです」

忠勝の口調は確信に満ちていた。

「袋井から半里ほど西に走ると、見付原台《みつけはらだい》（磐田《いわた》原《はら》台地）に突き当たります。本来なら南にそれて東海道の渡しを目指しますが、そこを駆け上がって下され」

信成が膝を打つ。

「なるほど。分かってきたぞ」

「ご推察の通り、見付原台を駆け上がると、そこは三箇野《みかの》という地で、そこで内藤殿を追ってくる武田勢を、それがしが待ち伏せします」

――これはよき手かもしれぬぞ。

家康の直感がそれを教える。

忠勝が自信ありげに続ける。

「追ってくる敵は、おそらく功を挙げたい足軽らでしょう。しかしこの場は、小戦だろうと勝つことが大切」

――そうか。勝ったという実績は増幅して伝わるものだ。

家康に必要なものは、たとえ小戦でも信玄に勝ったという実績なのだ。それで天竜川以西の国衆を当面つなぎとめられる。

「つまり殿は、勝ち逃げすればよいのです」

信成が顎鬚《あごひげ》をしごきながら問う。

「しかし、それだけで久野城を救えるのか」

「それは久野殿の頑張り次第。それでも、われらが勝ったということが周囲に伝われば、城内の士気は騰《あ》がり、ほかの国人たちの動揺も防げます」

――これはよき手だ。

家康は「わが意を得たり」と思ったが、さも当然のように言った。

「その策でよい。先手は内藤、待ち伏せは平八郎でよいか」

「おう！」

二人が同時に声を上げた。

――だが、このような策に信玄坊主が乗ってくるだろうか。

家康の胸内からは新たな疑問が湧き上がってきた。だが、ほかによい策がないのだから、この策に賭けるしかない。

「よし、頼んだぞ！」

「おう！」

いよいよ緒戦の舞台は整った。

第二章 三カ年の鬱憤

一

二十二日の夜、主力勢に久野城を囲ませた信玄は、袋井の本陣で寝に就いた。本陣といっても城構えのない地なので、豪農の家を借り上げただけのものだ。

——さて、家康はどう動く。

久野城を囲ませ、家康をおびき出そうという信玄だが、家康が後詰に駆けつけてくる確率は低いと思っていた。そのため明日一日、鉄砲と矢箭《やせん》で攻撃させてみて、家康に動きがなければ、久野城を落とせずとも、二十四日には行軍を再開するつもりでいた。

——今はとにかく休まねば。

胃の痛みは慢性化してきているが、起きている時は気が紛れるので忘れることもできる。しかし眠りに入ろうとする時はしつこくつきまとう。

——いまいましい痛みだ。

信玄は苛立《いらだ》ちを抑え、心を静かに保とうと思った。

しばらくして半ば眠りかけた時だった。外が騒がしいことに気づいた。

——何事か。

上半身を起こすと、障子の向こうで武藤喜兵衛の声がした。

「御屋形様、夜襲です」

「そうか。それで守り切れそうか」

「はい。敵は一当たりし、こちらの守りが堅いと知ると、兵を引き始めました」

「何だと——」

——これは罠《わな》だな。

信玄はすぐにそれを察知した。

「本陣の夜番は誰だ」

「穴山殿です」

「玄蕃《げんば》に追うなと伝えよ」

穴山信君は玄蕃頭《かみ》という官途名《かんどな》を名乗っている。

「はっ」と答え、喜兵衛が風のように去っていった。

振り向くと、次の間から現れた小姓の甘利三郎次郎が控えている。

「絵図を持ってこい。そうだ、天野を呼べ」

三郎次郎が持ってきた絵図を広げた信玄は、天野藤秀の来着を待った。

しばらくして表口が騒がしくなると、藤秀が息せき切って駆けつけてきた。

「天野宮内、罷《まか》り越しました」

「構わぬから入れ」

「ご無礼 仕《つかまつ》ります」

藤秀が恐縮しながら入室する。起きたばかりで顔も洗っていないのか、目をしばたたかせている。

信玄が笑みを浮かべて「大儀」と言うと、藤秀の緊張は少しほぐれたようだ。

「火急の場ゆえ、かような姿で罷り越したことをお許し下さい」

見れば藤秀は、寝間着の上に陣羽織を羽織っただけだ。

「構わぬ。当家は礼節を重んじるが、火急の際は礼節無用としている」

「はっ」と言って平伏する藤秀に信玄は問うた。

「聞きたいことは一つだけだ」

信玄は絵図を指し示すと続けた。

「見付原台は段差になっておるな」

「そうです。ここは東西一里、南北四里ほどの台地で、高さは五間から十五間となります」

見付原台、すなわち磐田原台地は比高九メートルから二十七メートルほどの段差になる。

「袋井からだと木原畷を西に進むことになるが、そのまま直進し、見付原台を駆け上がると三箇野だ。その高さはどれくらいだ」

一瞬、考え込んだ藤秀だったが、すぐに答えた。

「十間はありますな」

三箇野台と呼ばれる台地の高さは、十一間（二十メートル）になる。旧鎌倉街道が南麓《なんろく》を走っているので、人の行き来も多い。

「そうか。息せき切って駆け上がったところを敵に待ち伏せられると、苦もなくやられるな」

「下からは上が見えないのでそうなりますが、敵が待ち伏せていると分かれば、散開して登ればよいので、さしたることはありません」

「別の登り口もあるのか」

「はい。地元の百姓が使っている道がいくつかあります」

「さようか。よきことを聞いた」

信玄は即座に決した。

「宮内、馬を駆ってすぐに武藤喜兵衛を追え。そしてこう命じよ」

「ははっ」

藤秀が神の声でも聞くように平伏する。

「見付原台の麓《ふもと》に着いたら夜明けまで待て。それで郷人《ごうにん》ばらを先頭に押し立て、見付原台を駆け登るよう玄蕃に伝えよ」

ここで言う郷人とは、徳川領に入ってから付き従ってきた地侍や農民のことだ。積極的に付いてきた者もいるが、無理やり連れてこられた者もいる。残酷だが、信玄はそうした者たちを人盾にするつもりでいた。

「承知仕りました！」

藤秀が陣羽織を翻しながら寝所を出ていこうとした。

「待て。夜明けにはまだ間があるので、そなたは甲冑《かっちゅう》を着けていけ」

「お気遣い、かたじけない」

藤秀は一礼すると駆け去った。

――さてと、明日には久野城の包囲を解くか。

濡《ぬ》れ縁に控える三郎次郎に、信玄は命じた。

「わしも行く。甲冑の支度をしろ」

「すぐに行くのですか」

「ああ、どうせ眠れぬ」

「はっ、かしこまりました！」

――家康め、吠《ほ》え面《づら》かかせてやる。

信玄は胃の痛みも忘れ、明日が楽しみになってきた。

二

次第に空が明るんできた。見付にいる家康には、いまだ合戦の喧噪《けんそう》は聞こえてこない。

三箇野は見付の北半里ほどの台地なので、戦いが始まったかどうかは音で分かる。だが暁闇《あかつきやみ》となっても、何も聞こえてこない。

――やはり戦というのは、思惑通りにはいかないものだな。

ちょうど運ばれてきた朝餉《あさげ》の粥《かゆ》を立ったまま食べながら、家康は北の空を眺めていた。

その時、何かがわずかに聞こえてきた。それは次第にはっきりと伝わってくる。

「殿、戦が始まったようです」

大久保忠世が告げに来た。

「どうやらそのようだな」

あえて家康は平然と答えた。

「しかしながら、平八の思惑通りに事は運んではおらぬようです」

「分かっておる！」

粥をかき込みながら、家康は声を荒らげた。思惑通りに事が運ばず、苛立っているのは自分でも分かる。

「どうやら敵は待ち伏せを察知し、夜が明けてから攻めてきた模様です」

「つまり勝ち逃げができないというのだな」

「そうです。後詰の兵を送らないと、三左（内藤信成）と平八（本多忠勝）が潰《つい》えます」

「まだ負け戦と決まったわけではあるまい」

「それを念頭において判断した方がよろしいかと」

「分かった。では、三左と平八をどうする」

「殿は、ここから天竜川西岸にお引き下さい。それがしはここに残り、三左と平八の残兵を収めてから天竜川の渡しに向かいます」

忠世は負け戦を覚悟していた。

「致し方ない。では、そなたが殿軍《でんぐん》を引き受けてくれるのだな」

「もとより」

家康がうなずき「馬引け」と命じると、陣払いが始まった。

退却戦は意気が騰《あ》がらない。だが相手は信玄なのだ。何をするにしても早め早めに手を打っていかないと、取り返しのつかないことになる。

――わしが死んだら終わりだからな。

いつ死んでもいいという覚悟はできている。だが家康の死は、徳川家および家臣団とその家族の破滅をも意味する。

――それゆえわしは死ねないのだ。

徳川家が滅び、武田家が徳川領国の支配者になれば、徳川家臣だった者や領民は過酷な目に遭う。場合によっては甲斐に拉致《らち》され、農奴として働かされるかもしれない。

――それだけは防がねばならぬ。

引かれてきた馬に飛び乗った家康は、忠世に視線で「頼んだぞ」と合図すると、天竜川西岸へと向かった。

案に相違せず、武田方は三箇野での待ち伏せを想定し、夜が明けてから郷人たちを押し立てて攻め寄せてきた。内藤隊と合体した本多隊は、鉄砲と矢で容赦ない攻撃を仕掛け、郷人たちは死《し》屍《し》累々となった。しかしそちらに気を取られている隙に、北方の坂から台地上に登ってきた武田方に側背を突かれ、一気に崩れ立った。

両隊は見付に向かって敗走したが、そこにいた大久保隊に収容され、大久保隊が退《の》き戦を展開することになった。大久保隊も追い立てられたが、見付の町に放火することで、武田方の追撃を何とか振りきったかと思われた。

天竜川河畔に向かう途次、先手を任せていた酒井忠次が馬を走らせて戻ってきた。その柿渋を飲み下したような顔を見ただけで、よくないことが起こったと分かる。

忠次は何の前置きもなしに言った。

「殿、舟橋が流されております」

予想もしなかった言葉に、家康は驚きを隠せなかった。

「そ、それは真《まこと》か！」

舟橋とは川舟をつないで橋としたもので、軍勢の渡河に使われることが多い。

「はい。敵の透破が先回りしていたのかもしれません」

大名たちは情報収集や攪乱《かくらん》要員として、特殊技能を持つ集団を有している。それが北条氏の風魔《ふうま》や上杉氏の軒猿になる。中でも武田方の透破は有能この上なく、信玄の「戦う前に勝敗を決する」という方針に大きな貢献を果たしていた。

「舟橋の周囲に守備兵を置いていたのではないのか」

「はい。守備兵の話を聞くと、どうやら上流から丸太を流されたようです」

舟橋をつないでいる太縄を破壊するには、丸太を数本流すだけで十分だ。これが武田方の得意とする戦法だと家康が知るのは、後のことだった。

その時、背後から石川数正が馬を駆ってきた。

「殿、何をやっておられる。もう敵は背後に迫っておりますぞ！」

忠次が事情を話すと、数正が言った。

「致し方ありません。見付の南に逃れましょう。一言坂《ひとことざか》を越えた西に池田《いけだ》の渡しがあり、そこなら対岸の船越一色《ふなこしいっしき》まで渡渉できないこともありません」

数正はこの辺りの地理に詳しい。

「分かった。与七郎が案内しろ」

「わが手勢はどうしますか」

「隊列はこのままだ。そなたの手勢は、息子に指揮するよう伝える」

息子とは康長《やすなが》のことだ。

「承知仕った！」

普段は仲の悪い忠次と数正が、馬首を並べて駆け去った。

「急ぐぞ！」

周囲に声を掛けると、家康は馬を走らせた。

――いつものことだ。たいしたことではない。

戦国の荒波に揺られてきた家康は、想定外のことには慣れている。ただし今回は、味方は三千ほどしかおらず、敵は二万の大軍なのだ。

――しかもその指揮を執るのは信玄坊主だ。

死の恐怖が胸底から込み上げてきた。

――しっかりしろ！

自らを叱咤《しった》すると、家康は馬に鞭《むち》をくれた。


一言坂を越えて西に四半里も行けば池田の渡しに着く。

――そこを渡れば浜松城に逃げ込める。

家康は必死に馬を急がせた。

その時、後方から大久保忠世の使番が駆けつけてきた。

「わが主《あるじ》から仰せつかったことを申し上げます。もはや追撃をかわす手はなく、一言坂の下に布陣し、敵を迎え撃つしかないとのこと」

「さようなはずはあるまい。見付の町に火をつけたのではないのか。それで武田方は火が収まるまで追ってこられないはず」

「それが違うのです。武田方は見付を北から迂回《うかい》する道を使ってきました」

「な、なぜ、そんな間道を知っておる！」

「遠江の国人が道案内をしているようです」

――何たることか！

家康は天を仰いだ。

「殿」と鳥居元忠が拝跪《はいき》する。

「敵は西坂道《にしさかみち》を知っていたのです。だとしたら、一言坂の上に出る道も知っておるはず」

西坂道とは見付の南から西に延びる間道で、迂回路だが池田の渡しまで出られる。

「さような道があるのか！」

鷹狩《たかがり》で様々な道に精通している家康でも、小道や獣道までは知らない。

その時だった。先頭にいる石川数正が戻ってきた。

「殿、一言坂の上に敵兵がいます」

「何だと――」

「坂の上から鉄砲を放ってきているので、敵に相違なし」

「当たり前だ。味方が鉄砲を放ってくるか！」

次から次へと起こる情勢の変化に、家康は混乱していた。

「で、どういたしますか」

――つまり、ここに踏みとどまるのか、逃げるのかということか。

家康は即座に断を下した。

「逃げるに決まっておる。そなたらはここに踏みとどまって、わしが逃げる時間を稼げ」

「逃げるといっても、どこに逃げるのですか」

「一言坂を駆け上がる」

「分かりました。われらは坂の下で敵の追撃を凌《しの》ぎます。その間に左衛門尉《さえもんのじょう》（忠次）と共にお逃げ下され」

「分かった。ここは任せた」

家康は再び前進を開始した。

——信玄坊主、恐るべし。

家康の脳裏を占めているのは、それだけだった。

かくして世に名高い一言坂の戦いが始まる。

三

——徳川の奴らめ。家康を逃すために見付を焼いたのか。

灰となった見付の町を通り過ぎようとすると、道の端に平伏している人々の姿が見えた。

「喜兵衛、あれは——」

「お待ち下さい。聞いてまいります」

平伏している人々の許《もと》に駆け寄った喜兵衛が、少し言葉を交わすと戻ってきた。

「見付の町年寄たちです」

「何と言っている」

「武田の兵が救出や鎮火を手伝ってくれたので、ぜひお礼がしたいと」

「そうか。降りるぞ」

信玄は輿《こし》を下ろさせて外に出た。周囲に控えていた近習《きんじゅ》や馬廻衆《うままわりしゅう》が、甲冑の札《さね》の音を派手に立てながら拝跪する。

信玄が町衆らしき者たちの方に近づいていくと、彼らは地面に額を押し付けるようにした。

「辛《つら》い思いをさせたな」

町の代表と思《おぼ》しき老人の前にしゃがんだ信玄は、優しい言葉をかけた。

「滅相もない。この町を焼いたのは徳川方です」

「しかし、わしが来なければ、こうはならなかった」

「は、はい――」

「それについての詫《わ》び言は、言葉を尽くしても足らぬほどだ」

「もったいない」

老人が感極まって嗚咽《おえつ》を漏らす。それに代わって息子と思しき中年の男が、木箱を前に出して蓋《ふた》を開いた。そこには、ぎっしりと金銀が詰まっていた。

「これを献上させていただく代わりに、この町に禁制を下していただけませんか」

禁制とは、占領軍の将が占領地での軍勢の略奪、乱暴、放火、不法行為などを禁じる自軍への通達のことで、主に被占領地からの献金によって発給された。

中年の男が遠慮がちに続ける。

「その上で、この町を焼いた徳川を討ち取っていただけませんか」

「わしに家康を討ってほしいのだな」

「ぜひに――」

「そうか。そなたらの無念の思いは十分に伝わった」

信玄は差し出された木箱の蓋を閉めると言った。

「これは町の再興のために使え。喜兵衛――」

「はっ」と答えて喜兵衛が走り寄る。

「見付の町に金銀を施せ」

「はっ、しばしお待ちを」と答えると、喜兵衛は勝手方（会計係）の方に走っていった。

しばらく町の様子を聞いていると、喜兵衛が小者二人に金銀の入った箱を運ばせてきた。

「二箱でよろしいですか」

「うむ、足りないくらいだが、今は手元不如意だ。これくらいで勘弁してもらおう」

信玄は町年寄父子に告げた。

「これを町の再興に使え」

「ああ、何とありがたい――」

信玄は老人の肩に手を置くと言った。

「見付の町は遠江の商いを担っておる。それだけ大事な町ゆえ、これを役立て、少しでも早く立ち直ってくれ」

「は、はい。必ずや立ち直ります」

町年寄父子は泣き伏し、ほかの者たちも咽《むせ》び泣いていた。

近くに立っていた幼児を抱き寄せると、信玄は言った。

「これからこの地は武田領だ。そなたらは武田家に守られている。もう何の心配も要らぬゆえ、安心して町を再建せよ。そのためにも、わしはこの地に城も築くつもりだ。その時は手伝ってくれるな」

「もちろんです。何なりとお申しつけ下さい」

見付を押さえれば、浜松から久野を経て懸河に至る徳川家の兵站線《へいたん》を分断できる。それゆえ、信玄は占領したら城を築くつもりでいた。

この後、信玄は家康が造りかけていた見付城を、さらに堅固なものにする。それを見付の人々が勇んで手伝ったのは言うまでもない。

「頼りにしておるぞ」

それだけ言うと、信玄は輿に戻った。

——これだけやれば十分だろう。

敵の小さな失策の隙を突き、その穴を大きく押し広げることこそ、信玄の最も得意とするところだ。

輿の傍らで扉を開けた喜兵衛が言う。

「御屋形様、見事でございました」

「喜兵衛よ、敵地の民ほど大切に扱うのだ。領国というのは、力によって広げるものではない。徳によって広げるのだ」

「恐れ入りました」

喜兵衛が感じ入ったように頭を下げた。

見付の町を出て南西に向かっていると、先行させていた使番が戻ってきた。

「敵を一言坂の下で挟撃しました。その中には家康もいるようです」

「ほう、三河の小僧が天竜川の東まで出張ってきたのか」

家康本人が天竜川を渡ってくるとは思わなかった。

「はい。家康の馬標《うまじるし》が見えました」

馬標は、武将が己のいる場所を味方に知らせるために掲げる目印のことだ。敵に居場所を知らせてしまうという欠点はあったが、自分のいる場所を味方に知らせることで、味方を鼓舞するという長所の方が大きく、よほどの危機に陥らない限り、身代わりの者に馬標を託すことはない。

「そうか。小僧め、浜松の城に籠《こ》もって出てこないと思っていたが、国人たちの離反を防ぐために、のこのこ出てきたのだな」

喜兵衛が口を挟む。

「しかし挟撃とはいえ、天野宮内によりますと、西坂道は人ひとりが通れるだけの隘路《あいろ》です。いかに坂の上に陣取ったとはいえ、わが方は手薄ではありませんか」

「そうか――、天野を呼べ」

喜兵衛は駆け去ると、天野藤秀を呼んできた。

「天野宮内、罷り越しました」

今の状況は、事前に喜兵衛から聞いているようだ。

「敵は踏みとどまって戦うか、坂を登って突破を図るか、どちらだと思う」

「踏みとどまって戦うことは戦うでしょう。しかし逃げたければ坂を登るしかありません」

「坂を登ってどこに向かう」

「池田の渡しでしょう」

「そうか。西坂道以外、そこに先回りできる道はないのか」

藤秀が即座に首を左右に振った。

「ありません」

「しかし西坂道は隘路だ。多くの兵を短時間では送り込めないだろう」

「その通りです」

信玄は突破されることを覚悟した。

「池田の渡しからなら、天竜川を徒士《かち》でも渡渉できるのか」

「増水していなければできます」

ここ数日は雨が降っていないので、増水はしていないはずだ。

「深さはどれほどだ」

「総じて腰くらいですが、深みにはまれば胸まで没します」

「馬なら渡れるな」

「おそらく――」

信玄の脳裏に、馬を駆って懸命に川を渡る家康の姿がありありと浮かんだ。

「では、一言坂とやらに行ってみるか」

信玄は全軍に速足での進軍を命じた。

四

家康は死の恐怖を感じていた。

「早く隊列を整えろ！」

「分かっております！」

石川数正が答えたその時、背後で凄《すさ》まじい筒音が聞こえてきた。

――一言坂の下でも始まったな。

坂の上の敵は、鉄砲を放ってきてはいるが散発的だ。味方が集まるまで鉄砲を放って威嚇し、坂を登らせないようにしているのだろう。一方、坂の下に攻め寄せてきた敵は、態勢が整っているのか本格的な筒合わせを挑んできたようだ。

酒井忠次が馬を寄せてきた。

「殿、馬が走り出したら、われらが前後左右の盾となりますので、一騎だけで駆け出さぬようお願いします」

「分かっておる。それより坂の下の敵は押さえられるのか」

「内藤、大久保、本多の諸勢には、敵がひるんでも押し出さず、防戦に徹するよう固く命じてあります」

殿軍は、内藤信成、大久保忠世、本多忠勝の三人が担うことになっている。

隊列の先頭から数正の声が聞こえてきた。

「殿、隊列が整いました！」

「よし、坂を駆け登れ！」

家康一行が一斉に走り出す。瞬く間に徒士が置いていかれる。だがそれは承知の上で、家康が乗る馬の左右には、忠次や近習の馬が張り付くようにして走っている。その距離が近すぎて鬱陶《うっとう》しいのか、馬たちは涎《よだれ》をまき散らしながら馬首をぶつけ合う。

家康は鞍《くら》に身をかがめて手綱を引き絞った。

敵の筒音が激しくなる。左側にいた兵が「うわっ！」という声を上げると、その馬が遅れた。

どこかに被弾したに違いない。そこに後方からやってきた別の兵が入れ替わる。

前方は煙で見えにくいが、どうやら敵は横一線ではなく縦一線、つまり左右から撃てるように縦に並んでいるようだ。横一線では突破されたらおしまいだが、縦一線だと散発的だが長く撃ち続けられる。

――さすが信玄の兵だ。こうした際の備え（陣形）をよく心得ている。

そんなことに感心している暇はないが、自軍なら横一線に並び、簡単に突破されていただろう。

左右の筒音が激しくなる。家康は唇を嚙《か》みながら馬首にしがみついた。

その時、敵の銃弾が耳の横をかすめていくのが分かった。その銃弾は右に抜け、兵の一人が絶叫を残して馬から落ちた。

――かくなる上は、自らの運を信じるしかない。南無阿弥陀仏《なむあみだぶつ》！

家康は繰り返し念仏を唱えた。信心深くはない家康だが、こうした時には神仏に頼るしかない。

馬も命の危険を感じているのか、手綱を絞らなくても必死に走り抜けようとする。

やがて敵の数がまばらになってきた。

――助かったか！

家康は危険地帯を脱し、坂は下りに掛かった。背後からは銃撃の音がまだしているが、家康を狙ってのことではない。

――ああ、助かった！

横を見ると酒井忠次が駆けている。前方を見ると石川数正も無傷のようだ。

やがて池田の渡しが見えてきた。

「よし、天竜川を渡るぞ！」

酒井忠次が馬を止めて言う。

「殿、それがしは殿軍の者どもを収めてから戻ります」

「何と、そなたの命が危うくなるぞ」

「彼奴《きやつ》らが同じ立場だったら、きっとそうします」

そこに数正が駆け戻ってきた。

「殿、お早く！」

「与七郎、殿を頼んだ」

「承知した！」

忠次を河畔に残し、家康は数正の先導で川を渡っていった。

この頃になると冷静さを取り戻し、殿軍の連中のことが気になったが、一騎当千の猛者《もさ》ばかりなので何とかするだろうと思い直し、家康は一路、浜松城を目指した。

かくして一言坂の戦いは徳川方の敗戦で終わった。

甲州《こうしゅう》勢の無類の強さに、家康は肝が縮む思いがした。

五

前もって「天竜川までで追撃無用」と伝えていたので、一言坂の下に着くと、追撃していった者たちも戻ってきていた。

ちょうど戦場の清掃が行われていた。遺骸《いがい》は首を切られて一ヶ所に積み上げられ、その傍らでは、夫丸《ぶまる》が大穴を掘っている。遺骸から剝《は》ぎ取られた甲冑や刀剣は別の場所に積まれ、小者が血や汚れを拭《ふ》き取っていた。これらは戦利品として、足軽や小者に下賜される。首のない遺骸の前には祭壇が設けられ、線香が献じられており、その前で陣僧が経を上げている。その背後を通り過ぎようとした時、信玄は手を合わせた。周囲にいた者たちもそれに倣う。たとえ敵であっても、討ち死にした勇者に尊崇の念を示すことで、味方が奮い立つことを信玄は知っていた。

急造の陣所に入って床几《しょうぎ》に腰掛けると、早速薬湯が運ばれてきた。それを飲むと、幾分か胃の腑《ふ》の痛みが落ち着いてきた。

「何人ほど討ち取った」

喜兵衛が如才なく答える。

「足軽・小者も含めて三十四と聞いております」

「大身《たいしん》は」

「おりません。騎馬武者もおらず、徒士は七人で、残りは雑兵です」

「首実検の支度はできているか」

「こちらに」

首実検の場に向かう途次、怪我をした者たちが治療されている場所を通った。

信玄が「大儀」と言うと、そこにいた者たちが拝跪した。怪我をした者まで起き上がろうとしたので、信玄は近くまで行き、「そのままでよい」と声を掛《か》けた。

目に留まった一人の真っ赤に染まった白布を取り除けて傷を調べると、脾腹《ひばら》深くに刺し傷があり、助かる見込みはなかった。

「すましを」

喜兵衛から瓢簞《ひょうたん》を受け取った信玄は、傷ついた兵の上体を支えつつ、手ずから水を飲ませた。

「も、もったいない」

兵の瞳《ひとみ》から涙がこぼれる。

「さようなことはない。そなたは武田家のために戦ったのだ。このくらいのことをするのは当たり前だ」

嗚咽する兵を寝かせ、「手厚く介護せよ」と命じると、信玄は陣幕の中に入った。

そこには武田勝頼、内藤昌秀、穴山信君、春日虎綱、土屋昌続といった将星が拝跪していた。馬場信春だけは敵の反撃を警戒し、池田の渡しを守っている。

一方、下座には、生虜《せいりょ》となった数人の武士が縄掛けされていた。人質交換でもしない限り、後で切腹か斬首とされるのは確実なので、生虜たちは覚悟を決めたように瞑目《めいもく》している。ここにはいないが、足軽小者といった身分の低い生虜は、武功のあった下級武士や足軽に下賜され、甲斐に送られて農奴とされるか「人市」で売りさばかれる。

信玄が正面の座に着くと、三方に載せられた打鮑《うちあわび》、勝栗、昆布が目の前に供せられた。この並びは出陣式とは逆になる。

それらを形ばかりに食し、盃《さかずき》を手に取ると、長柄《ながえ》所役《しょやく》が酒を注いだ。それに信玄が口を付けると、戦勝の儀式は終わった。

続いて首実検が始まる。信玄が左手に弓を持ち、右手で扇を掲げ、勝鬨《かちどき》を三度上げると、折敷に載せられた首が運ばれてくる。首注文が読み上げられる。ここでの儀は簡易なもので、一番槍《やり》や一番首の者に信玄が甲州金を手づかみにして分け与え、後に帰陣してから所領の加増などの正式な論功行賞がある。

戦後の儀と首実検が終わった後、勝利の宴《うたげ》となる。その場で、信玄は諸将から詳しい戦の経緯を聞いた。

それによると、一言坂の下では内藤信成と大久保忠世の両勢が踏ん張り、激戦となっていたが、次々と駆けつけてきた武田方により、両勢共に坂を登るようにして敗走となった。それを武田勢が追っていくと、坂の途中の藪《やぶ》の中に隠れていた本田忠勝勢が姿を現し、一気に坂を駆け下って武田勢を蹴散《けち》らした。その間に内藤・大久保両勢は退却し、それに続くように本多勢も引き揚げていったという。

この時の忠勝の奮戦ぶりを目の当たりにした家臣の一人は、後に以下のような歌を詠んで、一言坂に木札を立てた。

家康に　すぎたるものハふたつあり　からのかしらに　本多平八

（家康に過ぎたるものは二つあり、唐の頭に本多平八）

唐の頭とはヤクの尻尾《しっぽ》を飾りにした兜《かぶと》のことで、ヤクの尻尾は舶来品なので珍重されていた。つまり家康には、ヤクの尻尾の毛で飾られた兜と本多忠勝はもったいないという意味になる。

酒宴もたけなわの頃、正面に座す信玄の傍らにいた勝頼が、おもむろに言った。

「父上、いかなる理由から追撃をやめたのですか」

「そのことか」

信玄は盃を置くと答えた。

「渡河途中に逆寄《さか》せ（反撃）を食らえば、後れを取るかもしれぬからだ」

「しかし敵は逃げるのに精いっぱいでした。このまま天竜川を渡河して浜松の城に付け入れば、敵は防戦の支度もままならず、城を捨てて逃げ出したかもしれません」

退却する敵を追って敵城に仕寄ることを、「付け入り」と呼ぶ。

「いかにもな。しかし小僧もさるものだ。対岸に後備を置いておるかもしれぬからな」

「それは慎重に過ぎます。徳川方には、そこまでの余裕はなかったはず」

「それも一理ある。だが何度も申しておるように、われらは勝てばよいというのではない。自軍の損害を最小限に押しとどめ、三河国を制圧し――」

信玄は一拍置くと、諸将を見回して続けた。

「その先のことは、まだ分からん」

「なぜですか」

「何事も敵のあることだ。こちらの思惑通りに進むことはない」

「しかし家康を屠《ほふ》る絶好の機会だったのではありませんか」

「いや、長征となれば、兵を温存しておくことが将たる者の務めだ」

「尤《もっと》もに候！」

土屋昌続が声を大にして言う。

「われらには、世を静謐《せいひつ》に導くという大望があります。それが朝廷および将軍家の望むところ。三河の小僧などという小事にこだわらず、大望達成のために何をしたらよいかを常に考えて行動すべし！」

勝頼が怒声を発する。

「平八《へいはち》、今わしは御屋形様と話しておる。横から入るな！」

土屋平八郎《へいはちろう》昌続は勝頼の一歳年上だが、二人の仲はよくない。

信玄は勝頼をたしなめた。

「四郎、今は勝利の宴の席だ。わしは誰の発言も禁じておらぬ」

だが、昌続は口を閉ざして俯《うつむ》いてしまった。

——困ったものよ。

本来なら、武田家の次代を担う一人の昌続とは良好な関係を築かせておかねばならない。好き嫌いで配下を区別しないのは、将たる者の心得だからだ。しかし勝頼には、それが分からないようだ。

勝頼がなおも言う。

「これで敵は浜松の城に引き籠もりました。となれば城攻めは、付け入りよりも損害が大きくなるのでは」

「その通りだ。しかし三河の小僧は城を出てくる」

「なぜ、それが分かるのです」

「わしが彼奴を城から出すからだ」

その一言に、諸将は感嘆のため息を漏らした。

春日虎綱が遠慮がちに問う。

「御屋形様、その手立てを、すでに考えておられるのですか」

「ああ、考えておる。だが、まだそなたらに話す段ではない」

「承知しました。その時が来たら何なりとお話し下さい」

「うむ。それより明日からは激しい戦いが続くゆえ、今宵は飲もう」

内藤昌秀が「おい、樽《たる》を運び込め」と命じると、小者が二人で四斗樽を運び込んできた。

「では、それがしが」と言いつつ内藤昌秀が木槌《きづち》を振り下ろすと、清酒が溢《あふ》れ出た。

昌秀が朱色の大杯に酒を注ぎ、信玄の前に進み出る。

「いただこう」

だが信玄は、一口飲んだところで盃を返した。

「では、それがしが御屋形様の代わりに」

昌秀が大杯に満々と注がれた清酒を干すと、皆から歓声が上がった。

それからは無礼講となった。

信玄は笑みをたたえつつ、しばらくそれを眺めた後、その場を後にした。体調を考慮したのだ。ちらと背後を振り向くと、昌続が勝頼の盃に酒を注ぎつつ何かを話していた。それを見て信玄はほっとしたが、これだけで二人が仲よくなったわけではないのは明らかだ。

それを思えば、信玄は自らの死後が再び心配になった。


この頃、山県昌景と秋山虎繁が率いる三千の別働隊も奮戦していた。彼らは山家三方衆と呼ばれる作手の奥平氏、長篠の菅沼氏、田峯の菅沼氏を従え、三河北部を席巻《せっけん》していた。

青崩峠《あおくずれ》を越えて奥三河に侵入した別働隊は、長篠菅沼氏の長篠城で一息つくと、野田菅沼氏の野田城を攻めたが、城を落とすには至らず、周辺に放火した後、十月二十二日、鳳来寺道（金指街道）を通り、柿本《かきもと》城を攻め、これを自落に追い込む。続いて伊平《いだいら》（井平）城に向かった。

これに対し、伊平城の鈴木《すずき》氏は五百の兵を率いて仏坂《ほとけざか》で迎撃したが、八十八人も討ち取られるほどの大敗を喫し、伊平城も落城した。これに恐れをなした井伊谷《いいのや》城主の井伊直虎《なおとら》は、城を放棄して浜松城に向かった。

伊平城を拠点にした別働隊は、先手部隊を三方原《みかたがはら》台地上の祝田《ほうだ》まで出し、浜松城の徳川方を挑発した。

ちなみに三方原の語源は、中世の荘園制において、和地《わち》・都田《みやこだ》・祝田の三つの荘や御厨《みくりや》が入会権を持つ原野だったことに発する。江戸時代になると、村が二十五に増えるので、農業生産性の向上により人口増が激しかったことを表している。ちなみに御厨とは神に供える食物を調理する場所のことで、三方原は伊勢神宮の荘園になる。

六

家康が浜松城に入ろうとすると、本多正信が大手門で拝跪していた。

「おう、弥八郎ではないか！」

「はっ、先ほど戻りました」

「して、首尾は」

「殿、まずはこちらへ」

正信は家康の馬の口を取ると、大手門から三之丸を抜けて二之丸表門を入った。そこには、見知らぬ兵が満ちていた。

――まさか、本当に連れてきたのか！

家康は驚きを隠せなかった。

「見ての通り、織田殿の兵三千を連れてきました」

「ということは、そなたは織田殿を脅したのか」

「いやいや、そこまではやらずとも分かっていただけました」

「どうしてだ」

正信によると、信長に拝謁を願い出たところ、家康の使者なので会ってはくれた。だが「これまで見ない顔だな」と言われたので名乗ると、「三河殿の下で何をやっている」と問われたため、正直に「鷹匠です」と答えた。

「そこで織田殿が『なにゆえ鷹匠を送ってきた』と問われたので、『鷹匠を使者に立てるほど手が足らないのです』と答えたところ――」

「織田殿は何と言った」

「にやりとしつつ『さにあらず。そこには寓意《ぐうい》があるはずだ』と仰せになりました。それでしばしの沈黙の後――」

子らに昔語りをする老翁のように、正信が目を大きく見開いて言った。

「織田殿はこう仰せになりました。『そうか。鷹は鷹匠次第。鷹匠が気に食わなければ、逃げ出してしまうという寓意か』と」

「つまり鷹がわしで、鷹匠が織田殿と見立てたのだな」

「ご明察」

「それで三千か――」

確かに三千では足りない。しかし欲を言えばきりがない。仮に信長が五千の兵を寄越《よこ》したとしても、『もっとほしかった』と思うだろう。

――それよりも、われらの背後には織田殿が付いていると、皆に思わせられる方が大きい。

おそらく織田家の援軍は、これ以上は来ないはずだ。しかし家臣たちは増援部隊を期待する。要は、籠城戦《ろうじょうせん》を続けていれば、信長率いる後詰勢が忽然《こつぜん》と姿を現すと信じるに違いない。

——織田殿も、それが分かっているはずだ。

「織田殿としては、三千が精いっぱいとのこと。しかし大将に佐久間殿《さくま》を指名してくれました」

「佐久間殿とは、あの織田家の筆頭の宿老を担っている佐久間信盛《のぶもり》殿か」

「そうです。あちらで待っております」

二之丸広場の中央付近には、「織田木瓜《もっこう》」の描かれた陣幕が風を孕《はら》んでうごめいていた。

正信の傍らに控えていた織田家の使番がいち早く陣幕に入り、「徳川三河守殿の御成り！」と告げた。

家康は永禄九年（一五六六）に三河国を統一したのを機に、朝廷に官位を奏請し、従五位下三河守に叙任されていた。この時、新田《にった》氏系清和《せいわ》源氏だということも認定された。その根拠は全くないが、大名としての支配の正当性を得るために、こうした権威も必要となる。そのため朝廷に多額の献金をして認めてもらったのだ。

「ご無礼仕る！」

家康が陣幕内に入ると、織田家の援将たちが一斉に立ち上がった。

「佐久間殿、よくぞお越しいただけた」

「おお、これは三河殿、たいへんだったようですな」

佐久間信盛が満面に笑みを浮かべる。

「何の。ほんの小手調べです」

「いずれにせよ、ご無事のようで何より」

佐久間信盛は四十六歳。佐久間一族の惣領《そうりよう》家当主が桶狭間の戦いで討ち死にを遂げたので、傍流にもかかわらず信盛が惣領家を継ぐよう信長から命じられた。これにより信盛の下で佐久間一族は統合され、尾張・美濃統一戦から上洛《じようらく》まで、織田家中で最も重きを成すことになった。信盛は桶狭間の戦いの後、徳川家との外交窓口となっていた関係から、援将に指名されたらしい。

「佐久間殿、此度《こたび》はかたじけない」

「われらは同盟を結んでいます。馳走《ちそう》するのは当然のこと」

信盛が、あたかも自らの意思で来たかのように言った。しかし織田家は、信長の命令なくしては兵一人動かせない。ちなみに馳走とは、字義通り同盟相手に援軍を送ることだ。

――それに比べ、わが家はいつまでも合議制だ。

徳川家中は、家康が人質として長らく駿府に留め置かれていたという経緯から、家臣たちの独立心が強く、徳川宗家の支配力は脆弱《ぜいじやく》だった。それゆえ何事も合議で決めねばならなかった。

「此度は藤四郎《とうしろう》殿も駆けつけてくれたか」

「当然でござろう。貴殿は、わが妹の息子ではありませんか」

水野藤四郎信元は家康の母の於大の方の異母兄にあたり、水野惣領家の当主を務めていた。当主を継いですぐに今川傘下を脱して織田方に属し、永禄四年（一五六一）、信長と家康が清須同盟を結ぶ際に仲介役を果たした。家康と信元は長らく敵だったが、桶狭間の戦い後、家康が織田方に転じたことから味方どうしになった。

家康は信盛と信元とは旧知だが、もう一人いる若武者との面識はなかった。

「して、こちらのお方は」

「ああ、これはご無礼を。こちらに控えるは、今は亡き平手《ひらて》政秀《まさひで》殿の孫の汎秀《ひろひで》殿でござる」

平手政秀は信長の傅役《もりやく》を務めていたが、信長の傍若無人の振る舞いを諫言《かんげん》するために腹を切ったとされる。その政秀の嫡男・久秀《ひさひで》の子が汎秀となる。

「何卒《なにとぞ》お引き回しのほど、よろしくお願いします」

信盛が自慢げに言う。

「平手殿は二十歳と若いので、それがしが後見を申しつけられました」

——かような小僧を連れてきてどうする。これから信玄坊主と命のやり取りをするのだぞ。

今後、激戦が必至というのに、たいした考えもなく若手を連れてきた信盛の危機感のなさに、家康はため息をつきたい思いだった。

汎秀が殊勝そうな顔で言う。

「それがしは初陣は済ませたものの、これまでさしたる戦いに出ておりませぬ。此度は徳川家の盛衰を決する一戦と聞き、ぜひ出馬したいと思い、上様に願い出て許されました」

「それは祝着。頼りにしておりますぞ」

「過分なお言葉、ありがとうございます」

信盛が話を変える。

「して、三河殿、わが主からは、浜松で敵を足止めさせると同時に、是が非でも痛手を与えてほしいという言伝《ことづて》をもらってきました」

「時を稼ぎ、痛手を与えよと仰せか」

信玄相手にそれがいかに困難かは、話したところで分かってもらえないだろう。

「はい。その謂《いい》はお分かりですな」

——十分に分かっておるわ。

信長としては、家康に武田勢を浜松で足止めさせ、その間に迎撃態勢を整えたいのだろう。

――ということは、われらは捨て石か。

信長としては、徳川家が潰えても武田勢に痛手を与えられれば、織田勢が勝てる公算が高くなる。それを狙っているのだろう。

「分かっております。われらはこの城に籠もり、信玄坊主を足止めしてみせます」

「見事なご覚悟。して、信玄がこの城を素通りしたら、いかがいたす所存か」

「それは――」

家康は言葉に詰まった。そんなことは考えてもいなかったからだ。

「わが主は、自分が信玄なら、できる限り兵を温存しておきたいと思うとのこと。つまり戦わずしてこの城をやり過ごせるものなら、それに越したことはないと申しております」

「ははあ――、いかにも」

――さすが織田殿、抜かりはないな。

信長は、信玄の狙いが家康ではなく自分だということを知っていた。今更ながら、家康は信長の慧眼《けいがん》に舌を巻いた。

「では、信玄坊主がこの城をやり過ごそうとした時、三河殿は追撃戦を挑むのですな」

「それは状況次第かと」

信盛らは家康の尻《しり》を叩《たた》き、武田勢と戦わせるために来たのだ。

その時、背後で咳払《せきばら》いが聞こえた。

「これは酒井殿、お久しゅう」

酒井忠次らが、いつの間にか戻ってきていたらしい。本多忠勝ら殿軍の三人もいるので、家康は安堵《あんど》した。しかし戦場から帰ったばかりなので、彼らの甲冑は汚れ、着崩れしたままだ。

「三河者はぶっきらぼうゆえ、挨拶《あいさつ》もせずに口を挟む無礼をお許し下さい」

「いやいや、戦場からのお帰りなので致し方ありませぬ」

そうは言ったものの、信盛は不快そうに顔をしかめている。

家康は早速、機嫌を取り結ぼうとした。

「小平次、話は後で聞く。今は口を慎め」

「いや、言わせていただきます。佐久間殿らが手伝い戦に来て下さったことには感謝いたしております。しかしわれらは織田殿の同盟相手で、傘下国衆ではありません。戦うも戦わぬも、われらの勝手ではありませぬか」

その理屈は当然だった。現に久野城の久野宗能はもとより、懸河城に籠もる家臣の石川家成でさえ、武田勢の勢いに恐れをなしたのか追撃をしなかった。それを家康は非難するつもりはない。戦における判断は、最前線にいる武将に任されるからだ。しかし信長だけは、すべてを統制しようとする。

信盛が不満たらたらの口調で言う。

「とは仰せになっても、われらは同盟国。双方が連携を取りながら戦わなければ、信玄を追い払うことは叶《かな》いませぬ」

家康は険悪な雰囲気を取り繕おうとした。

「尤もなことです。われらは堅固な同盟を結んでおります」

信盛がさらに何か言おうとするのを、信元が制した。

「佐久間殿、これからは、いかなる状況になるか分かりませぬ。信玄は天竜川以東を制したことで満足し、兵を引くやもしれませぬ」

家康は「わが意を得たり」と思った。

「水野殿の仰せの通り。信玄坊主は病いも抱えておるようで、兵を引くことも念頭に置いている に違いありません」

「それは初耳」

信盛が意外な顔をする。

「いや、そうした雑説があるということで、真偽は定かではありません」

雑説とは噂のことだ。

「雑説なら、あてにはできませぬな」

信盛が吐き捨てるように言った。

「いかにも。雑説と後詰はあてにはできませぬ」

家康は哄笑《こうしょう》したが、誰も追従してくれない。後詰とは援軍のことだ。

忠次が冷徹な声で言う。

「いずれにせよ、われらは主の采配《さいはい》に従うだけ。織田殿の差図は受けませぬ」

「これ、小平次、下がっておれ！」

家康が叱りつけると、忠次をはじめとした重臣たちは下がっていった。

――何とも情けない限りだ。

陣幕内に残った家康の家臣は、正信と小姓だけになっていた。

「彼奴らは田舎者ゆえ、ご無礼の段はお許し下さい」

「三河殿もご苦労なこと。しかしわが主に何と伝えるか、それがしも頭の痛いところです」

「どうぞ、よしなにお取り計らい下さい」

「それは分かりましたが、使者に鷹匠を送ってきたことといい、此度の酒井殿のお言葉といい、三河殿もわが主の神経を逆撫《さかな》でしないようにお願いしますぞ」

──鷹匠の本多正信を使者にしたことに、織田殿は立腹していたのか。

正信の報告とは違っていたので、家康は戸惑った。

信盛が皮肉交じりに言う。

「信玄に降伏するおつもりなら、早く言って下され。われらは主に合わせる顔がないので、この城を打って出て討ち死にを遂げる所存」

信盛の言に信元も苦い顔でうなずく。

「三河殿、われらにも後がないのです」

──そうか。此奴らも、わしを戦わせられなければ立つ瀬がないわけか。

おそらく信長から、「家康が戦わぬなら、そなたらだけで敵陣に斬り込んで討ち死にいたせ」くらいのことは言われているのだろう。桶狭間の戦いでも、陣城を捨てて逃げ戻ってきた佐々政《さっさまさ》次《つぐ》と千秋季忠《せんしゅうすえただ》を信長は強く叱責し、見せしめのように敵陣に突っ込ませて討ち死にさせている。

苦しいのは自分だけではないと知り、家康は少し余裕ができた。

「いずれにせよ、先のことは分かりませぬ。臨機応変に動きましょう」

信盛が不機嫌そうにうなずく。

「致し方ありませぬな」

この後、家康は「酒を運べ」と命じ、信盛らの機嫌を取り結ばねばならなかった。

七

この頃、東美濃でも異変が起こっていた。八月から九月にかけて、信長は東美濃の岩村遠山氏と苗木遠山氏の領国を自領化していたが、十一月に入ると、岩村遠山氏の家中から信玄に支援を求めてきた。これを聞いた信玄は、山県・秋山両隊と共に伊平城に在陣していた下条信氏《しもじょうのぶうじ》を、城受け取り役として岩村城に派遣した。信氏は信玄の妹を正室に迎えている一族衆だ。

信氏は同月十四日に岩村城を受け取り、城内にいた信長五男の御坊丸《ごぼうまる》（後の信房《のぶふさ》）を捕虜とし、甲府に送っている。

一方、信長は岩村城の危機を知ると、異母兄の信広と河尻秀隆を送ったが、武田方が先に城を接収したため、空しく引き揚げてくることになる。かくして織田家の領有していた東美濃も、武田家のものとなった。

このことを知った十一月二十日付の信長書状には、「信玄の所行、まことに前代未聞の無道と言えり。侍の義理を知らず。ただ今は都鄙《とひ》（全国の意）の嘲弄《ちょうろう》を顧みざるの次第、是非なき題目にて候」とあり、未来永劫《えいごう》にわたって義絶すると宣言している。

「是非なき題目」とは「言語道断のこと」という意味になる。

見付から一里ほど北上したところにある匂坂《さぎさか》城は、天竜川の東岸にある豊田原《とよたはら》台地に築かれた国人の匂坂氏の居城だ。しかし守りなどなきに等しい丘城で、すでに匂坂氏は浜松城に退去していた。この城は天竜川東岸の渡しを押さえる位置にあるため、浜松城からの追撃を押さえるべく、信玄は穴山信君を入れて守備するよう命じた。

続いて信玄は、さらに北に向かい、神増《かんぞ》を経て、少し内陸にある社山城《やしろやま》を占領した。この城も守備兵が浜松城に撤収していたので、戦わずして手にできた。

その後、夜になったので、信玄は社山城の北半里ほどにある合代島《ごうだいじま》の豪農の家を本陣とし、その背後の丘に陣城を築かせることにした。

――ここまでは思惑通りだな。

だが、思惑通りにならないのは体の方だった。

小姓の甘利三郎次郎に板坂法印を呼びに行かせると、次の間に控えていたのか、法印はすぐに駆けつけてきた。

「御屋形様、具合が悪いのですか」

「ああ、気分が優れぬので、飯を抜いて仰臥《ぎょうが》しようと思っていた。その前に薬を処方してほしいと思うてな」

「では、まずは触診を」

法印が信玄の腹を探る。

「どうだ」

「申し上げにくいのですが、腹の中のでき物は、出陣した時より大きくなっておるようです」

「それは真か――」

「は、はい。こうした折ですから、正直に申し上げました」

「すまぬな。それで――」

信玄は落胆を隠せなかった。だがこれだけは、聞いておかねばならないことだ。

「この病いは癒《い》えるのか」

「それは――」

法印が俯く。

「完治せぬのだな」

「はい。こうした物を抱えても、何年も生きる者もおりますが、大半は――」

「しばらくして命を落とすのだな」

「いかにも。これからよくなったり悪くなったりを繰り返し、遠からず死を迎えます」

「そなたの経験から、わしはどれくらい持つ」

法印が渋い顔で答えた。

「半年から一年と――」

「そうか。もはや残された時は長くないのだな」

「はい。少しでも生き長らえるためには、養生が必要です」

「養生というと」

「よき水を飲み、ゆっくりと休まれることです」

――さようなわけにはまいらぬ。

穏やかに死を待つのも悪くはない。だが、ここまで来て引くわけにはいかない。

「やはり軍旅はよくないのだな」

「はい。すぐに甲斐に戻られるのがよろしいかと」

「分かった。よく考えておく」

「お力になれず、申し訳ありません」

信玄は仰臥しつつ言った。

「法印、薬を頼む」

「はい。すぐに用意いたします。ただ――」

「ただ何だ」

「もはや薬に望みは持てません」

「気休めにはなる」

信玄は笑ったが、法印の顔に笑みはない。

「はい。すぐに調合いたします」

――そこまで悪くなっていたのか。

さすがの信玄も動揺を隠せなかった。

「法印、下がってよいぞ」

「ははっ、後で薬を届けさせます」と答え、法印が次の間に引き取っていった。

「甘利、四郎を呼べ」

居室の隅に控える甘利三郎次郎に、信玄は声を掛けた。

「かような夜半に、お呼びするのですか」

勝頼は寝ているところを起こすと、すこぶる機嫌が悪いと聞いたことがある。

「軍旅に昼夜の区別はない」

「はっ」と答え、三郎次郎が勝頼を呼びに行った。

しばらくして、長廊を大股《おおまた》で歩く足音が聞こえてきた。

「ご無礼仕ります」

三郎次郎から事情を聞いたのか、勝頼の顔は緊張していた。

「三郎次郎は下がってよい。誰も近づけるな」と命じた信玄は、勝頼を「ちこう」と呼び寄せた。

「よいか、心して聞け。これから話すことは他言無用だ」

「はっ」と答える勝頼の顔が強張《こわば》る。

「先ほど板坂法印に診てもらったのだが、わが病いは悪化している」

「病いとは、やはり胃の腑ですか」

「ああ、膈《かく》のようだ」

「膈でしたか。それで癒える見込みは」

「ない」

その言葉に勝頼は驚いたようだ。

「ご無礼ながら、法印はどのくらい持つと」

「半年から一年だ」

勝頼が息をのむ。

「人の命には限りがある。遅かれ早かれ、誰にもいつか死が訪れる。わしの場合、それが目前に迫っているだけだ」

「まさか、この軍旅を手じまいされるおつもりか」

「それは状況次第だ。わしは信長を討ち取り、できれば天下に覇を唱えたいと思ってきた。だが、そうはいかぬことも考えておかねばならぬ」

信玄は希望的観測で物事を考えない。情勢を悲観的に捉《とら》え、最悪の場合を想定した手を打つのが常だった。

「それがしに兵を率いさせていただければ、父上のやり残した仕事をやりおおせてみせます」

「さようなことは申しておらぬ。もしわしが死んだら――」

そこまで言いかけて信玄は言葉を変えた。

「いや、この病いは唐突に人事不省に陥ることはない。それゆえ、その時の状況に合わせて指示を出す。それまで予断は禁物だ」

「分かりました。しかしこの勢いを持ってすれば、父上がおらずとも京を制し――」

「それは違う。わしとそなたの力量を比較して言っているのではない。これまでに築いてきたわしの名声あってこそ、味方も増え、天下に号令できるのだ」

勝頼が肩を落とす。

「それだけ実績に裏打ちされた名声は大切だ。残念だが、今のそなたでは誰もついてこない」

「では、父上が危篤となった時は、甲斐に引き揚げるのですね」

「いや――」

と言って信玄は躊躇《ちゅうちょ》した。実は、ある考えが浮かんでいたからだ。

「一概にそうせいとは言えない。その時の情勢次第だ」

「では、信長と無二の一戦に及んでも構わぬのですね」

「そなた単独では無理だ。京のお味方衆次第だ」

その意味するところが、信長包囲網だと勝頼も理解したようだ。

「承知しました。京の情勢には気をつけておきます」

「そうだな。それがよい。ここからの舵取《かじと》りは難しい。だが、われらはやり遂げねばならぬ」

信玄は言葉を切ると、勝頼の視線を受け止めながら言った。

「何事も慎重に進めよ。さすれば天下は、柿の実のように、そなたの手に落ちてくる」

「父上、そのお言葉、心に刻みます」

勝頼は一礼すると、信玄の仰臥する部屋を出て行った。

八

十一月二十三日、家康の許に服部半蔵の使いがやってきて、信玄の動向を伝えてきた。

――信玄坊主は何を考えているのだ。

見付を出た信玄は浜松に向かわず、北上を開始し、見付から一里ほど北にある匂坂城を奪取した。続いてさらに北に向かい、社山城を占領した。その後、社山城の北半里ほどにある合代島の豪農の家を本陣にしたという。

信玄は、その背後の小丘を城として使えるように普請を進めているとのことで、合代島に腰を据えるつもりらしい。そこからは北の眺望が開けており、信玄の狙いは自ずと見えてくる。

――二俣城か。

二俣城は浜松城の北北東四里半ほどにある連郭式平山城で、浜松城の北の守りを担っていた。起伏の少ない遠州平野を馬に乗って全力疾走すれば、一刻《いっとき》（二時間）程度で着く距離だ。

二俣という名は天竜川と二俣川の合流点に築かれていたからで、天竜川が北西を流れ、二俣川が東から南を回って西へと流れているので、三方を天然の堀が囲む形になっており、しかも切り立った急崖《きゅうがい》となっている。攻め口は北に限られているが、そこには三条の堀切がある。

縄張りは至って単純で、比高三十メートルほどの高さにある本曲輪《ほんくるわ》の周囲に補完的な小曲輪が築かれ、本曲輪の北側に三条の堀切が入れられているだけだ。というのも、そもそも今川氏が河川交通監視用に築いた城なので、当初は籠城戦を行うという発想がなかったからだ。

それでも自城となってから、家康は堀切を三条入れ、そのうちの一つを大堀切にし、そこで敵を損耗させるという防御法を取ろうとした。

二俣城の城代は中根正照《なかねまさてる》で、副将として青木貞治《あおきさだはる》や松平康安を入れていた。城兵も精鋭ぞろいだが、兵力は千二百ほどなので、どれだけ持ちこたえられるかは分からない。

武田勢の先遣隊は十一月十九日頃から城を包囲し始めており、城兵との間に小競り合いも起こっていた。

――二俣城をそのままにして、浜松城を攻めるわけにはいかないということか。

普通ならそう考えるべきだろう。だが信玄のことだ。もし浜松城を攻めて落とせなかった場合を考え、その付城の役割を二俣城に担わせようとしているのかもしれない。

――信玄は、わしの考えの及ばぬ男だ。何を目論《もくろ》んでおるかは分からぬ。

その時、障子の向こう側から声がした。

「酒井小平次、罷り越しました」

「やっと来たか。待っていたぞ」

「それはご無礼を。北の備えを見回っておったので遅くなりました」

忠次が、いつものように苦虫を嚙み潰《つぶ》したような顔で入ってくる。

――此奴が笑ったり、上機嫌でいたりするところを見たことがない。

忠次はいかに戦で勝って功を挙げようと、さほど喜ぶでもなく、常に無愛想で無表情だ。勝利の祝宴でも他の者たちと交わろうとせず、一人で酒杯を傾けている。それが不気味なので、家康がその理由を問うと、「それがしは次の一手を常に考えております。それゆえ勝った戦も過去のものとして忘れます」と答えた。家康が「では、そなたがすべての肩の荷を下ろして喜べるのは、どうなった時か」と問うと、「殿が天下を取った時、という答えをお望みでしょう。しかし殿が天下を取ることはありますまい。わが死の瞬間に、徳川家が続いていれば、それで十分」と言いきった。

忠次が不思議そうな顔で問う。

「で、何用ですかな」

「昨夜のことだ」

「ああ、佐久間殿らとのことですな」

「そうだ。馳走に来ていただいたにもかかわらず、あの対応はないだろう。あれでは佐久間殿らが気分を害すのは当たり前だ」

「殿、勘違いしてはいけませぬぞ」

忠次が不機嫌そうに顔をしかめる。

「何を勘違いする」

「では、お聞きしますが、殿は織田殿の家臣になりたいのですか」

「それは――」

家康は戸惑った。信長が天下を制すれば、自然な流れで家臣とされるだろう。だが今は対等の同盟相手なのだ。

「家臣になりたければそうなされよ。その時は、それがしは武士をやめて坊主にでもなります」

「極論を申すな。よいか、われらは織田殿と手を組み、信玄坊主と戦うと決めたではないか。家臣云々《うんぬん》ではない。信玄は共通の敵なのだ」

「それとこれとは話が別です。織田殿は徳川家を同盟相手として扱っていますが、徐々に家臣扱いするのは目に見えています。さすれば天下統一を目指している織田殿は、『三河殿、関東の北条を攻めてくれ』『西国の毛利《もうり》を攻めてくれ』などと命じてきますぞ」

「さようなことを命じられても断るだけだ」

「はて、その時に断れますかな」

信長が天下人となれば強大な兵力を擁すことになり、家康が命令を断れば、討伐の対象にされるかもしれない。つまり討伐の大義を得るために、無理難題を押し付けてくるかもしれないのだ。

「その時になってみないと分からぬ。だが筋の通らぬ依頼には従わぬ」

「それができるなら結構。しかし織田殿に筋が通らぬなどと言っても、聞く耳を持ちますかな」

「だからといって――」

「殿、今から意地のあるところを見せておけば、織田殿は殿に一目置いて、多少の遠慮もします。しかし犬のように尻尾を振り、その望むところに従っていれば、さらに難題を吹っかけてきますぞ」

「犬のようにか」

「さよう。唯々諾々と従っていれば、いつか本物の犬にされますぞ」

――それが信長なのだ。

忠次は信長の本質を見抜いていた。だが多少の意地を見せようと、信長が強大な力を握ってしまえば、従わざるを得なくなるだろう。

「殿、今だけを見てはいけません。常に先を見通すのです」

「先か――」

今まで家康は目先のことに囚《とら》われ、そこからいかに抜け出すかばかりを考えていた。

――いかにもな。しかし今がなければ先もないではないか。

家康は現実に立ち戻った。

「だからといって、佐久間殿を不快にさせても得などないではないか」

「いいえ。いかに当家の対応に気を悪くしても、佐久間殿は独断で兵を引くことはできません。さようなことをしでかし、のこのこ岐阜に戻れば、織田殿から叱責されます。叱責で済めば幸いで、失脚させられるかもしれません」

――そうか。相手の足元を見ればよいのだな。

家康は一つ学んだ気がした。

「では、われらが追撃をせずとも、佐久間殿らは、ここを動けないというのか」

「さよう。殿の尻を叩いて信玄を追いかけさせることができなければ、怒られるのは殿ではなく佐久間殿なのです。それが織田家というもの」

忠次は織田家の構造を見抜いていた。織田家では、信長以外の者はすべて徒士同然なのだ。にもかかわらず家康は、たいした考えもなく信盛の機嫌を取っていたことになる。

「そなたの言うことは分かった。だが、味方の心を一にしていかねばならぬ時だ。もう佐久間殿にからむのはやめろ」

「それは承知仕った」

忠次が不承不承うなずく。主としての家康の顔を立てたのは明らかだ。

二人の間に気まずい沈黙が訪れたので、家康は話題を転じた。

「で、信玄坊主はどう動く」

「まずは二俣城でしょうな」

「だろうな。それ以外は考えられぬ」

「だとしたら、いかがいたしますか」

十五歳年上だからか、忠次は家康を試すように問い掛けることが多い。

「後詰せざるを得まい」

「それが信玄の狙いでしょう」

「二俣城を囮《おとり》にして、わしをおびき出すというのか」

「いかにも。殿がのこのこ出てきたところを叩き、浜松に逃げ帰ろうとするところを追いかけ、討ち取るつもりでしょう」

「しかし後詰せねば、わしの信用が失墜する」

こうした場合に後詰する姿勢を見せず、支城を見捨てれば、家臣や国衆から愛想を尽かされ、離反が相次ぐはずだ。

「そうです。殿が出てくれば叩く。出てこなければ信用を失墜させるために二俣城を落とす。どちらに転んでも、信玄は勝者なのです」

――それが信玄なのだ。

勝つことよりも負けないようにすることこそ、信玄の思考の原点にある。それは川中島の戦いに如実に表れていた。ただ一度だけ魔が差したのか、思いきった策に出た四度目の川中島の戦いで、弟の信繁《のぶしげ》ら歴戦の雄を失うという痛手をこうむってからは、負けない戦い方にさらに拍車が掛かっていた。

「では、わしはどうしたらよいのか」

「後詰の構えを見せるしかありますまい」

「実際には後詰せぬのか」

「しかり」

忠次が三白眼を光らせる。

「では、中根らを見捨てるのか」

忠次がうんざりしたように言う。

「見捨てはしませぬ。しかし自力で運を開かねば命を長らえることができぬは、戦国の習いではありませぬか」

戦国時代は自力救済が基本的な考え方になる。いかに支城とはいえ、後詰を待つだけでは救われない。

かつて河越《かわごえ》の戦いの折、北条氏康は河越城の後詰に向かい、城兵の解放を古河公方《こがくぼう》と関東管領に懇請したが、それが受け容《い》れられないと分かると、城内と呼応して敵を急襲した。この時、城内にいた北条綱成《つなしげ》らは、城外の氏康が兵を動かす前に、城を打って出て敵を蹴散らした。それをきっかけにして、氏康も敵陣に攻め寄せた。

「要するに、われらが近くに来たことを伝え、二俣の衆が打って出るのを見て、われらも攻撃を仕掛けるのだな」

「中根らも、その覚悟はできているでしょう」

「打って出てこなかったらどうする」

「見捨てるしかありますまい」

千二百の城兵が二万五千の敵兵の中に突入することになる。その知らせを聞いてから家康率いる後詰勢が駆けつけたとしても、城兵の半数以上は討たれるだろう。

――しかも討たれるのは、二俣城在番衆だけではない。わしの命も危うくなる。

信玄のことだ。そんなことは百も承知で、家康が罠に掛かるのを待っているはずだ。そこに飛び込めばどうなるかは、火を見るより明らかだ。

「では、二俣城在番衆が打って出てきたら、われらも全力で後詰するのだな」

家康が念を押すと、忠次は黙った。

「おい、どうすればよい」

「その時の状況次第」

「つまり後詰せずに、敵の包囲陣を突破してきた者だけを収容し、浜松まで退くこともあり得るのだな」

忠次がうなずく。

――それでは後詰勢とは名ばかりで、突破してきた味方を収容し、退却するだけではないか。

「酷《むご》いの」

「殿、今何と申された」

「酷いと申した！」

家康も気が立っている。

忠次が、あきれたと言わんばかりに首を左右に振る。

「殿、討たれた者たちの願いは何とお考えか」

「死んでいった者どものことか」

「いかにも」

「仇《かたき》を取ってほしいと思うはずだ」

「そうです。死んでいった者の望みは、それしかありませぬ。殿がやけくそになり、信玄坊主の陣を攻撃して討たれたら、死んでいった者たちの無念を誰が晴らしてくれますか」

いちいち尤もなので、家康には抗弁のしようがない。

「そなたは冷たいの」

「ははは、それがしほど温かい心の持ち主はおりませぬ」

「よく、言うわ」

「殿は目先しか見えておりませぬ。それがしは先々を見通し、最適と思う判断を申し上げております」

「それが温かい心だというのか」

「いかにも。徳川家を後世まで伝えていくことこそ、死んでいった者たちに報いることになるのです。それを常に考えているそれがしほど、温かい心の持ち主はおりませぬ」

——妙な理屈だ。

とは思いつつも、家康は反論をしなかった。

「もうよい。分かった」

「ようやく、お分かりいただけましたか」

「わしではなく、そなたが当主だったら、当家も栄えたものを」

「はははは」と高笑いすると、忠次が言った。

「殿は、それがしなど大きく上回る器量をお持ちだ。短慮から命を失えば、天が与えてくれたそい。

の器量も無駄になります」

「何を言っている。わしはさしたる者ではない」

「それは違う！」

忠次がにじり寄ると、家康の手首を摑《つか》んだ。その凄まじい力に、家康は振り解《ほど》くことができな
い。

「うっ、痛い。放せ！」

「よろしいか。殿は、天下人となるべき器量をお持ちだ。それを生かすも殺すも殿次第！」

「分かった、分かった」

やっと忠次が手首を放した。

「殿、ご無礼をお許し下され」

それだけ言うと、忠次は去っていった。

――常の大名なら手打ちにしておるわ。

だが、家康は知っていた。

――わしに苦い薬を飲ませようとする者ほど貴重なのだ。

家康は大きなため息をついた。

九

合代島の陣所が城と呼べるくらい整ってきたと聞き、信玄は豪農屋敷から、その背後の小丘に移った。そこは後に亀井戸《かめいど》城と呼ばれることになる。

――これで一安心。

幾重にも家臣たちに取り巻かれていたとはいえ、平地の屋敷では心許ない。その点、小丘の上で堀と土塁のある城に入ると安心する。

十一月二十二日、別働隊の山県昌景が合流してきた。

信玄が「大儀」と声を掛けると、昌景は「ただ今、罷り越しました」と言って笑みを浮かべた。相変わらず醜い顔だが、信玄にとって最も頼りになる顔の一つだ。

「見事な采配だったと聞いている」

「いえいえ、それがしが何もせずとも、敵が勝手に逃げ散るわ、降《くだ》ってくるわで、これほど楽な仕事はありませんでした」

「謙遜《けんそん》するな。武士は作物《なりもの》（成果）がすべてだ。此度のそなたと秋山の活躍には目を見張るものがあった」

昌景と共に別働隊を指揮していた秋山虎繁は伊平城に残り、三河国北部の支配を担っている。

「ありがたきお言葉。まあ、山家三方衆が味方するのは分かっていましたが、岩村城が靡《なび》いてくるとは思いませんでした」

「いかにもな。その知らせを聞いた時は、わしも驚いた」

「岩村遠山氏には信長の叔母《おば》のおつやの方が嫁ぎ、信長五男の御坊丸を養子に迎えていました。にもかかわらず、よもや降ってくるとは――」

「そうだな。で、今は下条が入っているのだな」

岩村城には、信玄の妹婿の下条信氏が入っている。

「はい。下条殿から知らせが入り、御坊丸は甲府に送ったとのこと」

「そうか。それはよかった。して岩村城は、どうして降ってきたのだ」

「どうも家中で揉《も》めたらしく、おつやの方も半ば押し込められていたようです」

「そうだったのか。それは気の毒だったな」

「それで、そのおつやの方ですが、たいへんな美女とのことで――」

昌景が言いにくそうにしている。

「どうした。まさか、そなたが惚《ほ》れたのか」

「いやいや、それがしではないのです」

戯《ざ》れ言《ごと》のつもりで言ったのだが、昌景の答えは意外なものだった。

「では、誰かが所望しておるのか」

「それが――、秋山なのです」

「何と――。かの武辺一途《いちず》の男が、そのおつやの方とやらに一目惚れしたというのか」

「は、はい。それで娶《めと》らせてもらえないか御屋形様に掛け合ってほしいと、それがしが頼まれました」

「さようか。こいつは面白い」

自分が惚れたかのように顔を赤らめる昌景の様子が、信玄には可笑《おか》しかった。

「で、よろしいですか」

「分かった。城ごと秋山に進呈しよう」

「ありがとうございます。彼奴も喜ぶと思います」

「しかし、おつやの方というのは、さように美しいのか」

「御屋形様、いったん秋山にやると決めたのですから、悪心を起こしてはいけませんぞ」

「分かっておる。わしはもう若くはない。ただいかに美しいか知りたかったのだ」

「それはもう、富士の麓に咲く藤の花のようで――」

昌景が乏しい表現力を駆使し、その美しさを語ったが、信玄は別のことを考えていた。

――わしも一度だけ女人を好いたことがある。それが四郎の母の諏訪御料人《ごりょうにん》だ。

諏訪地域を制圧した折、信玄は諏訪頼重の娘の諏訪御料人を側室に迎えた。しかしその諏訪御料人も、すでに故人となっている。今思えば、それが信玄の唯一の恋だった。

「で、御屋形様」

「ああ、二俣の城のことだな」

「いかにも」

「もう見てきたのか」

「はい。民部《みんぶ》と一緒にぐるりと回ってきました」

民部とは馬場信春のことだ。

「で、そなたらはどう思う」

「力攻めで落とせない城ではありませんが、それでは兵を損じるだけかと」

「そうか。やはりさように思うか」

「はい。しかしながら四郎殿は、我攻め（力攻め）をすると聞きました」

勝頼は我攻めをしたくて逸《はや》っているだろう。だがこんな田舎城一つを落とすのに、兵を損じるのは、今後のことを考えれば得策ではない。

――四郎に任せたのは時期尚早だったか。

信玄は二俣城攻めの大将を勝頼に託した。それを支えるのは匂坂城から移動してきた穴山信君と信玄の甥《おい》にあたる武田信豊だ。つまり二俣城攻めを次世代の武田家を担う者たちに託したのだ。彼らを内藤昌秀が後見することになる。

一方、家康の後詰に対応するのは、磐田原台地の南に陣を設けた馬場信春ら四千になる。その中には小田原北条氏からの援軍千七百も含まれていた。北条氏は武田氏と同盟を結んでいるので、信玄の要請に応じて援軍を派遣してきたのだ。

「我攻めは悪手だ」

信玄も二俣城の周囲を一回りしてきたが、要害堅固とは言えないまでも攻め難い城だった。それを我攻めで落とすとなると、それなりの損害を覚悟せねばならない。

「御屋形様は、あの城を落とすおつもりか」

「まだ落とさぬ」

「ははあ、とすると、家康めをおびき出そうというのですな」

「そうだ。だが、やってこない時のことも考えておかねばならぬ」

「ということは、城を落とすと決めた時の手立てだけでも詰めておきたいのですな」

「うむ。彼奴が後詰をしてくれれば叩く。来なければ城を落とす。どっちに転んでも損はない」

「さすが御屋形様。三増峠の再現となればよいのですが」

昌景がにやりとする。

かつて北条氏との三増峠の戦いの折、北条勢は武田勢を待ち受けていたにもかかわらず、あえて道を開けた。追撃戦によって追い落とすという形を取ろうとしたのだ。しかし信玄は反転すると迎撃態勢を取り、追いかけてきた北条勢を包囲殲滅《せんめつ》した。さらに伏兵として隠しておいた昌景の別働隊に横撃させたので、北条方は三千二百六十九もの首級を献上することになった。

「そうだな。だが家康は、後詰に来たとしても遠巻きにして近寄っては来ないだろう。それゆえ城を落とすことになりそうだ」

「しかしあの城を落とせても、兵を損じては向後に差し支えますぞ」

「分かっている。だからこそ、こちらの損害を最小にとどめて落としたい」

「では、兵糧攻めですな」

「そうしたいのはやまやまだが、兵糧攻めは時間がかかる」

「では、水の手を断つしかありませぬ」

しかし二俣城は三方を河川に囲まれているので、水は十分に汲《く》み取れる。

「確か、あの城は井楼《せいろう》を組み、水を汲み取っていたな」

川沿いに築かれた城の場合、川水を飲料水とすることが多い。しかし河岸段丘上の城は川面《かわも》まで落差があるので、井楼と呼ばれる井戸櫓《やぐら》を築き、滑車を使って川面から釣瓶《つるべ》で水を汲み取る方法を取ることが多い。二俣城の場合、懸造《かけづくり》と呼ばれる崖《がけ》から張り出すように造られた井楼が三基もあり、水の手を断つには、それらを破壊せねばならない。

「彼奴らの水を断つには、あの井楼を壊さねばなりません」

「どうやって壊す」

昌景が首をひねる。

「民部らもいろいろ試したとのことですが、火矢を射たところで木が湿っているので用をなさず、水練の達者な者を送っても流れが速くて近づけず、小舟で漕《こ》ぎ寄せて破壊しようにも、上方から鉄砲を撃ち掛けられるので落ち着いてはできず――」

「そうか。では、流路を変えられんか」

「天竜川の本流は無理です」

井楼は天竜川と二俣川にあり、苦労して二俣川の流路を変えたところで、大河川の天竜川の流路を変えない限り、意味はない。

「では、どうする」

「それがしにも、今は妙案がありません」

「わしも考えてみる。とりあえず空砲でもよいので鉄砲を撃ち、鉦《かね》と太鼓を夜も叩き続けておけ。さすれば敵の気持ちは次第に萎《な》えてくる」

籠城戦は寄手《よせて》が主導権を握っているので、城方の眠りは浅く、些細《ささい》な音でも敵襲と思って飛び起きる。そうした音を昼夜を分かたずたて続けることで、城方を疲弊させようというのだ。味方の番役は交代制なので、昼の番を後方に下げれば、睡眠が取れる。つまり籠城衆だけが眠れないことになる。

「分かりました。さように四郎様に伝えますが――」

昌景の顔が曇る。反論されるのが嫌なのだろう。

「まずは敵を疲れさせるのだ。四郎には、くれぐれも早まるなと伝えろ」

「承知仕りました」

昌景は一礼すると去っていった。

――さて、どうする。

信玄は胃の痛みも忘れ、沈思黙考した。

十一月十九日、信玄は朝倉義景あての書状に以下のように書いている。

十月三日に甲府を出陣し、十日に遠江国に乱入し、敵の城を残らず撃砕しました。今は二俣という地に取り詰めています（包囲していること）。すでに山家三方衆と美濃の岩村遠山氏が味方し、信長に対して干戈《かんか》を交えんとしています。ここでの御分別が肝要です。

信玄は自軍の有利な情勢を伝えた上で、御分別、すなわち義景に肚《はら》を決めて共に信長を攻めようと言っている。というのも義景の本拠は越前国なので、冬になると木ノ芽《きのめ》峠や刀禰坂《とねざか》などの高地が雪で閉ざされるため、畿内に進出できなくなる。それゆえ、せっかく近江国まで出てきたので、帰国せずにとどまるよう促しているのだ。

さらに来年五月に本願寺や各地の一向一揆《いっき》と連携して織田勢を攻撃するので、それに参画してほしいと述べた。

しかし義景は雪で退路を断たれることを恐れたのか、十二月になると帰国してしまう。

十

浜松城の留守を佐久間信盛ら織田勢に託すと、徳川家の全兵力に近い八千の兵を率い、家康は二俣城に向かった。佐久間らが裏切れば徳川家はここで潰えるが、兵力が足りないので、こうするしか方法がなかった。しかし佐久間は尾張国の国人一族の上、信長の許には人質も残してきている。また信長には恩義も恐怖も感じているので、まず寝返るなど考えられない。

浜松城を出陣した家康は、秋葉街道を北上し、二俣の二里ほど南の小松《こまつ》に至った。その先の平《ひら》口《ぐち》と新原《しんばら》には、武田勢が陣を布《し》いているという情報を半蔵から得ていたので、ここにとどまったのだ。

——さて、どうする。

物見を四方に走らせたが、案に相違せず、武田方は平口と新原に幾重にも陣を構えているという。後詰するには、その重囲を突破せねばならない。そうなれば本格的な戦いとなり、下手をすると後詰に失敗するどころか、敗走することになってしまう。こうしたことから、家康は引き続き小松にとどまることにした。

「殿、ここにおられたか」

高台から敵のいる北方を眺めていると、本多忠勝がやってきた。

「平八か、大儀」

「ご無礼仕る」

忠勝は佩楯《はいだて》と袴《はかま》をたくし上げると、放尿を始めた。その勢いは天竜川を思わせるほどで、一物は家康の倍はある。

家康は顔をしかめつつ言った。

「勢いがあるな」

「小便《ゆばり》の勢いがなくなれば、戦場で敵に首を取られるだけです」

忠勝の生き物としての生命力に、家康は改めて驚かされた。

「それもそうだが、それだけ溜《た》まる前に出せばよいものを」

「殿を捜していて、小便をしたかったのを忘れておりました」

「それで、わしの顔を見て思い出したのか」

「いかにも」

長い放尿が終わり、忠勝が一物を激しく振ってから収めた。その滴が掛かりそうだったので、家康は横に飛びのいた。

「で、敵陣を見てきたのか」

「はい。見てまいりました」

「どうだった」

「敵は高所を占めており、幾重にも陣を布いております。あれを破るとなると、相応の損害を覚悟せねばなりません」

この辺りは、地形的に北の方が隆起している。

「だが、後詰する姿勢を見せねば、わしの面目は潰れる」

「殿は、いつも自分のことしか考えておりませぬな」

「それが大名家の当主というものだろう」

「無謀な戦いに巻き込まれ、命をなくす者どものことを考えたことはありますか」

――今更何を言う。

戦とはそういうもので、逆に功を挙げれば恩賞をもらえる。だが家康は沈黙で答えた。そんな当たり前のことで言い争っても仕方ないからだ。

「戦となれば命を落とす者も出てきます。さすれば働き手を失った妻子は路頭に迷い、一家は離散します」

どの大名家も、そうなった際は縁者に跡を取らせ、討ち死にした者の妻子が食うに困らないようにはしている。だが足軽小者の妻子にまでは、手が回らないのも事実だ。

「さようなことは分かっておる！」

家康は不快な気持ちになってきた。

「お分かりならば何も申しませぬ。しかし失われた命は二度と取り戻せません」

「そなたは、わしに坊主にでもなれと申すか！」

「それも一つの道です。しかし殿は天命によって皆を統べる者になりました。その使命を果たすことが天意に適《かな》うことです」

「天意、か」

「そうです。人の上に立つ者は、常に天意とは何かを考えることが大切です」

「そなたは常に天意を考えて行動してきたのか」

忠勝が高笑いする。

「それがしは一手を率いる武将にすぎません。天意を奉じるのは殿で、それがしは、その命に従うだけです」

「わしには天意など伝わってこぬ」

「何を仰せか」

忠勝が色をなす。

「殿は万人の上に立つ器量をお持ちです。それゆえ天意は殿にだけ分かるのです」

「それが分からぬから困っておるのだ。二俣城を救いに行くべきか、ここにとどまるべきか。天は何も示してはくれぬ」

「殿、それが分かれば誰もが信玄になれます」

「信玄には、天意を知る方法があるとでも言うのか」

「あるかどうかは分かりませぬが、おそらく積み上げてきた経験が、天意を伝えてくれるのでしょう」

「だとすれば、わしはどうする」

忠勝があきらめたように言う。

「残念ながら、殿には信玄ほどの経験はありません。しかし自領で好き勝手をされた怒りだけは、誰にも負けぬほどあるはず。それを忘れずにいれば、必ずや天が道を示してくれます」

それだけ言うと、忠勝は行ってしまった。

――彼奴にも、どうすればよいか分からぬのだ。

しかし忠勝には忠勝の立場がある。それは家康とは違うのだ。

――大名というのは常に孤独なのだな。

それでも大名は、家臣や領民の運命を切り開いていかねばならない。

――人の上に立つ者は、誰も助けてはくれないのだ。

家康は、人の上に立つ者の孤独を嫌というほど味わっていた。家臣は相談相手にはなってくれても、最後の決断を下すのは自分しかおらず、決断によってもたらされた結果の責任も自分にある。

――だが、わしがやらずに誰がやる。

家康は孤独と向き合う覚悟をした。

十一

天竜川の河畔に佇《たたず》みながら二俣城を眺めていても、名案は湧いてこない。城方も信玄がいるのを覚ったのか、散発的に鉄砲を放ってくる。だが、川幅のある天竜川の対岸に弾が届くわけがないのは、双方共に知っている。

「四郎よ」と背後に呼び掛けると、「はっ」と答えて勝頼が前に進み出た。

「この城を落とす方策を考えたか」

「はい。考えてきました」

勝頼が自信満々に答える。

「この城の西には、鳥羽山《とばやま》という二俣城を見下ろせる山があります。そこを足掛かりとして二俣城を攻撃すればよいかと」

――少しは考えたな。

これまでの勝頼なら、二俣川の北にある三条の堀切をいかに渡るかを、滔々《とうとう》と述べていたことだろう。だが、どのような方法であっても、堀切を力で押し渡ろうとすれば、相当の損害を覚悟せねばならない。

「しかし鳥羽山に登るにも、天竜川を渡河せねばならぬ」

「いかにも。しかし敵の攻撃が届かない天竜川の上流から渡河すれば、尾根伝いに鳥羽山に至れます」

「とは申しても、こちらの動きを察知されれば、敵も鳥羽山に兵を回してくるはずだ」

「その時こそ、城方が手薄になる時です。別の一手が下流から天竜川を押し渡り、尾根続きの北方から我攻めすればよいのです。また逆に堀切に攻撃を掛け、敵がそちらに気を取られている隙に、鳥羽山に回した勢が奇襲を掛けるのです」

――鳥羽山を攻める勢か堀切を攻める勢のどちらかをせせり（陽動）とし、一方を主攻とするわけか。

こうした場合に、陽動を使って敵の堅固な防御拠点を手薄にするという方法は、しばしば取られる。

「よく考えたな」

「ありがとうございます」

褒められたからか、勝頼の顔に笑みが浮かぶ。

――だがそれでも、かような小城一つ落とすのに兵の損耗は惜しい。

いつも行き着くのはそこだ。それが常に遠征軍の弱みだからだ。

「分かった。下がってよいぞ」

「ということは、この策でよろしいのですか」

「いや、しばし吟味するので待っておれ」

「はい」と答えたものの、勝頼は不服そうに下がっていった。その背後に控える内藤昌秀が信玄に目配《めくば》せした。おそらく二人の間でかなりの議論があったのだろう。その議論の行き着いた先が、さきほどの案なのだ。

勝頼以外の者も少し距離を取ったので、信玄の背後に付き従うのは小姓二人だけになった。

「弾正を呼べ」

弾正とは春日虎綱のことだ。

早速、背後の一団の中から虎綱がやってきた。

「何か」

「話し相手になってほしい」

「何なりと仰せになって下さい」

信玄から何らかの考えを引き出すことにかけては、虎綱の右に出る者はいない。

「まず家康だが、どうやら掛かっては来ないようだ」

今朝方、馬場信春から使者が着き、家康は八千の兵を率いて小松まで迫ったが、そこに陣を布いて、馬場らと対峙《たいじ》していると伝えてきた。

ちなみに徳川方は領国内に侵攻されている身なので、兵を分散配置せねばならない。浜松城には八千、吉田城には一千、岡崎城には二千、野田城には三百といったところだ。その中から、家康は浜松城にいるほぼ全軍の八千の兵を率いてきたことになる。

「では、二俣の城を落とすのですね」

「どうやらそうなりそうだ」

「しかし厄介なのは、その落とし方ですな」

「うむ。先ほどの勝頼の策をどう思う」

「悪くはないかと」

「では、そなたならさようにするか」

虎綱の顔に笑みが浮かぶ。

「いいえ。やはり水の手を断つべきでしょう」

「だろうな」

「浜松城攻略だけを目指すなら、この城を我攻めするのもよろしいかと。しかし――」

「分かっている。我攻めをするつもりはない。だが、水の手を断つ方法が思い浮かばないのだ」

それは虎綱にとっても難題だろう。それでも信玄は、虎綱と話をしているうちに何か思い浮かぶのではないかと期待していた。

二人が歩いていると、対岸の井楼が見えてきた。ちょうど水を汲んでいるらしく、釣瓶が勢いよく川面に落ちていく。そのこれみよがしな様子には、信玄でさえ苛立ちを感じる。

二俣城籠城衆は炊煙らしきものを派手に上げ、時折、鬨《とき》の声を上げて意気盛んなところを示している。包囲陣に対するこうした挑発行為によって、士気を保っているのだろう。

「これだけあからさまにやられると、腹も立たんな」

「いかにも。城方は余裕を見せ、われらの焦りを誘いたいのでしょう」

「敵将にしてみれば、われらに戦端を開かせ、われらが城攻めに手間取っている隙に、家康に後詰させたいのだろう」

いかな堅城でも、外部からの後詰がなければ籠城は続けられない。だが後詰を呼び込むためには、何らかのきっかけが必要になる。つまり寄手を誘って攻撃させることも一つの手なのだ。

「後詰勢が掛かってくれれば、われらの思うつぼですが、城攻めをやらされるのはごめんですね」

「そうなのだ。だが、この城に掛かったとしても、家康は乗ってはこまい」

「やはり城を落とすほかないのですね」

「うむ。そろそろ潮時だ。時間も無駄にしたくないからな」

信玄は胃の腑の辺りを触ろうとしてやめた。病いの心配をさせたくないからだ。

その時、上流からたくさんの木材が流れてきた。

「あれは何だ」

「管流《くだなが》しでござろう」

管流しとは、河川の流れを利用して上流から下流まで木材を流送することで、河口付近で木材を堰《せ》き止めた上、大船に積んでどこかに売りに行くのだ。

百本を超える木材が流されてきた後、筏《いかだ》に乗った筏師の姿も見えた。彼らは木材が流れの途中で引っ掛かったりした場合に、棒を使って再び流れに乗せるためについてきている。

「のんきなものだな」

「いかにも」

筏師たちは戦が行われていることを知らないのか、唖然《あぜん》として二俣城とこちらの双方を交互に眺めている。

木材の大半は下流に流れていったが、数本の木材が井楼に引っ掛かった。筏師はそれを巧みに外していく。

「ああ、そうか」

「何か気づきましたか」

「うむ。舟橋を破壊するのに、透破たちは切り出した木材を流したな」

「はい、そうです」

虎綱にも何か感じるところがあるのだろう。その顔色が少し変わった。

「管流しで井楼を崩せぬものか」

「いや、舟橋は太縄で縛ってあるだけの一時的なものなので、それもできますが、井楼は難しいかと」

「上流から多数の木材を流しても無理か」

しばし考えた末、虎綱が言った。

「見ての通り、井楼の造りは堅固な上、流した木材のすべてが井楼に引っ掛かるわけではありません」

舟橋なら川を横断しているので、上流から流した木材はすべて当たる。しかし井楼は河畔に作られているので、そうはいかない。

「いかにも、井楼の支柱にうまく当たるものは少ないだろう」

「仰せの通り。多くは無駄に下流に流されていくだけでしょう」

「だが、何かよき方法がある気がする」

「木材の大半を支柱にうまく当てるにはどうしたらよいか、ですな」

白いものが交じり始めた顎鬚《あごひげ》をしごきながら、虎綱が物思いに沈む。

——此奴も年を取ったな。

だが、それは信玄にも言えることだ。

少しして、名案が浮かんだかのように、虎綱が言う。

「筏師を使ってうまく誘導すれば、井楼に当たる木材も多くなります」

「井楼に誘導させるのだな。鉄砲で撃たれるかもしれぬが、褒美で黄金《こがね》をやると言えば、やる者もいるだろう」

「はい。それはもう」

命の危険があっても、黄金の魅力には勝てないはずだ。

「しかし筏は、その場に長くとどまることはできないだろう」

「いかにも。だとすると、堰《せき》を造って流れを変えるしかありませんな」

「それは大仕事ではないか」

「はい。天竜川の流路を変えるとなると三月か半年か、はたまた一年か――」

「論外だな」

信玄は別の方法を考えねばならないと思った。

――それは何だ。

川に流されてくるもので最も強い衝撃を与えられるのは、木材しかない。それを何度もぶつけていくという気の遠くなるような作業になる。

「待てよ」

信玄の脳裏に何かが閃《ひらめ》いた。

「木材を束ねたらどうか」

「あっ、それは妙案。つまり筏にして流すわけですな」

「そうだ。しかも筏師を乗せて流し、支柱に当たるように誘導させ、支柱にぶつかる寸前に川に飛び込ませる。さすれば堰など必要ない」

「彼奴らは水練上手ばかりなので、何ほどのこともないでしょう」

「これだな」

信玄は、ようやく胸のつかえが取れた気がした。

その後、武田方はいくつもの筏を組み、それを井楼の支柱にぶつけることを繰り返した。その結果、一つ目の井楼が崩れた。この成功に味をしめた武田方は、同様の方法で二俣川に掛かる二つの井楼も破壊し、遂に水の手を断つことに成功した。

徳川方にとって不運なことに晴天が続いていた上、水の手だけは断たれることがないと高を括《くく》っていたため、城内では貯水をほとんどしておらず、瞬く間に水不足となった。

これにより中根正照は降伏開城を決意し、武田方との交渉に入り、十一月末、城を明け渡した。城方の条件は城兵全員を無事に退去させることだった。信玄もこれを了承したので、中根らは城を出て、小松まで出張ってきていた徳川方の陣に入った。

十二

「何たることか！」

酒井忠次の怒声が響く。

「お詫びの申し上げようもありません」

中根正照が口惜しげに俯く。

「事もあろうに、城をそのまま献上したというのか！」

若い青木貞治が反論する。

「酒井殿、すましがなくなれば戦えません」

石川数正が口を挟む。

「水の手を断たれることも想定し、水を溜めておけばよかったものを」

松平康安が不貞腐《ふてくさ》れたように言う。

「城内にある甕《かめ》にも限りがあります」

――甕など、近くの農家から運び込む時間はあったはずだ。

二俣城在番衆に油断があったのは、紛れもない事実だ。

忠次が天を仰ぐ。

「敵に城を明け渡し、のこのこ戻ってくるとは前代未聞！」

正照が突然片肌脱ぎになる。

「そこまで仰せなら、腹を切ります！」

「ああ、切るがよい」

正照が脇差を抜いたので、周囲にいた者たちが取り押さえる。

「もうよい」

家康はうんざりしてきた。

「城を捨ててむざむざ戻ったのは、いかにも残念だ。しかし、われらも後詰できなかったのは事実。それを考えれば、中根らに罪はない」

その一言で皆は静まった。家康にそれを言わせるために、忠次が武張ったことを言っていたのは明らかだった。

――すまぬな。

家康は心中、忠次に礼を言った。

正照も落ち着いたのか、家康の前に手をついて落涙した。

「一度は捨てたこの命、もはや惜しくはありませぬ。いつでも『死んでこい』と命じて下さい！」

その言葉に、皆から称賛が続いた。

――これでよい。

これで家臣たちは心を一にできた。家康は忠次と正照が裏で通じていたとも考えたが、そこまでは考えすぎだと思い直した。

「では、浜松まで引く」

「おう！」

「殿！」と正照が迫る。

「では、此度の退き戦の殿軍を、それがしに命じて下され」

「そなたの兵は疲れておるだろう。無理をせずともよい」

家康の言葉にかぶせるように、忠次が言った。

「天晴《あっぱれ》な心がけ。それでこそ三河武士！」

忠次の視線が家康を射る。

――そうか。それはわしの台詞《せりふ》か。

家康は咳払いすると言った。

「よし、中根ら二俣城在番衆に殿軍を申しつける」

「ありがたきお言葉！」

「では、行くぞ！」

「おう！」

忠次がわずかにうなずくのが見えた。

皆は立ち上がり、札の音を派手に立てながら陣幕の外へと出ていった。

その時、ふと末席を見ると、本多正信が残っていた。

「まだ何かあるのか」

「見事でございました」

「何のことだ」

「えっ、今の田舎田楽には、殿も加わっていたのではないのですか」

「田舎田楽はよかったな。しかしわしは加わっていないぞ」

「ということは、今のは下打ち合わせなしの一幕で」

「小平次と息を合わせるくらい、いつでもできる。だが中根が、どこまで本気で腹を切ろうとしていたかは分からぬ」

「いやはや、驚きました。これが徳川家なのですな」

正信が歯茎をせり出すようにして笑う。

「そうだ。二俣城の失陥は痛い。だが、終わったことを悔やんでも仕方がない。それは皆も同じだ。だからこそ心を一にするために、阿吽《あうん》の呼吸で一芝居打ったのだ」

「ははあ、此度ばかりは参りました。次からは田舎田楽の一座に、それがしも加わらねばなりませぬか」

「さようなことはどうでもよい。さあ、退き戦だ」

「はっ」と答えて正信も陣幕の外へと消えた。

十三

二俣城に入った信玄は馬場信春と依田《よだ》信蕃《のぶしげ》を呼び出した。

依田信蕃は、武田家中の編成において信濃先方衆と呼ばれる信濃国衆の一人で、かつては信濃国守護代の大井《おおい》氏に従っていたが、信玄が信濃を制圧すると武田家に従属し、次第に家臣のような扱いを受けるようになっていた。

「そなたらを呼んだのはほかでもない。向後、この城を遠江制圧の拠点にしようと思っている。そのために普請作事を施し、より堅固なものにしたいのだ」

「仰せの通り。この城の位置は絶好なので、別の場所に築城することもありますまい」

信春が力強くうなずく。信春は選地や築城の名人として知られる。

「そなたもさように思うならよかった。では、修築を進めてくれ」

「承知仕った」

「それが済んだら、依田常陸介を城主とする」

「えっ、それは真で」

信蕃が驚く。

「ああ、大井が滅んだ時、そなたの本領を当家の蔵入地としたため、申し訳なく思っていた。それゆえこれまでの功を鑑《かんが》み、そなたを二俣城主としたい」

「ありがたきお言葉」

信蕃が嗚咽を堪《こら》える。

室町《むろまち》時代当時、芦田《あしだ》氏と名乗っていた依田氏は信州依田郷の小国人だったが、丸子《まるこ》郷や蓼科《たてしな》郷まで領国を広げた。しかし勝手に領国を広げたことから守護代の大井氏の怒りを買い、追討されて降伏した上、領国を取り上げられて大井氏の家臣となった。その後、信玄の信濃侵攻時に信蕃の父の信守《のぶもり》がいち早く降り、所領のない蔵米取りとなった。

それが宿願の所領を拝領できることになったのだ。感激するのは当然だった。

「さて、民部よ、この城をわれらの流儀でどう変える」

城の縄張り図を広げると、信春が言った。

「今川と徳川の造ったこの城は北側からの攻撃を想定し、その縄張りも本曲輪を最高所にして削平した上、尾根筋に沿って補助的な曲輪を配しただけなので、これといった技巧を感じません。とくに南の守りが甘いと思います」

「では、どうする」

「まずは南に一条堀切を入れ、本曲輪と南曲輪を分離させます。さらに脇曲輪を増やします。さすれば南から敵に攻められても、本曲輪に至るまでに相応の損害を与えられます」

「いかにもな。して、水の手はどうする」

「井戸を掘るしかありますまい」

武田家は金山開発で得た穴掘りの特殊技術を持っているので、地下水脈を見つけることに長《た》けていた。

「よし、それは依田に任せた」

「承知仕りました」

二人が下がると、勝頼が面談を求めてきた。

——また文句を言いに来たのか。

うんざりしながら待っていると、内藤昌秀を伴った勝頼が姿を現した。

「ご多忙の折にもかかわらず——」

「前置きはよい。用件を申せ」

勝頼の顔を見たら、胃の腑が痛み出した。

「此度の二俣城攻めですが、それがしが大将を仕りました」

「そうだったな。それがどうした」

「しかし結句、父上の策で城を落とすことになりました」

「ああ、その通りだ」

「では、何のためにそれがしを大将に任じたのでしょうか」

「策まで任せるとは言っておらん。基本的な方針は軍議で決める」

「しかし――」

「お待ちあれ」と言って昌秀が間に入る。

「それがしも、当家の決まりは心得ております。また御屋形様が兵を損じたくないのも分かります。しかしこれでは、四郎様の面目は丸潰れです」

「修理、わしは誰かの面目のために戦っているわけではない」

「それは百も承知。面目のために兵を殺すなど言語道断です。しかしながら、此度は城を攻める機会もあったはず」

その機会とは、籠城衆から交渉の打診があった頃だ。相手がかなり弱ってきているのは明らかで、その状態なら、さほどの損害を出さずに落城させられたかもしれない。

「そうかもしれん。だが、それでかの城を乗り崩したとて、わが兵を一兵も損じずとはいかなかったはずだ」

「父上」と勝頼が話を替わる。

「仰せご尤も。父上の狙いも分かります。しかし寛容なだけでは敵になめられます。二俣城に凄《せい》惨《さん》な落城を遂げさせることで、浜松城内の徳川方から、離反する者も出てきたやもしれません」

昌秀が遠慮がちに言う。

「御屋形様、もはや何も申し上げることはありません。しかしながら向後は、四郎様のお立場も考えていただければ幸いです」

「分かった」

「では、これにて」

昌秀が勝頼を促すようにして退出していった。

――致し方ないが、まだ話すべき時ではない。

信玄は、真の狙いをまだ誰にも打ち明けるつもりはなかった。

十四

敵の追撃を受けずに浜松城に戻れたのは幸いだったが、武田方が二俣城に腰を据えて動かないことが不気味だった。軍議では、敵手に落ちた二俣城を攻撃しようという声まであったが、信玄の意図が分かるまで、家康は浜松城を動かないつもりでいた。

――信玄坊主め、何を考えておる。

信玄は二俣城とその領域支配を堅固なものとするため、しばらく腰を落ち着けるつもりなのかもしれない。となれば美濃方面に向かうのは来春以降となり、双方は二俣城と浜松城でにらみ合ったまま越冬することになる。

だが、ここまでの信玄の性急な進撃からすると、それも考えにくい。しかも雪の影響などほとんどない遠江・三河両国なのだ。逆に猛暑で消耗の激しい夏よりも、冬場の方が戦はしやすい。

──二俣の城に居座り、ゆるりとこの城を攻めるつもりか。

家康が籠城戦の手配りを考えていると、「ご無礼仕ります」という声が聞こえた。戦時なので、小姓や近習を通さずとも家康の居室を訪れてもよいことになっている。

「誰だ」と問うと、「鷹匠に候」という声が返ってきた。

「この忙しい時に何用だ」

「向後の敵の動きを語り合いたいのではないかと思い、罷り越しました」

──わしの気持ちをよく察したな。

家康が入室を許すと、正信は片手に鷹を掲げながら入ってきた。もう一方の手には鷹を観賞する時に使う留め台も持っている。

「かような時に鷹か」

「はい。よき鷹が獲《と》れたので、一刻も早くお見せしようと持参した次第」

「わしは明日をも知れぬ命なのだぞ」

「かような時ほど、お好きなもので心を和ませて下さい」

正信が媚《こ》びるような笑みを浮かべる。

「それで鷹か」

「殿は茶道具を好まず、刀剣や女もさほど好きではないと聞きました。唯一の気晴らしは鷹狩かと」

「まあ、女は嫌いではないが──」

だが、さほど好きではないのも事実で、家康は「腹を借りる」、すなわち子孫を残すために女と交わってきたと言ってもよい。

「殿、この鷹の後頭部から背にかけての稜線《りょうせん》の美しさをご覧あれ。これこそ女人より美しいかと」

「いかにもな」

それでも今の家康は、鷹の美しさを愛《め》でる気にはならない。

「この鷹は、それがしの馴染《なじ》みの百姓が罠を仕掛けて捕まえました」

「さようか」

家康は鬱陶しくなってきた。

「どこで獲ったと思われますか」

「どのみち浜名湖周辺だろう」

「いかにも。三方原で取りました」

「さようか。あそこは荒れ野なので鼠が多く、それを狩っている鷹も多くいるからな」

三方原は水の手を得ることが難しく耕作地に適していないため、この時代には起伏の乏しい平坦《へいたん》な地形の荒れ野が広がっていた。しかし周辺の集落にとっては、燃料となる木材や馬の餌となる秣《まぐさ》になる草が鬱蒼《うっそう》と茂っており、貴重な山林資源を提供してくれる入会地だった。

正信がにやりとする。

「殿は鷹と鼠、どちらになるおつもりか」

「それを言いたくて鷹を連れてきたのか」

正信はうなずくと、不敵な笑みを浮かべた。

「穴に入ったままでは、いつまでも鼠のままですぞ」

「だからといって、わしが鷹となって信玄という大鼠を狩れるのか」

まさに信玄は中空を悠然と飛ぶ鷹で、家康は地面を穴から穴へと逃げていく鼠だった。

「残念ながら狩れませぬな」

「では、どうする」

「この勝負は、殿が臆病《おくびょう》な鼠になり切れるか否かに懸かっています」

「どういうことだ」

「おそらく信玄は――」

正信がすべてを見通しているかのように言う。

「この城には打ち掛かりません」

「ということは、この城を残して美濃に行くとでも言うのか」

「いかにも。織田殿の包囲陣が緩むのを恐れてか、信玄は急《せ》いております」

そもそも慎重居士の信玄が、これだけ大胆な西上作戦に打って出ただけでも驚きなのだ。それを思えば、正信の読みは当たらずといえども遠からずかもしれない。

「だが、今は二俣城に腰を据えているではないか」

「はい。皆は遠江の支配を徹底させるためと申しておりますが――」

「そなたは違うと申すか」

「はい。だとしたら先に浜松城を落とすでしょう」

――それもそうだな。

浜松城を落とさない限り、遠江の支配は確実なものにならない。浜松城攻略を優先するのが筋と考えるのは妥当なことだ。

「では、この城を背後に残して岐阜に向かうと申すか」

「はい。信玄は懸河・久野両城も残していきました」

「しかし、この城を残していけば、織田殿とわしに挟撃されるではないか」

「それは、殿が鼠に徹しきれない時です」

「そうか。信玄が浜松城を無視して去っても、鼠のように城に籠もっていろと申すのだな」

「はい。動けば狩られるは必定」

何らかの理由で浜松城を攻めたくない信玄は、家康が城を出るのを待っているのかもしれない。

「分かった。考えておく」

「殿、鼠は鼠なりに生き延びねばなりませぬぞ」

それだけ言うと、正信は一礼して部屋から出ていった。

その残していった鷹だけが家康をにらみつけている。

——さて、そなたはわしを狩るつもりか。

家康を威嚇するように、鷹が一声鳴いた。

十五

十二月になったが、信玄は二俣城を動かなかった。体調が芳しくないこともあるが、畿内周辺の反信長勢力の足並みがそろわないうちに上洛の途に就けば、不覚を取ることも考えられるからだ。そのため入念に今後の手配りを考え、諸方面に書状を書いていた。

まず美濃国郡上《ぐじよう》郡の遠藤《えんどう》氏が、来春の美濃攻めに合わせて挙兵すると言ってきたので、それに備えて鉈尾《なたお》に城を築くよう要請した。また朝倉義景には来春、本願寺や一向一揆勢力と連携して共に戦おうと申し入れた。

本願寺も、信玄が本気で上洛戦を行おうとしていると聞き、伊勢長島の一向一揆に、信長に滅ぼされた斎藤氏の旧臣らを派遣して指揮を執らせることにした。

信玄は武田方に靡いた国衆の城に指南役（監督者）を送り、守備兵も配したため、二俣城を出る頃には、出陣時よりも五千ほど少ない兵力になっていた。


信玄が二俣城包囲陣を巡検していると、馬場信春がやってきた。

「民部、どうだった」

「はっ、夜目の利く者がしかと確かめました」

「それは重畳」

この頃、武田方は本陣を二俣城とし、諸部隊が合代島、亀井戸城、社山城、匂坂城など磐田原台地の要地に分散配置されていた。これらの軍勢はいずれも天竜川の左岸にいるので、浜松城方面に向かうには、どこかで右岸に渡らねばならない。しかしこの時代の天竜川は、本流にあたる大天竜と支流の小天竜（現在の馬込《まごめ》川）のほかにも、流路が幾筋も複雑に分流しており、渡河地点を摑むのは容易ではない。

また安易に渡河を始めると、そこを徳川方に襲われる危険性がある。そのため迅速に大軍を対岸に渡さねばならない。しかも天竜川は名にし負う暴れ川なので、無理して渡ろうとすれば流される者も出てくる。

この時代、東海道は池田の渡しを通常の経路としており、旅人は池田の渡しから対岸の船越一色まで渡し船に乗って行き来していた。ここを渡渉できないことはないが、そこまで下流に行かずとも、水量の少ない上流にもっと渡りやすい渡河地点があると、信玄はにらんでいた。

信春は絵図を広げると、四隅に石を置いて風で飛ばされないようにした。

「さて、池田の渡しは浜松城に近すぎるので、襲われる危険が伴います」

「いかにもな。できれば上流で渡っておきたいな」

「何と言っても二万を超える軍勢ですからな。いろいろ小細工せねばなりますまい」

「ははは、小細工はよかったな」

「われらは、二俣城のすぐ南の鹿島《かしま》の渡しで渡河できることを確かめていますが、こちらは川幅が広く流れも速いので、舟橋を渡すのが困難です。それゆえ、もっと渡りやすいのがこちら――」

信春が指し示したのは神増だった。

「神増か。しかし神増の辺りは、流れが複雑に入り組んでおると聞いたが」

「仰せの通り。しかし神増なら大天竜に舟橋を架けるくらいで、小天竜などは歩いて渡れます」

信春が勧めてきたのは、天竜川左岸の上神増《かみかんぞ》村から中洲《なかす》にある下神増《しもかんぞ》村を経由し、右岸に渡るという経路だ。

「で、小細工はどうする」

「はい。それがしが騎馬武者中心の衆を率いて鹿島で渡河した上、中瀬まで南下し、敵の奇襲を防ぎます。その間に御屋形様率いる主力勢は、神増で渡河して下され」

「そうか。それは名案だな」

信春は鹿島で渡河し、秋葉街道を南下し、右岸に先行して徳川方の奇襲を防ごうというのだ。

「敵も手をこまねいて浜松城で待っているわけにもいかず、主力勢の渡河途中を狙ってくるのでは」

「うむ。血気盛んな家康のことだ。万が一だが、一矢報いようとするやもしれぬ。その時こそ、そなたの策が利いてくる」

「で、渡河をいつ頃とお考えか」

「それよ」

信玄はいつ二俣城を後にするかで迷っていた。

「やはり心配なのは織田の後詰ですね」

「ああ、信長が万余の兵を率いて三方原台地上に現れれば、低地にいるわれらは不利となる」

「信長は来ますか」

この時の信長は浅井・朝倉両勢と敵対し、将軍義昭との関係も悪化し始めていた。また長島一向一揆も織田勢を二度にわたって弾《はじ》き返し、健在ぶりを示している。この状況下で、信長自ら万余の兵を率いてくるのは難しいと思われた。

「おそらく来ることはあるまい。だが、あの痴《し》れ者のことだ。何を考えているかは分からぬ」

「いかにも。では、早急に浜松城を攻め落としましょう」

「そうだな」

信玄は信春にさえ、まだ肚の内を見せるつもりはなかった。

信春が話題を転じる。

「御屋形様、われらの兵の間で流布している雑説をご存じですか」

「知らぬ」

「家康が浜松城を放棄し、岡崎まで引くのではないかというものです」

「ほほう。遠江を放棄するというのか」

信玄にとって、その雑説は意外だった。

「さよう。そして吉田ないしは岡崎で、信長の後詰を待つというのです」

「なるほど、それは賢い方策かもしれぬな」

信玄が遠江領有を目指しているなら、家康の浜松城放棄は悪手でしかない。しかし岐阜を経て上洛を指向しているとしたら、家康の退き戦は厄介な戦法になる。

「しかし家康にも意地があるだろう。浜松城を放棄はできまい」

「はい。家康がさような奇策を取るとは思えませぬ」

「だが、信長がそう指示したらどうだ」

「家康が信長の配下なら、聞き入れざるを得ません。しかし家康は、自力で三河と遠江を切り取りました。それを考えれば聞き入れぬでしょう」

「だろうな。『一寸の虫にも五分の魂』という諺《ことわざ》もあるからな」

しばし二人で笑い合った後、信春が心配そうに問うた。

「お顔色が優れぬようですが」

「ああ、少し体の調子がよくない」

「では――」

「案ずるほどではない」

信春はなおも何か言いたいようだったが、それを抑えて問うてきた。

「では、いつここを発《た》ちますか」

「そうさな」

信玄は少し考えてから言った。

「敵の様子を見つつ、十二月の半ばには陣を進めよう」

「承知仕った」

大柄な体軀《たいく》を軋《きし》ませるようにして、信春が信玄の居室から出ていった。

しかし事は、信玄の思惑通りには進まなかった。体調がさらに悪化してきたのだ。

信玄は焦る気持ちを抑え、二俣城で体調が整うのを待つことにした。

第三章

雷神の鉄槌

一

――なぜ信玄坊主は動かぬ。

家康の脳裏の大半を、そのことが占めていた。

「よろしいか」

障子を隔てて大久保忠世の声がした。

「構わぬ。入れ」

「ご無礼仕《つかまつ》ります」と言いつつ、忠世が入室する。

忠世は家康より十歳年上の四十一歳。荒武者ぞろいの徳川家中でも際立つ武闘派で、大久保宗家の当主として、武辺者の多い大久保一族を率いていた。

「信玄坊主に動く気配がありません」

「そのようだな。二俣城に腰を据えて、もう二十日になる」

「おそらく、どこで渡河しようか迷っておるのでは」

「そうかもしれぬが――」

家康は「病いでは」という言葉をのみ込んだ。推測で語り合っても埒《らち》が明かないからだ。

「ここは思いきって兵を出し、渡河途中を襲うべきでしょう」

「それを申しに来たのか」

「いかにも」

家康は迷っていた。渡河途中を狙うのは兵法の常道だが、信玄ともあろう者が無防備で渡河するとは思えない。

「襲うと言っても、敵は大軍で、それを率いるのは信玄だぞ」

「お待ちあれ」と言って忠世が大きな手を顔の前に広げる。

「殿は、信玄を買いかぶりすぎておりますのだ」

「さようなことはない。何事にも慎重を期すべきと申しておるのだ」

「慎重は大切です。しかし慎重になりすぎても詰められるだけになります」

家康は下手に兵を出して大敗を喫し、その勢いで浜松城を攻撃されることを恐れていた。だが忠世は別のことを考えているらしい。

「殿、信玄も人ですぞ。人である限り、隙が生まれます」

「分かっておる。分かっておるが、その隙を見つけるのが難しい」

「さようなこともありますまい。先を急いだり、のんびりしたり、こうした脈略のない動きをする時は、常以上に隙が生じます」

「では、そなたはどこで襲うというのだ」

忠世が「待っていました」とばかりに懐から絵図を取り出した。

「天竜川の渡河地点は主に三つ。まず二俣城に近い鹿島の渡しですが、ここは流れが急で、今の季節に徒歩で渡るのは困難です」

忠世の太い指が、二俣城のすぐ南の地点に置かれる。

「いかにもな。さすがに鹿島は使うまい」

「続いてここです」

忠世の指が神増と書かれた地点を叩《たた》く。

「神増の渡しは、郷人のほかは使わぬ上、この辺りは流れが複雑に入り組んでおるので、溢《あふ》れ水（氾濫《はんらん》）の度に流路が変わり、郷人でも迷うというではないか」

「そうです。川がいくつあるのか分からぬほどです」

「では、大軍の武田勢は使わないのではないか」

「先を急がず、聞いて下さい。続いてここです」

忠世が池田と書かれた地点に指を置く。

「池田の渡しか」

「はい。ここが東海道の渡しとなります」

「池田の渡しを使われるということは、わが城の前を土足で通過されると同じことだ」

「そうです。池田の渡しとなると、さすがに地の利がこちらにあり、奇襲を恐れて使うことはないでしょう」

「では、どこを使うと思う」

忠世の双眸《そうぼう》が真剣な色を帯びる。

「おそらく神増です」

「やはり神増か」

「はい。ほかの渡河地点を一つずつ消していけば、神増しかありませぬ」

忠世の考え方は理路整然としていた。

「それが妥当だろうな」

「はい。おそらく――」

「それで、どうするかだな。もちろん考えてきておるのだろう」

「はい」と答えて忠世がにやりとする。

「神増の渡しの対岸の中瀬には、都合よく兵を隠せる窪地《くぼち》があります。そこで待ち伏せ、信玄坊主の輿《こし》が渡りきったところを襲います」

「先を急ぐ信玄の焦りに付け入るのか」

「そうです。見晴らしのよい河原なら、信玄を逃すことはありません」

「いかにもな」

だが信玄ともあろう男が、何の方策もなく渡河してくるとは、やはり思えない。

「殿、いかがなされますか」

忠世が家康に決断を迫るが、家康は脇息《きょうそく》を抱いたまま己の考えに沈んだ。

――何かをやらねば、詰められて終わるだけだ。

無為無策を続けると選択肢がなくなってくることを、家康は知っていた。

――弱気は禁物だ！

「信玄も人の子だ。やってみるか」

「それでこそ殿！」

忠世が膝《ひざ》を打つ。

「だが、信玄坊主がいつ二俣城を出るか分からぬ」

「遠からず出るでしょう。われらは中瀬に先行し、そこに留《とど》まることにします」

「で、何人連れていく」

「一騎当千の者を百ほど貸していただけますか。わが配下と合わせて百五十ほどになります」

「敵は二万から二万を超えるぞ。少なすぎないか」

「仰せご尤《もっと》もながら、多くても見つかるので、それで十分かと」

——此奴《こやつ》は死を覚悟しておるのか。

家康の気持ちを読んだかのように、忠世が言った。

「それがしも含め、大半は討たれるでしょう」

「それでもよいのか」

「はい。わが息子をお引き立て下さい」

息子とは小姓をやらせている新十郎忠隣になる。

「分かった。だが無理はするなよ」

「ありがたきお言葉」

忠世の声が上ずる。

「もうよい、行け」

家康は慌てて忠世に命じた。こうした三河武士特有の愁嘆場が、家康は苦手だからだ。

「朗報をお待ち下さい」

目頭を押さえながら、忠世がその場を後にした。

——まあ、やってみて損はない。

信玄を討ち取るのは容易ではないだろう。だが千分の一でも可能性があるなら、やってみる価値はある。

家康は藁《わら》にもすがりたい気持ちになっていた。

二

十二月二十一日、朝起きてみると、胃の痛みがなくなっていた。まだ多少の悪寒は残っているが、病いが小康を得たのは明らかだった。

「法印はおるか」

次の間に控える小姓の甘利三郎次郎に声を掛けると、「はっ、呼んでまいります」という返事があった。

しばらくすると、「お待たせしました」と言いながら、板坂法印が入室してきた。

「朝早くからすまぬ」

「いえいえ、戦場ですから、昼夜を分かたぬ覚悟はできております」

「そうか。それで、呼んだのはほかでもない。今朝は、いつになく具合がよいようだ」

「あっ、それは重畳」

そうは言うものの、法印の顔は曇ったままだ。

信玄は横たわると着物の襟をくつろげた。

「ご無礼仕ります」と言いつつ、法印が触診する。

「どうだ」

「さほど大きくはなっていないようですが――」

「小さくもなっていないのだな」

珍しい信玄の戯《ざ》れ言《ごと》に、法印の顔がほころんだ。

「はい。残念ながら、体の中の腫物《はれもの》ばかりは小さくなりませぬ」

「そうだったな。で、しばらく持ちそうか」

法印が首をかしげる。

「この病いは人それぞれです。このまま何年も小康を保てることもあれば、明日にも悪くなるやもしれません」

「そうか。法印でも分からぬというのだな」

「残念ながら」と答えつつ、法印の顔が曇る。

「分かった。下がってよいぞ」

法印は一礼すると、「いつでもお呼び下さい」と言い残して去っていった。

「誰かある」

「はい」という三郎次郎の声が次の間から聞こえた。

「弾正を呼べ」

「承知仕りました」と答えて三郎次郎が走り去った。

――明日にも悪くなる、か。

分かってはいても、信玄にとって、その言葉は鉛のように重かった。

――甲斐国に戻るか。

そうなれば、ここまで戦いに明け暮れてきた人生は何だったのか分からなくなる。

もはや引き返せないところまで来てしまったのは確かなのだ。

――どこまで行けるか分からぬが、前に進むしかあるまい。

その時、障子を隔てて虎綱の声がした。

「よろしいですか」

「入れ」

信玄を見た虎綱の顔が、一瞬にして明るくなる。

「今朝はご加減がよいようで」

「法印に聞いたのか」

「いいえ。お顔色を見れば歴然です」

「さようか。やはり具合の善し悪しは顔に出るのだな」

「はい。病いは快方に向かっておるのでは」

「それならよいのだが、法印によると、そうとも言えぬようだ」

虎綱の顔が曇った。

「御屋形様、それがしのような医術に暗い者が申しても仕方ないことですが、甲斐国に引き揚げてはいかがでしょう」

「そなたはさように思うか」

「はい。中途半端なところで引き揚げることになるなら、今が潮時かと」

「しかし――」

「分かっております。浜松城までは落としておきたいのですね」

信玄はゆっくりと首を左右に振った。

「実は、そなたを呼んだのは、そのことだ」

「どのようなことでしょうか」

「今まで誰にも話していなかったが、浜松城を置いていきたいと思う」

「まさか浜松城と家康を残し、岐阜に向かうと仰せか」

「そうだ」

虎綱が眉間《みけん》に皺《しわ》を寄せる。常の者が相手なら「なぜに」と問うのだろうが、相手が信玄となれば、あらゆる要素を勘案して出した結論だと分かるのだろう。

「それは、ちと危ういかと」

「家康が追ってくるからか」

「はい。下手をすると信長と挟撃されます」

「だろうな」

虎綱が首をかしげる。そんなことに、信玄が気づいていないはずがないからだ。

「御屋形様、何をお考えか」

「それを話そうと思って、そなたを呼んだ」

「何なりとお話し下さい」

その時、三郎次郎が「お薬の時間です」と告げてきたので、信玄は三郎次郎を入れて、薬湯を受け取った。

三郎次郎が去った後、信玄はゆっくりと薬湯を喫すると言った。

「浜松城を落とすのは容易ではない」

「もちろんです。しかし遠江国を手にするには必要なことです」

「分かっておるが、遠江国のことはどうでもよい」

「上洛するにしても、経路となる国々を確保しておかないと――」

「うむ。それゆえ、家康が追ってこられないほどの痛手を与えねばならぬ」

薬湯の入った茶碗を置くと、信玄は茶柱が立っていることに気づいた。

――これは吉兆か。それとも凶兆か。まあ、どうでもよい。

信玄は迷信など信じない。だが信じる者たちのために、信じていると思わせることはある。

虎綱が緊張した面持ちで問う。

「それを談合するために、それがしを呼んだのですね」

「そうだ。わしは南下して浜松城を攻撃すると見せかけ、西に道を取り、三方原台地に登り、そこで家康を待つつもりだ」

「いかにも妙策。しかし、家康を釣り出すことができましょうか」

「わしが背を見せれば、家康は出てくる」

それは確信に近いものだった。

「つまり野戦で痛めつけた方が、城を攻略するよりも都合がよいとお考えか」

「うむ。城攻めは時も掛かるし、兵も損じる。それなら野戦で勝敗を決した方がよい」

「とは仰せになっても、城攻めは『人を致して、人に致されず』をなせますが、野戦はどうなるか分かりませぬ」

信玄は孫子の「人を致して、人に致されず」という言葉を信奉していた。すなわち常に戦では主導権を離さず、自軍の動きによって敵を振り回し、確実に勝てるところで実戦に移るという考え方だ。城攻めの場合、力攻め、干殺し（兵糧攻め）、水断ち（水攻め）といった、いかに攻めるかの方策から、包囲を解いて退陣するまで、寄手《よせて》の判断で行える。だが野戦の場合、敵の動きを掣肘《せいちゅう》できず、四度目の川中島の戦いのように、逆に主導権を握られることもある。

「尤もだ。だが、さようなことにはならぬだろう」

「どうしてですか」

「家康は謙信ではないからだ」

「あっ」と言って、虎綱が膝を叩いた。

「謙信なら軍勢を二手に分ける。追い立てる勢と、三方原の西、祝田の坂の下辺りで待ち伏せする勢にだ。わしが追い立てる勢に掛かれば、坂下の勢は坂を駆け上がる」

信玄は好敵手のことを懐かしみながら言った。

「なぜに家康がそうしないとお考えか」

「わしを倒すことが、家康の眼目ではないからだ。浜松城を守りきり、わしを自領から追い出すことに眼目がある」

「なるほど。待ち伏せや挟撃は、われらを追い出すことにつながらないというわけですね」

「そうだ。その心理が根底にある限り、待ち伏せや挟撃はせぬ。尤も謙信なら、家康と同じ立場でも、わしを討とうとするはずだがな」

信玄は家康の心理を読み切っていた。

「では、いつこの策を皆に伝えますか」

「まだだ。天竜川を渡河し、三方原台地に登る時に伝える」

「承知仕りました」

虎綱は一礼すると、緊張の面持ちで去っていった。

――さて、わが生涯最大の勝負が始まる。何とか瀬田に旗を立てるまで、この体が持ってくれればの話だがな。

東国の大名たちにとって、京の入口にあたる近江国の瀬田に旗を立てるとは、天下を制するという意味になる。

――病いなどに敗れてたまるか。

信玄は勢いよく立ち上がると、広縁に出て西の空を望んだ。

――信長め、待っていろよ。

信玄の胸腔《きょうこう》に、これまでないほどの鋭気が溢れてきた。

三

運命は自ら摑《つか》み取るもので、人から与えられるものではない。家康ほど、そのことを分かっている人間はいないだろう。

桶狭間の戦いの後、岡崎城に入り、三河国回復に積極的ではない今川氏真を見限り、信長との同盟に踏み切った決断から始まり、居城を浜松城に移し、武田氏と断交したのも大きな決断だった。それで運が摑み取れたかどうかは分からない。だが今更、自らの選択を後悔したところで、時を戻すことはできないのだ。

城内からは、構えを堅固にするための普請にいそしむ家臣や領民の掛け声が、ひっきりなしに聞こえてくる。それは切迫しているようにも聞こえる。それだけ武田勢に対する恐怖心が、末端まで染み込んでいるのだろう。武辺ぶりを旨とする三河武士たちも、本音を言ってしまえば恐ろしいに違いない。だが、それを顔に出してしまえば面目を失う。だから誰もが虚勢を張っているのだ。

――わしの人生はこれでよかったのか。

たいていの人間は嫌なことがあると、忘れようとする。家臣にも、「済んだことは忘れるに越したことはありません」などと言う者がいる。だが家康は、いつまでも嫌なことについて考えていた。嫌なことがなぜ起こったのかを検証し、その原因を見つける。それで二度と同じことを繰り返さないためだ。

――人生を振り返るようでは、先は長くないかもしれぬ。

家康が自嘲《じちょう》した時だった。

「ご無礼仕る」という大久保忠世の声が聞こえた。

「何かあったか」

「はい。山が動いたと、半蔵が知らせてきました」

服部半蔵とその配下は、武田勢の近くに張り付いている。

「そうか。遂に山が動いたか。して、北に向かったわけではあるまい」

「はい。残念ながら、こちらに向かっております」

家康の体に緊張が走る。

「いよいよだな」

「はい。腕が鳴ります」

「よし、では選《え》りすぐりの百人を連れていけ」

家康は、直臣・陪臣を問わず、腕の立つ百人の武士を自薦や他薦で選抜していた。

「承知しました。では、これにて」

忠世が出ていくと、入れ替わるように石川数正の声が聞こえた。

「信玄坊主がやってくると聞きましたので、早速防戦態勢を取ります」

「よし、任せた」

その後もひっきりなしに人が来ては、何かを報告したり、判断を迫ったりした。それを繰り返していくうちに、家康にもじわじわと恐怖心が込み上げてきた。

浜松城を守り切る自信はある。だが相手は信玄なのだ。どのような攻城方法を取ってくるかは分からない。

――心配は要らぬ。信玄とて人だ。

そうは思うものの、どうしても信玄を過大評価してしまう己がいる。

――城攻めの方法は限られている。

家康は、どのような攻撃方法を取られようと対策を考えていた。兵糧は十分あり、城内には多数の井戸を掘っていた。だが、それでも不安は湧き出してくる。

次第に人も少なくなり、家康が再び考えに沈もうとした時だった。

「よろしいですか」

「誰だ」

「鷹匠《たかじょう》です」

「ああ、そなたか。入れ」

本多正信が、この世のすべてを知っているかのようなしたり顔で入ってきた。

「先日お持ちした鷹は、いかがなされました」

「今は鷹どころではない」

「ああ、そうでしたな」

正信が、手を頭の後ろにやりながら照れ笑いを浮かべる。

「そなたはのんきだな。いや、のんきなふりをしておるな」

「ははは、ばれましたか。かような時ほど、のんきに構えることが肝要かと」

「それもそうだ」

体の力を抜くと、自然にため息が漏れた。気が張っていたのだ。

「それでは体が持ちませぬぞ」

「分かっている。長い戦いになるやもしれぬからな」

「果たして、そうなりますかな」

「何が言いたい」

「信玄は先を急いでおります。この城を落とすとなると、相当の時間を要します」

正信が白濁した目を光らせる。

「それゆえこの城を落とさず、先に行くことも考慮しておかねばなりませぬ」

「さようなことはあるまい」

「何を根拠に、そう思われるか」

「何を根拠にか――」

言われてみれば、浜松城を落とすというのは固定観念かもしれない。だが兵法の常道からすれば、ここで浜松城を落とさない手はない。

そもそも浜松城は、三方原台地の東南端、台地が天竜川の作り出す沖積《ちゅうせき》平野と接する部分に築かれている。しかも台地の突端というだけでなく、沖積平野が河岸段丘に湾入した形で、台地に食い込む谷がいくつもできており、それが天然の堀の役割を果たしていた。つまり要害と呼んでも差し支えない城だが、その反面、城から反撃する経路も限られており、陣前逆襲がしにくい。

「信玄は先を急いでおります。肩透かしを食わせるようにして、通り過ぎることも考慮しておくべきかと」

「では、われらが追撃すればどうなる」

「返り討ちに遭うだけでござろう」

「では、信玄坊主は、われらをおびき寄せるつもりか」

「はい。これみよがしに尻《しり》を見せていくでしょう」

正信が年寄りのように老けた顔で続ける。

「その時、殿は、いかがなさるおつもりか」

「罠《わな》にはまるようなことはせぬ」

「では、何もせず、ここにとどまるのですか」

「うむ」と答えようとして、家康は思いとどまった。

――それでは、武田勢を無傷のまま岐阜へと向かわせてしまう。

そうなれば信長の怒りは目に見えている。援軍で来た佐久間らが黙っているとも思えない。

「殿、ここが正念場です」

「では、出るなと申すか」

正信が口端に笑みを浮かべる。

「そうお答えしたいところですが、鷹匠ごときが『ああせい、こうせい』とは言えませぬ」

「うむ。決めるのはわしだ」

「織田殿ではなく、殿ですね」

「そうだ。わしのことは、わしが決める」

「それを聞いて安堵《あんど》しました」

だが、正信は疑わしい目で家康を見ている。

「当たり前のことだ。ここはわが領国。織田殿に何かを決められてたまるか」

そうは言ってみたものの、佐久間らを前にして、家康は己の意志を通す自信がなかった。

「ご無礼申し上げました。その言葉をくれぐれもお忘れなく」

正信が、家康の胸の内を見透かしたかのように言った。

四

十二月二十一日の夕刻、馬場信春率いる部隊を送り出した信玄は、翌二十二日の早朝、二俣城を後にした。匂坂城、社山城、亀井戸城、合代島などに在陣していた部隊も順次、本隊に合流してきた。

合代島を経て神増に達した時、馬場信春の使番がやってきた。

「申し上げます。案に相違せず、敵は対岸の中瀬で待ち伏せしていました。これから追い払うので、しばしお待ち下さいとのこと」

「分かった。ここで大休止を取るので、追い払ったら使いを寄越《よこ》せ」

使番が駆け去ると、信玄は軍議を招集した。この機会に、温めてきた策を皆に語ろうと思ったからだ。

続々と重臣たちが集まってきた。この軍議が城攻め前の最後のものだと思っているのか、どの顔も緊張している。

河畔に設《しつら》えた急造の陣所に居並ぶ重臣たちを前に、信玄は宣言した。

「われらは、これから三方原台地に登る」

山県昌景が問う。

「台地上に陣城を布《し》き、浜松城を攻めると仰せか」

「いや、台地を西に抜け、家康が追撃してこなければ、浜名湖畔の堀江《ほりえ》城を攻める」

その言葉に陣内は騒然とした。

小山田信茂が慌てて確かめる。

「ということは、背後に浜松城を残して岐阜に向かうというのですか」

「そうだ。その抑えが堀江城になる」

穴山信君が首をかしげる。

「さような名も知れぬ小城が役に立つのですか」

「ああ、浜松城の徳川勢を牽制《けんせい》するのに、ちょうどよい場所にある」

東から浜名湖に突き出た形の庄内《しょうない》半島にある堀江城は、浜名湖水運の要《かなめ》となっていた。この城を押さえると、今切《いまぎれ》の渡しを使った浜松城への兵站《へいたん》を破壊できると同時に、岐阜に向かう武田勢を徳川勢が追撃してきた場合、それを足止めできる。城主は大澤基胤《おおさわもとたね》という国人で、兵力は百から二百ほどなので、武田勢二万余が本気で掛かれば、鎧袖《がいしゅう》一触で落とせるはずだ。

「家康が追ってきたら、いかがいたすおつもりか」

「追ってくれば叩く。追ってこなければ堀江城を落とし、岐阜に向かう」

「では、台地の上で家康を待ち伏せすると仰せか」

「そのつもりだ」

重臣たちは左右を見ながら、口角泡を飛ばして議論を始めた。信玄はこうした自由な議論を許しているので、侃々諤々《かんかんがくがく》の喧噪《けんそう》が巻き起こる。

やがて昌景が両手を挙げて皆を静めると、信玄に問うた。

「家康は用心深い男です。果たして出てきますか」

「うむ。用心深いが血気盛んな一面もある。しかも彼奴《きやつ》は、わしよりも信長を恐れている。それゆえ浜松城に籠《こ》もったままでは、信長に対して面目が立たぬ。しかも信長は、いくらかの援兵を送ってきたらしい。それが家康に突きつけた白刃になる」

信玄は当初、四方を敵に囲まれている信長は浜松城まで援軍を送らないと思っていた。だが信玄が岐阜に向かってくれば、決戦は避けられない。だとしたら、家康が少しでも損害を与えてくれれば大いに助かる。つまり信長は、あえて援軍を送ることで家康に戦うことを強いているのだ。

「御屋形様のお考え、とくと肚《はら》に落ちました。後は、敵がのこのこ出てくれば叩くだけ」

「おう！」

皆が呼応する。

「では、頼むぞ。わしは少し横になる。馬場民部から敵を掃討したという知らせが届いたら起こせ。それから渡河を開始する」

そう言い残すと、信玄は奥に引っ込んだ。実は、またしても胃の腑《ふ》が痛み始めていたのだ。

――信長を討つまで、どうか静まっていてくれ。

信玄は胃の腑の辺りを押さえて、それを念じた。

五

大久保忠世が戻ってきたのは、二十二日の午後だった。

「という次第で、まことに無念ながら、信玄坊主に近づけもしませんでした」

「致し方ない。相手は信玄だ。われわれの考えそうなことは、すべて読まれている」

忠世によると、中瀬で配置に就いたところまではよかったが、そこに現れたのは、すでに渡河を済ませた一千余の馬場信春勢だった。おそらく馬場勢だけが鹿島の渡しを使ったものと思われた。それで兵を引こうとしたが、信春は物見を周囲に走らせたので、忠世率いる奇襲部隊は見つかってしまった。その後、追撃戦となったが、馬場勢は深追いせず兵を引いたため、奇襲部隊は些少《さしょう》の損害で浜松城に戻ってこられたという。

「ということは、信玄は天竜川を渡河したのだな」

「おそらく無事に渡河したでしょう」

「では、一刻《いっとき》もすれば城の近くに迫ってくるはずだな」

「はい。城の防備を固めねばなりませんので、これにてご無礼仕ります」

「よし、分かった」

忠世が去ると、近習《きんじゅ》の声がした。

「岡崎三郎《さぶろう》様がお見えです」

「なんだと、三郎が参っただと！」

岡崎三郎とは、家康の嫡男の信康のことだ。

「はい。いかがいたしますか」

「すぐに通せ！」

しばらくすると、「ご無礼仕る」と言いながら信康が入ってきた。その背後には、傅役《もりやく》の平岩親吉もいる。

信康は初陣を控えた十四歳。三十一歳の家康とは、数えで十七しか離れていない。永禄十年（一五六七）、九歳ながら信長の娘の徳姫《とくひめ》と結婚し、岡崎城を譲られ、元服して信康と名乗った。この実名は、信長の信と家康の康の字を拝領している。信康は生まれつき気が強く、「大方ならぬ荒人《あらびと》」（『松平記』）、すなわち「たいへんな荒武者」として、親吉たちは手を焼いていた。

「この危急存亡の秋《とき》に何用だ！」

「危急存亡の秋だからこそ、ご了解を取らずに参上仕りました！」

信康は色々縅《いろいろおどし》の腹巻を着け、薄く化粧していた。そのいかにも若武者らしい凛々《りり》しい姿は常ならば頼もしいが、この時の家康には苦々しく映った。

「そなたは、わしの言いつけを守れぬのか」

「言いつけは存じております。しかし居ても立ってもおられず――」

家康は遂に癇癪《かんしゃく》を爆発させた。

「この馬鹿者が！　あれほど岡崎を離れるなと申したはずだ」

「しかしこのままでは、父上が――」

「さようなことは分かっておる。わしが討たれたら、誰が仇《かたき》を取るのだ。その役割をそなたに託したのだぞ」

信康の顔が悲しみに歪《ゆが》む。

「そう仰せになられましても、それがしは、岡崎でのうのうと情勢を観望する気になれなかったのです」

「何を申すか。一人ひとりがわが命を奉じなければ、戦などできぬ。それを嫡男のそなたが破るとは言語道断！」

「殿！」と親吉が口を挟む。

「此度《こたび》のことは、すべてわが落ち度です」

「では聞くが、そなたが『浜松に行こう』と申したのか」

親吉が口ごもると、信康が言った。

「それがしが申しました」

「やはりそうか。平岩の諫言《かんげん》を聞かなかったのだな」

「はい。それがしが単騎で城を飛び出したので、平岩らが追ってきたのです」

家康は怒る気にもなれなかった。

「このことは、そなたに強く申し聞かせなかったわしの落ち度でもある。そなたの気持ちは分かったので、すぐに岡崎に帰れ。平岩！」

「はっ」

「そなたは傅役だ。そなたの責でもある」

「申し開きもありません」

「三郎を連れて岡崎に戻り、城の守りを固めよ」

「承知仕った！」

「父上、お願いです。この城に置いて下さい。死ぬ時は一緒です」

「この虚《うつ》け者が！　浜松城が落ち、わしが死んだと聞いたら、そなたは織田殿を頼って岐阜に落ちろと申しつけたはずだ。その通りにせよ！」

「分かりました」

信康が不承不承うなずく。

「三郎よ、そなたの猛々《たけだけ》しさを、わしは愛する。だが大名は猛々しいだけでは駄目だ。大局に立って物事を考え、深慮遠謀をめぐらすことこそ大名たる者の本義だ」

「は、はい」

「分かったら、ここが囲まれる前に岡崎に戻れ」

「承知いたしました」

悄然《しょうぜん》と首《こうべ》を垂れた信康が出ていった。その背後に続く親吉に、家康は視線で「しっかり監督しろ」と伝えた。

――わしの若い頃を見るような。

信康の性格は、若い頃の家康に生き写しだった。年齢からして致し方ない一面はあるが、今の信康に大名家の当主としての資質があるとは、とても思えなかった。それが後に悲劇を生むとは、この時の家康は知る由もなかった。

家康はため息をつくと、次なる来訪者に備えた。

六

天竜川を渡河した信玄は、輿から降りると輿丁《よてい》らに「大儀」と言い、手持ちの砂金を下賜した。天竜川には流路が幾筋もあるので、すべてに舟橋は架けられず、輿丁たちに頼ることもあったからだ。輿丁たちは胸まで水に浸《つ》かりながら、へとへとになって信玄を濡《ぬ》らさずに渡しきった。

輿丁たちが平身低頭しているところにやってきたのは、馬場信春である。

「敵を追い散らしました」

「それはよかった。で、周囲にもう敵はいないのだな」

「はい。万が一に備え、三方原台地の上も探索させましたが、敵の姿はありません」

「分かった。では、台地に登るか」

「念には念を入れて、最初にそれがしが登ります」

「どこから登る」

「この近くに新原という村があり、その裏手から登れます。ただそこは急坂なので輿で登るのは厳しいため、御屋形様は少し南の欠下《かけした》から登って下さい。その上で待っております」

欠下とは浜松城から一里半ほど北にある小さな村で、そこからは、比較的緩やかで広い道が三方原台地の上まで通っている。渡河の時と同じように、信春は別の経路で三方原台地に先行して登り、周囲を警戒しながら信玄を待つというのだ。

ちなみに三方原台地は多少の起伏はあるものの、川や谷がないため、道は直線的に造られており、馬の速度を落とさずに走らせることができる。台地上に村はないため、木材や秣《まぐさ》を車に載せた農民たちが、台地下の自分の村にそれらを運びやすいように造られている。

「さようか。では、頼む」

信春が「はっ」と答えて駆け去った。

「喜兵衛はおるか」と声を掛けると、武藤喜兵衛が走ってきた。

「薬湯を煎《せん》じておりました」

「いつもすまぬな。だが、これからは自分で煎じる」

「いえいえ、このくらいのことはお任せ下さい」

喜兵衛から薬湯を受け取った信玄は、一口喫すると言った。

「実は、そなたに頼みがあるのだ」

「はっ、何なりと」

「今からわれらは台地に登る。つまり危地に入ることになる。そなたは元服前の小姓たちを連れ、二俣城に戻っておれ」

喜兵衛の顔に驚きの色が広がる。

「それがしに小童《こわつぱ》どもを引率し、二俣城まで戻れと仰せで」

「そうだ。わが命が聞けぬか」

喜兵衛が不満を押し殺したように答える。

「いえ、さようなことはありませんが――」

「それなら言う通りにせよ」

「しかし御身の世話は、いかがいたしますか」

「近習もおるし、自分のことは自分でできる」

「とは仰せになられても――」

「よいか」

信玄は言葉に力を入れた。

「戦では何があるか分からぬ。万が一、わしが討ち死にを遂げた折は、いち早く甲斐に戻り、生き残った者らと善後策を練るのだ。これを持て」

信玄は懐から「遺言」と書かれた書状を取り出した。

「わしが死んだと聞いたら、この遺言の封を重臣たちの前で切り、読み上げよ」

「はっ」と答えながらも、遺言書を受け取る喜兵衛の手は震えていた。

「心配いたすな。わしはかような地で死にはせぬ。万が一のためだ」

「しかし――」

「岐阜城を制したら呼び寄せるので、しばし二俣城にとどまっておれ」

喜兵衛の瞳《ひとみ》から大粒の涙が落ちる。これが最後かもしれないと思っているのだ。むろん信玄が戦に敗れることはないので、病いで没することを案じているのだろう。

――もしかすると、わしが法印から聞いている話よりも、喜兵衛の聞いている話の方が悪いのかもしれぬ。

それを思うと気が重くなる。

「喜兵衛よ、しっかりしろ。そなたが頼りなのだぞ」

「はっ、分かりました」

喜兵衛の顔に鋭気が宿る。

「よし、分かったら行け」

「はっ、再びご尊顔を拝し奉れることを祈っております」

そう言うと、喜兵衛は小姓たちに招集をかけた。それを見て安堵した信玄は、使番に山県昌景と小山田信茂を呼びに行かせた。

しばらくすると二人がやってきた。

「いよいよだが、兵の様子はどうだ」

昌景が力強く答える。

「積水を千仞《せんじん》の谷に決するがごとき勢いです」

この言い回しは、孫子にある「勝者の民を戦わしむるや、積水を千仞の谷に決するがごとくなるは形なり」という言葉から来ている。すなわち「勝利者の戦いは、満々とたたえられた水を深い谷底に切って落とすような勢いの下で、一気に決められる（決めるべし）」という謂《いい》になる。

「それはよかった。では、山県は殿軍を頼む」

「承知仕った」

「小山田はせせり役だ。われら主力は貴布弥《きふね》と有玉《ありたま》を経て欠下から台地に登るが、そなたは天竜川の川沿いを下り、笠井《かさい》で西に向かい、欠下で落ち合おう」

「その意図はいずこに」

信玄は、浜松城の周辺をこれみよがしに蹂躙《じゅうりん》することによって家康を怒らせ、城から出そうとしていた。それを小山田勢に担ってもらおうというのだ。

そう説明すると、信茂はうなずいた。

「承知仕った」

「よし、ここからは戦場も同じだ。気を引き締めていくぞ」

「おう！」

二人の顔に緊張が漲《みなぎ》る。

――さて、あの丘の上には、何が待っているのか。

信玄は三方原台地を見上げると進軍を命じた。

七

その知らせを聞いた時、驚きと安堵が同時に押し寄せてきた。

「信玄坊主が台地に登ったと――」

居並ぶ重臣たちの前で、酒井忠次が無愛想に答える。

「半蔵の使いがさように申すので、それがし自らの目で見てまいりました」

「で、どうだった」

「小山田勢と思《おぼ》しき衆に遮られ、信玄の輿までは見えませんでしたが、間違いなく登ったと思われます」

忠次が確信を持って言う。

「半蔵は何と言っていた」

「台地の下に武田勢はおらぬので、まずは間違いないと申していました」

「だが城攻めの陣城を台地上に築いたら、こちらに寄せるのに、また台地から下りねばなるまい」

「はい。ですから、この城を攻めるつもりはないのでしょう」

「では、どうするつもりだ」

「このまま岐阜に向かうのではないでしょうか」

「待たれよ」

声を上げたのは佐久間信盛だ。

「それはまずい」

忠次がすかさず口を挟む。

「何がまずいのですか」

「われらは、わが殿から三千もの兵を預かってきておる。敵が岐阜に向かうのを、見逃すわけにはまいらぬ」

「それならご出陣下され。陰ながら勝ちを祈っております」

「ということは、われらだけで戦えと申すか」

「戦いたい者は戦い、戦いたくない者は戦わぬが、戦国の習いではありませぬか」

「何と無礼な！」

「無礼ではありませぬ。戦国の世の習いを申したまで」

「小平次、もうよい！」

家康が間に入る。

「佐久間殿のお立場は承知しております。しかしながら、今は信玄の思惑が分かりません。それゆえしばし猶予をいただき――」

「さような覚悟では、足の速い武田勢に追いつけなくなりますぞ」

武田勢は黒鍬《くろくわ》と呼ばれる工兵隊を伴って進軍するため、いかなる難路でも切り開いて進むことができた。道が整備されている地では、例えば上杉勢の方が迅速に移動するが、道なき道を行く場合、武田勢の方が速い。それならどこも真似すればよいと思われがちだが、平時から棒道と呼ばれる軍用道路を造っていた武田家の黒鍬には及ばない。

水野信元が口を挟む。

「徳川殿の仰せご尤も。しかしながら信玄が三方原台地に登ったのは、追撃するよき機会ではありませんか」

「なぜですか」

「三方原台地からは、いつか下りねばなりません。武田勢が台地から下り掛かったところで攻撃を仕掛ければ、利を得るのではないでしょうか」

今度は石川数正が口を挟む。

「相手は信玄ですぞ。さようなことは考慮しております」

「だとしたら佐鳴《さなる》湖の東岸に回り込み、台地から下りてきたところを迎撃したらいかがか」

家康は慌てて話を引き取った。

「あの辺りは泥田か湿地ばかりで、まともな道がありません。大軍を通すのは、ちと難しいかと。それがしは鷹狩をしておるので、よく知っております」

「そうでした。徳川殿のご道楽は鷹狩なので、この辺りの地形には精通しておりますな」

佐久間信盛が皮肉を言う。

その時、末席から嗄《しやが》れ声が聞こえた。

「卒爾《そつじ》ながら――」

皆の顔がそちらを向く。

――本多正信か。

信長から援兵を得てきた功により、正信を末席に加えているが、こうした席で発言するとは思わなかった。

「信玄の狙いは岐阜でしょうか」

信盛が怒声を発する。

「それ以外に何を宛所とする！」

「堀江城では」

皆が顔を見合わせる。誰も気づかなかったのだ。

信盛が「あきれた」という顔で問う。

「その城はどこにある」

その質問に信元が答える。

「浜名湖に突き出た場所にある国衆の城です。さような城を攻めるとは考え難いですな」

正信が物怖《ものお》じせずに反論する。

「いえいえ、堀江城は浜松城の死命を決する城です。というのも堀江城は――」

正信が堀江城について説明する。それにより信盛にも堀江城の重要性が理解できたようだ。

「つまり堀江城とやらを手に入れられると、この城への給糧が断たれるということか」

家康はすかさず答えた。

「それだけではなく、われらが岐阜へ向かう道も遮られます」

「それはまずい」

信元が問う。

「信玄は三方原の上に一部の兵を置き、堀江城を攻めるでしょう。やはり佐鳴湖の東側を回り、堀江城を後詰するしかないのでは」

それには数正が答えた。

「となると権現谷《ごんげんや》という深い谷を越え、そこから先も、泥田と湿地だけの道なき道を行かねばなりません。まあ、無理をすれば行けないこともありませんが」

確かに難路だが、この経路で三方原の西麓《せいろく》に行けないこともない。だがそんなことをすれば、逆に信玄を挟撃することになり、決戦を強いられることになる。

家康は双方を取り持つように言った。

「では、すぐにでも出陣できるようにしておき、信玄の方針が分かったら、出陣しましょう」

信盛が問う。

「徳川殿は、何をもって信玄の方針を見極めるのですかな」

三方原台地の地形を思い浮かべつつ、家康は言った。

「台地の中央部に追分《おいわけ》という場所があり、そこで道は、本坂道《ほんさかみち》と鳳来寺道《ほうらいじどう》に分かれます。そこで本坂道を取れば堀江城に向かい、鳳来寺道を取れば岐阜に向かうことになります。要は、信玄が追分でどちらに行くかで、こちらの方針を決めればよろしいかと」

三方原台地は多少の凹凸があるだけの原野なので、いくつかの直線道が交錯しており、その交差点は追分と呼ばれる。台地上には北と南の二カ所に追分があるが、南の追分は浜松城の北側の台地上にあり、西に行く道を選べば、浜松城の西を通り、南に抜けられる。一方、東の道を選べば、真向坂《まっこうざか》を下りて引馬《ひくま》城を経て浜松城の北東に出てこられる。

ちなみに引馬城とは今川氏時代に、今川氏の家臣の飯尾《いのお》氏によって築かれた城で、今は浜松城の北東を守る出城の役割を担っている。

つまり南の追分は浜松城のすぐ背後の丘上にあるので、この場合は北の追分を指す。

「なるほど、で、信玄はあとどれくらいで、その追分に達するのですかな」

「休止をしないなら半刻ほどかと」

その言葉に緊張が走る。

「分かりました。すぐにでも出陣の支度をしておきましょう」

それで議論は決した。

――いよいよ勝負の時が来るのだな。

家康は一つ武者震いをした。

八

二俣城を出た武田勢は、有玉という比較的大きな集落まで来たところで、南の浜松城方面に進まず道を西に取った。そのすぐ先には、三方原台地が立ちはだかっている。

このまま浜松城に向かうと思い込んでいた兵や足軽の中には訝《いぶか》しむ者もおり、物頭《ものがしら》に何かを尋ねる声も聞こえてくる。

しばらく行くと、欠下という集落が見えてきた。欠下は三方原の崖下《がけした》に家々が身を寄せ合うようにして並ぶ小さな集落で、その名の由来は崖下から来ている。

戸数は三十くらいで、日当たりの悪そうな狭い田畑を耕して糧を得ているようだ。それでも背後の崖には幅広の坂があり、台地上の入会地の山林資源を運び出すには、都合がいいのだろう。

有玉などの近隣の村々も、おそらくこの坂を共同使用しており、複数の村が力を合わせて切り開いたに違いない。

だが欠下に村人の姿は一切ない。どうやら逃げ散ったらしい。見付と同じく、有玉では年寄たちが制札を求めて金銀を差し出してきたが、信玄はそれを丁重に断り、制札だけ出してやった。

――この村は、そうした慣例も知らぬのだな。

こうした場合、占領軍は村を焼き払ってもよいのだが、信玄はこの機に遠江全土を支配下に収めるつもりなので、今後の統治に差し支えるようなことはしない。

輿が坂を登り始めると、眺望が開けてきた。と言っても、渡河してきた天竜川とその支流群が多少の角度を伴って見やすくなった程度なので、たいした高低差ではない。

台地に上がると、すでに馬場信春・小山田信茂両隊が散開し、周囲を警戒していた。信茂は笠井経由で宇藤坂《うとうざか》を登ってきたので遠回りとなったが、信玄よりも早く出陣したので先着したようだ。

信玄の旗本の周囲には、穴山信君勢、小幡信真《おばたのぶざね》勢、原昌胤《はらまさたね》勢が取り巻いている。

「喜兵衛」と声を掛けてから、武藤喜兵衛がいないことを思い出した。

「誰かある」

「はっ」と答えたのは春日虎綱だ。どうやら気を利かして輿の近くにいたらしい。平時の虎綱の役割は川中島海津城で上杉勢を監視することなので、手勢の大半は海津城に置いてきていた。そのため此度の西上行では信玄の帷幄《いあく》にあり、相談役のような役割を担っていた。

「弾正、追分に着けば道を選ばねばならぬ。つまり敵に、われらの狙いを読まれないようにする必要がある」

「狙いとは堀江城のことですね」

「そうだ。それゆえ、しばしここにとどまり、浜松城の動きを探る。また織田勢が来ていないか、鳳来寺道と本坂道に物見を出すよう、四郎に告げよ」

勝頼と内藤昌秀は前駆として少し先行している。

「早速、使者を走らせます」

「そうしてくれ。四郎には、追分にとどまるよう伝えよ」

「承知しました」

信玄がとどまっているのは大菩薩《だいぼさつ》と呼ばれる地で、大菩薩山と呼ばれる小さな丘があった。そこには、今川氏時代のものと思われる空堀と土塁で囲まれた城跡があり、後に欠下城と名付けられることになる。

二人が話しているところに、殿軍を担っていた山県昌景がやってきた。

「今のところ浜松城内に動きはありません」

「そうか。こちらの動きを見極めてから動くつもりだな」

昌景がにやりとする。

「あるいは動かないのでは」

「小僧がよほどの腰抜けなら動かぬかもしれないが、おそらく信長が遣わした連中に尻を叩かれ、城から押し出されるだろう」

三人でひとしきり笑った後、虎綱が問うた。

「では、後手を取るということでよろしいですね」

「さよう。先手を取るのは奇襲を掛ける時だけだ。何事も後手必勝だからな」

相手に戦う支度が整っていない時、信玄は先手必勝の戦法を取ることが多かった。しかしそうでない場合は、相手の出方によって対応していく後手必勝の戦法を好んだ。これは孫子の「人を致して、人に致されず」という言葉と矛盾しているように思えるが、実際は、後手を取る方が主導権を手放さずにいられると知っていたからだ。

　昌景が問う。

「では、ここで小休止を取りますか」

「そうだな。小半刻ほど待ち、小僧が城を出なければ追分まで進む。源四郎は引き続き浜松城の監視を続けてくれ」

「はっ」と答え、昌景が後方へと去っていった。

「ところで御屋形様、お体の具合はいかがですか」

　虎綱の心配そうな声で、信玄は胃の痛みを思い出した。

「今は収まっている。当分は持つだろう」

「それを聞いて安心しました」

　その時、前駆の勝頼の使者が到着した。

「申し上げます。三方原台地上の鳳来寺道と本坂道に敵影なし。また台地の西端の祝田から崖下を眺めた限りでは、織田の後詰は一兵たりとも見えません」

「さようか。では、もう少し進むか」

「はっ」と答えた虎綱が、近くにいる螺役《かいやく》に法螺貝《ほらがい》を吹くよう指示する。

　縹渺《ひょうびょう》たる台地に法螺貝の音が響く。続いて甲冑の札《さね》の音を派手にさせながら、将兵が立ち上がる気配が伝わってきた。

やがて輿が持ち上げられると、隊列が動き出した。

――さて、家康め、どう出てくるか。

ここまで来てしまえば、信玄は家康と干戈《かんか》を交えることが楽しみになってきていた。

九

出陣の支度も終わり、浜松城北西端の作左《さくざ》曲輪《くるわ》まで出張ると、大菩薩にとどまっていた信玄が動き出したという一報が届いた。

家康が「物見を本陣に入れよ」と命じると、鳥居忠広《ただひろ》が入ってきた。忠広は鳥居元忠の弟で、本多正信同様、三河一向一揆《いっき》の際に一揆方となったことで諸国を放浪していたが、数年前に帰参した、いわゆる帰り新参だ。そのため一手の将ではなく物見をやらせているが、的確に情報を摑んでくるので「物見巧者」として重宝していた。

「やはりそなたか。無事でよかった」

何人も出している物見の半数近くは戻ってきていない。半蔵ですら消息は不明だ。

「それがしのような帰り新参に、過分なお言葉、ありがとうございます」

「それで信玄坊主が動き出したのか」

「はい。大菩薩から追分に向かっています」

「前駆はどうしている」

「四郎勝頼が担っておるようですが、いまだ追分にとどまっています」

――誘っておるのか。

それが分かっていながら、このまま何もせずに、武田勢を行かせるわけにはいかない。

「殿、物見の分際で僭越《せんえつ》ながら、私見を一言申し上げさせていただきます」

「申してみよ」

「信玄は殿を待っております。しかも兵力には格段の差があり、戦っても利があるとは思えません」


この時、信玄は二万余、家康は織田家の助勢を加えても一万一千という兵力だ。

「さようなことは分かっておる」

「それが分かっていながら、城を出ると仰せか」


確かに敵の兵力は倍近くあり、しかも敵将は信玄なのだ。

——とても勝ち目はない。


常識的にはそうだろう。だが戦は政治でもある。ここで家康が信玄を見逃せば、それが信長との同盟に亀裂《きれつ》を生じさせるのは明らかだ。

「徳川殿」と佐久間信盛の声が聞こえた。

「信玄は追分に向かっています。この機を逃せば、信玄は台地から下りてしまいますぞ」

「分かっています」

「では、思案の余地はないはず」

「お待ちあれ」と酒井忠次が口を挟む。

「先だっての軍議で、信玄が追分からどちらの道を進むか分かり次第、出陣すると決めたではありませぬか」

「それはそうだが、武田勢は足が速い。このままぐずぐずしていては追いつけなくなる」

それは事実だった。下手をすると敵が坂を下りる時機を逸するかもしれない。

「小平次、もうよい。出陣しよう」

「しかし――」

「どのみち出ないわけにはいかぬ。それなら、もう出ても構わぬではないか」

「納得いきませぬ」

「よいか」

家康は覚悟を決めて言った。

「己の屋敷の裏庭を踏み破って押し通ろうとする者を、咎《とが》めない者はおらん。たとえ劣勢であっても、戦は兵の多寡で決まるものではない。すべては天運次第だ」

家臣が居並んでいるので、家康は建て前を並べたが、本音を言ってしまえば、このままやり過ごしたい。

「見事な心がけ。それでこそ海道一の弓取り！」

信盛が盾机を叩いて家康を称賛する。

「よし、出陣！」

作左曲輪を出ると、すぐに外堀代わりの犀ケ崖《さいががけ》にぶつかる。その縁を通って徳川軍は三方原に向かった。

隊列は先頭に酒井忠次、二の手に石川数正、次に浮勢（遊撃隊）、続いて大久保忠世、本多忠勝、榊原康政ら家康の旗本衆、さらに佐久間信盛、水野信元、平手汎秀ら織田勢といった順だ。

城のすぐ北西の布橋《ぬのはし》から左の道を取れば舘山寺《かんざんじ》街道だが、右を行けば本坂道で、三方原台地に登り、追分方面に向かうことになる。

家康は言うまでもなく右の道を取り、三方原台地に登った。

台地上には、風が強く吹き付けていた。

——申《さる》の刻（午後三時～五時）か。

おそらく未《ひつじ》の刻（午後一時～三時）から申の刻に入ったのだろう。日は西に傾き始めており、もう半刻もすれば、浜名湖畔に姿を消すはずだ。

——今日は戦とはならぬかもな。

隙間風のように油断が心に吹き込む。だが、家康は一兵卒ではないのだ。油断だけは慎まねばならない。

——桶狭間の轍《てつ》を踏むわけにはいかぬ。

油断しそうになった時、いつも思い出すのは今川義元のことだ。

桶狭間の戦いの折、義元は朝合戦で勝利した後、その勝利に酔い、酒食や舞に興じたため、そこを信長に突かれた。その時、家康は兵糧入れで大高城にいたので巻き込まれずに済んだが、運が悪ければ、義元と共に首になっていたはずだ。

——運は、天が決めるのではない。心の隙に忍び込む油断や慢心が決めるのだ。

このことを家康は肝に銘じてきた。

先頭を行軍していた酒井忠次が戻ってきた。

「殿、追分付近の敵と、物見の騎馬武者が小競り合いを始めました」

「何だと。物見に行っても無駄に手を出すなと、あれほど申しつけたであろう」

「もはや止めようがありません」

「それを止めるのが、そなたの役目だろう！」

浜松城を出る前から、血気に逸《はや》る若武者たちが「物見に行く」と称し、隊列を外れて走り出していた。一手の将や物頭が止めても聞く耳を持たず、その数は一千余に達した。

忠次も困惑気味だ。

「とは申しましても、後方から湧き出すように現れる者たちを、押しとどめる術《すべ》はありません。そう仰せになるなら、抜け駆けの功名を禁じればよかったのです」

こうした場合、軍律で縛ることはできるが、抜け駆けの功名は鎌倉時代から許されてきた武士の作法の一つなので、古風を重んじる徳川家の場合、禁じることは難しい。しかしこうなってしまうと、そうすればよかったという後悔が先に立つ。

――このままでは、備えなどない状態で武田勢と戦うことになる。

それを思うと、背筋が寒くなる。

思惑通り、武田勢が三方原から下り始めていればよいものの、徳川方の物見に反応して陣形を整えていれば、徳川方は三々五々、待ち構える敵と激突することになる。

――それだけは避けねばならぬ。

この時になって、家康は徐々に信玄の罠に搦《から》め捕られていることに気づいた。

――このままなら、正面から信玄とぶつかる以外の選択肢はなくなる。

続いて物見役の鳥居忠広が駆け込んできた。物見と称して抜け駆けの功名を狙いに行った者ではなく、忠広は本来の物見役だ。

「敵は鳳来寺道を進み、祝田方面に向かいました」

「信玄坊主め、祝田で三方原を下りるつもりだな」

「しかし抜け駆けを狙った連中が、敵の最後尾に突っ掛かっていったため、敵は郷人ばらを向かわせ、礫《つぶて》で応戦させています」

「では、郷人ばらを除く武田勢は、まだ戦ってはおらぬのだな」

「そうです。おそらく郷人ばらにわれらの先手を抑えさせ、その隙に祝田の坂を下りようとしているのでは」

——それはあり得る。

信玄が先を急いでいるのは、これまでの行動からも明らかだ。だが一つ解せないのは、頻繁に行軍を止めていることだ。祝田の坂下に伏勢がいないか、確認を取っていたのかもしれない。

——だとしたら、祝田の坂下に兵を出しておかなくてよかった。

家康としては、武田勢をいち早く自らの領国から追い出したい。挟撃態勢など敷けば、逆に信玄は台地上にとどまることになる。

その時、大久保忠世がやってきた。

「殿、若武者どもが勝手に先に出ております。このままでは収拾がつかなくなるので、それがしに抑え役を命じて下さい」

「そなたが止めに行くのか」

「はい。誰かが止めなければ、このままなし崩しに戦が始まります」

「分かった。任せた」

「承知仕った」と言うや、忠世は数騎の配下を引き連れて追分に向かった。

——彼奴に止められるか。

忠世は戦になると熱くなってしまう。そんな忠世に、功を焦る若武者たちを止められるとは思えない。だが忠世くらいの荒武者でないと、若武者たちを止めようがないのも事実だ。

隊列に緊張が漲ってきた。いやが上にも合戦の機運が高まりつつある。兵たちからは咳《しわぶき》一つ聞こえない。隊列の足も次第に速くなってきたように感じられる。それは功を挙げたいというよりも、恐怖心を払拭《ふっしょく》するために、自らを奮い立たせているからにほかならない。

——わしだって恐ろしい。

本音を言ってしまえば、戦はいつでも恐ろしい。しかも此度の敵は尋常な相手ではないのだ。それでも家康には勝算らしきものがあった。すなわち小競り合いで敵の後尾を叩き、それで兵を引けば、領国から追い出すという形が取れる。

——今のわしにはそれしかない。

武田勢を三方原台地から追い落とし、台地上で勝鬨《かちどき》を上げれば、形ばかりの勝利を得られる。だが、それだけで浜松城に兵を引こうとすれば、佐久間ら織田家から派遣されてきた者たちが黙ってはいないだろう。

——それならそれで、距離を置いて追尾すればよい。

しかし相手は信玄なのだ。こちらの思惑通りに動くとは限らない。

——こうなってしまっては後には引けぬ。運を天に任せるしかない。

家康は口を真一文字に結び、寒風吹きすさぶ中、追分に向かった。

十

追分で鳳来寺道に入った頃、山県昌景配下の使番が、徳川方が追跡してきていると告げてきた。

「さようか。で、山県は最後尾に郷人を出したか」

「はい。出しました。郷人たちは、ばらばらとやってきた敵の騎馬武者に礫で対抗しています」

信玄は山県昌景に、敵が迫ってきたら遠江から引き連れてきた郷人を人盾にするよう命じていた。郷人たちは武器を持たないので、首に掛けた頭陀袋《ずだぶくろ》に石を入れ、それを投げている。それだけで敵の行き足が鈍ることを、信玄は知っていた。

「では、足止めはうまくいっているのだな」

「はい。敵は抜け駆けの功名を狙った者たちで、規律の取れた攻撃ができていません。郷人ばらの礫でも、十分に押しとどめられます」

――小僧は抜け駆けを許したのだな。それで威勢のいい連中が、われもわれもと前線に駆けつけたというわけか。

戦場において最も大切なのは、指揮官の下で秩序立った動きをすることだ。それが個の力を二倍にも三倍にもする。しかし逆の場合、兵力の何分の一の力しか発揮できない。

「分かった。弾正を呼べ」

すぐに春日虎綱が駆けつけてきた。

「弾正、聞いたか」

「はい。おそらく敵は、われらが祝田の坂を下りると思っています。それゆえ今なら敵の意表を突けます」

「よし、備えを整えよ」

「いかなる備えで」

「魚鱗《ぎよりん》だ」

魚鱗《うろこ》の陣とは魚の鱗《の》のように諸隊が配置された陣形で、攻撃に適しているとされる。さらに形勢が悪くなった時は、退き陣での繰り引きにも使えるので、攻防兼備の構えと言ってよい。

「皆には深追いせぬよう伝えよ」

「一兵たりとも三方原から下ろさないのですね」

「そうだ。堀江城には、追ってくる敵を叩いてから向かう。しかしいかに一方的な戦いとなっても、浜松城まで追わせてはならぬ。それを徹底せよ」

それを聞いた虎綱が、信玄に代わって使番に指示を出すと、使番たちは百足《むかで》の描かれた旗指物を翻しながら四方に散っていった。

魚鱗の陣を指示する旗が揚がると、武田方は陣形を整え始めた。三方原が凹凸の少ない平原というのも幸いした。こうした場合、凹凸地形だと互いの姿が見えなくなり、陣形に混乱が生じるからだ。

そこに後方から戻ってきたのは、物見巧者として名高い室賀信俊《むろがのぶとし》だ。

「申し上げます。前駆の武者の後方から徳川勢が続いています。しかしわれ先にと駆けつけてきたらしく、備えは一皮《ひとかわ》となっています」

一皮とは横一列の平寄せのことで、相手からは鶴翼《かくよく》の陣にも見える。三方原の場合、道はあっても左右は凹凸地形の少ない原野なので、個々の部隊が視界を得ようとすれば、こうした陣形にならざるを得ない。

鶴翼の陣とは、敵より兵力で優位な方が、敵を包囲して殲滅《せんめつ》する戦い方を取る際の陣形のことだ。ちなみに武田家の軍法における鶴翼の陣とは、V字形ではなく八字形かハの字形となり、魚鱗よりも複雑な陣形になる。

――寡勢で一皮とは。どうやら小僧はしくじったな。

徳川方は統制の取れていない状態で、武田方と当たらねばならなくなったようだ。

そうこうしている間も、諸勢は前後左右に行き交い、魚鱗の陣が整えられていく。殿軍の山県勢が先頭になり、二の手から二列や三列の横隊になる。要は山県勢と小田原衆を鏃《やじり》の先端部とし、二の手左翼に馬場勢が、同じく右翼に小山田勢が、三の手左翼に内藤勢が、同じく右翼に勝頼勢が、そして信玄本隊を挟んで最後尾に穴山勢が就いた。

――あの時のようだな。

信玄の脳裏に川中島の激戦が思い出された。

上杉勢が八幡原《はちまんばら》に追い落とされてくるのを待っていると、朝霧の中から現れたのは無傷の上杉勢一万二千だった。一方の武田勢は八千しかいない。というのも山本勘助《やまもとかんすけ》の献策した「啄木鳥《きつつき》の戦法」を容《い》れた信玄は、一万二千の部隊を上杉勢の背後に送っていたからだ。

この戦いは、両軍が平原で正面からぶつかり合うことになったため、大乱戦になった。だが兵力も劣勢な上、意表を突かれた武田勢は上杉勢に押され始めた。

上杉勢の猛攻に、信玄の前衛が次々と切り崩されていく。その時、屈強な精兵数十名を率いた謙信が、信玄に襲い掛かってきた。

『甲陽軍鑑』では、この時の模様を以下のように記している。

「萌黄《もえぎ》緞子《どんす》の胴肩衣《どうかたぎぬ》を着た武者が白手《しろて》拭《ぬぐ》いで頭を包み、月毛《つきげ》の馬に乗って三尺ほどの太刀《たち》を引き持ち、床几《しょうぎ》の上にいる信玄に真一文字に迫ると、いきなり三太刀も斬りつけてきた。信玄は立つなり軍配団扇《うちわ》で受け止めた」

だが三太刀見舞ったところで、信玄の家臣たちが集まってきたので、謙信は馬を引いた。

すんでのところで一命を取りとめたものの、本陣まで崩されたので、味方の損害は尋常ではなかった。信玄の実弟で、それまで信玄を支えてきた典厩信繁《てんきゅう》はじめ、名だたる武将たちが討ち取られた。

ところがあと一息で武田軍が崩壊という時、迂回路《うかいろ》から妻女山《さいじょさん》に向かっていた別働隊が八幡原に駆けつけてきた。ここで形勢が逆転する。しかし上杉勢は敗走とはならず、整然と撤退していったため、武田勢は戦果を拡大できなかった。

かくして川中島の会戦は終わった。八幡原を死守した信玄は全軍に勝鬨を上げさせたが、その損害は大きく、勝利とは言い難いものがあった。

――あの時は危なかった。

もしも別働隊が八幡原に駆けつけるのが少しでも遅れたら、信玄は討ち取られていたかもしれない。それを思うと、背筋が寒くなる。

――だが此度は違う。

あの時に比べれば不安要素は少なく、まずもって負け戦はないだろう。だが、追撃ができなくなるほど徳川勢に損害を与えねばならない。

その時、虎綱が輿脇に戻ってきた。

「御屋形様、備えが整いました」

「さようか。後は小僧を待つだけだな」

「はい。このままなら、夜には小僧の首と対面できるかと」

「ははは、そううまくはいくまい。戦いが始まるのがこの刻というのは、小僧の運が強いということだ」

夕日の傾き方から、時は申の刻の後半になっているはずだ。このくらいになると、戦が終わるのは夜になる。つまり夜陰に紛れて家康は逃げることができる。

「弾正、皆に深追いせぬよう伝えたな」

「はい。郷人ばらや功を焦った足軽までは分かりませんが」

「郷人ばらは勝手にさせるがよい。わが手勢が三方原から下りなければ、それでよい」

——さあ、いよいよだ。

信玄の胸底から、若い頃のような闘志が湧き出してきた。

十一

——何たることか。

祝田の坂上の根洗《ねあらい》周辺を主戦場に想定していた家康は、そのはるか手前で戦いが始まっているのに驚いた。どうやら大久保忠世でさえ若武者たちを抑えられなかったようだ。

——いや、違う。

馬上から夕日が沈みかけた西方を見ると、忠世が旗幟《きし》を翻しながら敵の足軽たちを蹴散《けち》らしていた。戦場の異様な雰囲気から、忠世自身が率先して戦闘に突入したに違いない。

——引太鼓を打つか。

しかしすでに戦っている味方がおり、ここで引太鼓を打つと、総崩れを起こすかもしれない。

——どうする。

それでも、このままなし崩し的に本格的な戦闘に移るのは危険すぎる。

その時、酒井忠次の使者がやってきた。

「申し上げます。敵を三町（約三百二十七メートル）ほど後退させました。わが主《あるじ》は、敵の罠だとしても、このまま押しまくるしかないと申しております」

「味方は優勢なのか」

「そうです。このまま押すよりほかありません！」

「だが信玄は、祝田の坂を下り始めてはいないだろう」

「そこまでは分かりませんが、お味方が勝っているのは明らか！」

——もはや肚を決めねばなるまい。

軍配を振り上げようとした次の瞬間、馬の口を取る者がいる。

「殿、何のおつもりか」

本多正信である。

「放せ。今が勝機だ！」

「馬鹿も休み休み申されよ。これは信玄の罠に相違なし」

「なぜ罠だと分かる」

「敵の先手は黒地に白桔梗《しろききょう》の山県勢です。山県ともあろう者が、われらごときに押されて引くはずがありませぬ。調子に乗って寄せれば、死地に追い込まれますぞ」

「しかし罠だとしても、行くしかあるまい」

「それでも行ってはなりませぬ。せめていったん引いて備えを整えられよ。間もなく夜の帳《とばり》が下ります。それゆえ今日のところは、敵と干戈を交えることはないでしょう。いったん頭を冷やし、明日戦いましょう」

「この勢いを明日再現できるか！」

家康は、孫子の「勝者の民を戦わしむるや、積水を千仞の谷に決するがごとくなるは形なり」という教訓を思い浮かべていた。

――ここが勝負所だ。

家康の直感がそれを教える。だが、これまでの自分の直感がすべて正しかったとは言いきれない。

――どうしたらよいのだ。

そこに前線から別の使者が馬を走らせてきた。

「申し上げます。わが主が申すには、今こそ全軍を挙げて惣懸《そうがか》りすべしとのこと」

「主とは誰だ」

「石川伯耆守に候！」

石川伯耆守とは数正のことだ。

「与七郎は誰と戦っている」

家康は、戦場の状況が全く分からなくなっていた。

「小山田勢に候！」

どうやら、味方はてんでばらばらに正面の敵と戦っているようだ。だが、それぞれが敵を押しているこことは確からしい。

――やはり勝機は今だ。

たとえ罠であっても、ここで引けば敵は勢いを盛り返す。

それでも正信は、醜い顔を引きつらせて言う。

「たとえ皆を行かせても、殿は行ってはなりませぬ。ここで殿が死ねば、徳川家は潰《つい》えます」

「ええい、うるさい！」

家康は馬鞭《ばべん》で正信の顔を薙《な》いだ。正信の頰にミミズ腫《ば》れが走る。

「殿、死んではなりませぬ！」

正信は馬の口を取って放さない。

「誰ぞ、この鷹匠を押さえろ！」

その言葉に、近くにいた者たちが正信の腕を剝《は》ぎ取った。

「殿、行ってはなりませぬ。行ってはなりませぬぞ！」

正信がどこかに連れ去られていく。その最後の言葉が耳に残っていたが、家康は軍配を振り下ろした。

「惣懸りだ！」

「おう！」

徳川勢が一斉に駆け出していく。その馬の蹴り上げる砂塵の中、家康も馬を駆けさせた。

──勝てる。わしは信玄に勝てる！

いまだ一抹の不安はあったが、家康は己にそう言い聞かせた。

十二

──やはり来たか。

敵の喊声《かんせい》が波濤《はとう》のように押し寄せてくる。こうした戦場の音を聞くだけで、信玄は何歳か若返ったような気がする。

――だが、若さは取り戻せても、壮健な体は取り戻せない。

自分が死病に取り付かれていることを、信玄は思い出した。

――それでも生きている限り、あきらめてはならぬ。

その思いを胸に刻み付けた信玄は虎綱を呼んだ。

「弾正はおるか」

「はっ」と答えた虎綱が、信玄の座す床几の前に拝跪《はいき》する。

「敵が寄せてきたようだな」

「はい。山県・小山田両勢が引いたので、引き寄せられるように追い掛けてきます」

「こちらの策に掛かったのだな」

「というか、敵としては罠と分かっていても進むしかないでしょう」

「罠と分かっていてもか」

信玄の口端が緩む。敵の若武者が戦端を開いてくれたという僥倖《ぎょうこう》はあったものの、敵の選択肢を減らしていき、「戦うしかない」というところまで追いつめたのは、信玄の深慮遠謀によるものだ。

「返り討ちにしますか」

「いや、しばし待て」

信玄はもう少し引き付けた方が、家康を討ち取れる可能性が高まると思っていた。だが、それは危険な賭《か》けでもある。

――川中島では危うかったからな。

しばらくして敵の喊声が大きくなってくると、土屋昌続が駆けつけてきた。昌続は虎綱と共に信玄の旗本を務めている。

「申し上げます。敵が間近に迫っています」

「間近とはどのくらいか」

「はっ、一町から二町です」

一町は約百九メートルになる。

「そうか。ここも危ういな」

「はい。御屋形様の陣前には幾重にも構えを設けているので、破られることはないと思いますが、敵の突進力が想定以上だと、すぐにもここに到達します」

「分かった。そろそろ頃合いだな。弾正、もうよかろう。逆寄せせよ」

信玄の命に応じ、反撃の合図の法螺貝が吹かれ、掛太鼓が叩かれた。

しばらくすると、天地が震撼《しんかん》するほどの鯨波が襲ってきた。

——これが武田家だ。

その頼もしさに、信玄でさえ感服する。

やがて次々と使番が戻ってきた。

「馬場殿が四町ばかり敵を押し返しました！」

「四郎様が横槍《よこやり》を入れ、家康旗本は総崩れとなりました！」

「小田原衆が持ち直し、敵を追っています！」

「小荷駄《こにだ》衆の甘利殿も参戦しました！」

甘利殿とは虎泰の息子の信康《のぶやす》のことだ。

――小僧、甘かったな。

勝利を確信した信玄が床几から立ち上がると、昌続が言った。

「御屋形様、深追いを慎むよう、旗本衆を前線まで走らせたらいかがでしょう」

「そうだな。そなたも行きたいか」

「はい。家康の首とはいかないまでも、一手の将の首くらいは持ち帰ろうかと」

「そなたが深追いするのではないか」

その言葉に、近くにいた者たちがどっと沸く。早くも戦勝気分なのだ。

「本音を申せばそうですが、仕事はしっかりこなします」

「分かった。行ってよい」

「ありがたきお言葉」

昌続は旗本を集めて指示を与えると、颯爽《さっそう》と馬に飛び乗り、砂煙を蹴立てて駆け去った。

――頼もしきことよ。

次の世代が着実に育ってきていることに、信玄は満足した。

この後、昌続は徳川方の鳥居忠広に追いつき、組打ちの末、その首を取った。忠広は武田方の様子を探るために、最前線まで出張ってきていたのだ。一手の将ではなかったが、物見巧者の忠広を討ち取った功は大きい。

信玄の傍らに控える虎綱が問う。

「御屋形様、日も暮れてきました。引太鼓を叩かせますか」

すでに夜の帳は下り、信玄の周りでは篝《かがり》が焚《た》かれている。おそらく酉《とり》の刻（午後六時頃）にはなっているのだろう。

「そうだな。そろそろ手仕舞いとするか」

「では、よろしいですね」

信玄がうなずくと、虎綱は近くにいた者たちに指示を飛ばした。

それを聞いた太鼓役が引太鼓を叩き、螺役が法螺貝を吹く。これにより敵を追跡していった者たちも、三々五々戻ってくるはずだ。

「御屋形様、今宵はここで首実検いたしますか」

「ああ、用意をしておけ。わしは――」

勝利の安堵感からか、信玄は胃の腑が痛み始めていた。

「しばし休む。支度が整ったら起こしてくれ」

そう言うと、信玄は陣幕で囲われた急造の自室に入り、近習に命じて厨子《ずし》を開かせ、護摩を焚かせた。

厨子の中の不動明王像に一礼した信玄は、印を結んで真言を唱え始めた。

「ノウマク・サラバタタ・ギャティビャク・サラバボッケイビャク・サラバタタラタ・センダマカロシャダ・ケンギャキギャキ・サラバビギナン・ウンタラタ・カンマン」

（大いなる怒りの姿をされる不動明王よ、わが迷いを打ち砕き、障りを取り除き給え。そして所願を成就せしめたまえ）

信玄は胃の腑の痛みを堪《こら》え、一心不乱に真言を唱えた。それまで周囲に満ちていた戦場特有の殺伐とした空気は去り、厳粛な空気が満ちてきた。

十三

家康は浜松城へと続く道を必死に引き返していた。

馬の涎《よだれ》を全身に浴びながら、家康は馬鞭を振るった。死の恐怖だけが頭の中を占めていた。

――わしの甘さが、こうした事態を招いたのだ。

物見と称して先行した若武者たちが戦端を開き、成り行きから開戦となってしまったが、これほどまずい戦端の開き方もなかった。敵の半数ほどの寡兵にもかかわらず平寄せとなり、その一皮を何ヶ所かで破られれば、後は敗走するしかない。

――押しきれると思ったことが間違いだった。わしは大馬鹿者だ。

ふと本多正信の醜い顔が脳裏に浮かんだ。

――彼奴の言う通りだったな。

正信の言葉が思い出される。

「山県ともあろう者が、われらごときに押されて引くはずがありませぬ。調子に乗って寄せれば、死地に追い込まれますぞ」

――まさにその通りだったな。敵は崩されたのではなく誘い込んでいたのだ。

だがあの状況では、それ以外の選択肢はなかった。敵の選択肢を減らしていき、一つしかない道を行かせ、そこで仕留めるのが信玄なのだ。

――さようなことは分かっていた。

家康は口惜しさを堪えて馬の首にかじりついた。背後に続くのは旗本二人だけで、小姓も近習もどこかではぐれてしまった。

その途次、近習の大久保忠隣が負傷し、槍を杖《つえ》代わりに歩いているのが見えた。背後から追いついてきた小栗忠蔵《おぐりちゅうぞう》に、家康が「新十郎（忠隣）のために馬を探してこい」と命じると、忠蔵は自分の馬を忠隣に渡し、自らは家康の傍らを走った。

家臣たちは互いに助け合いながら、城を目指していた。

その背後では、追いすがる武田勢に何人もが立ちはだかり、家康が逃げる時間を作った。そうした者の中には、家康の着ていた朱色の鎧《よろい》を自らの黒色のものと交換し、「われこそは家康」と言って追手に突っ込んでいった松井忠次《まついただつぐ》、同じように家康の采配《さいはい》を奪って敵に立ちはだかった鈴木久三郎《きゅうさぶろう》などがいた。

二俣城を明け渡したことで、味方から白い目で見られていた中根正照や青木貞治ら二俣城在番衆は、劣勢となっても逃げることをせず、その場に踏みとどまって討ち死にを遂げた。

中でも壮絶だったのが、浜松城留守居を担っていた夏目広次《なつめひろつぐ》だ。広次は敗戦を聞くと、兵を率いて家康を迎えに出て、家康を逃した後、自らはそこに踏みとどまり、討ち死にを遂げた。

織田の援兵も無残な最期を迎えた。佐久間信盛は何とか浜松城に帰り着いたが、平手汎秀は道に迷っているところを討ち取られた。水野信元は、どこをどう通ったのか分からないが、浜松城ではなく岡崎城まで逃れた。この時、武田勢の中を突破したとしか考えられず、後に信長から内通を疑われ、詰め腹を切らされることになる。

結局、徳川方の戦死者は一千を数えたが、武田方は百にも満たなかった。主だったところでは、高田《たかだ》規頼《のりより》の次男の繁頼《しげより》と原昌胤の次男の昌弘《まさひろ》が戦死したくらいで、名のある将で討ち取られた者はいなかった。

また地元には、小豆餅《あずきもち》と銭取《ぜにとり》という地名が残る。これは家康が敗走の途中、空腹のあまり、たまたま見つけた茶店に入って小豆餅を食べ、代金を払わずに逃げたので、茶店の老婆に追いかけられて代金を支払わされたという逸話にちなんだ地名だ。しかし当時、人も住まない三方原に茶店があったとは思えない。

浜松城の城門は開け放たれており、家康は中に駆け込んだ。

——助かった。

馬から転がるように下りた家康は、その場にへたり込んだ。

そこに人が集まり、輪になって家康の無事を喜んでくれた。

「皆、すまぬな、すまぬな」

家康は涙ながらに謝った。

「殿、よくぞご無事で」

家臣たちが口々に言う。

そこに駆けつけてきたのが本多正信だ。

「殿」と言ったきり、正信は男泣きに泣いた。

「そなたも無事でよかったな」

「は、はい。何とか逃げおおせました」

「そなたの申す通りだったわ」

「さようなことは、もはやどうでもよいこと。それよりも、殿のご無事が何よりもうれしゅうございます」

「さようか。わしが死ねば、当家もしまいだ。必死に逃げてきたわ」

家康の豪傑笑いが空しく響く。

「その通りです。殿さえ生きていれば、いかようにも巻き返しができます。しかもこれで織田殿への義理も立ちました」

正信の顔には、家康に馬鞭で付けられた跡がはっきりと残っている。

「だが、わしは多くの忠臣たちを失った。このままこの城に攻め寄せられれば、落城は必至だ」

「いえいえ、信玄坊主は先を急いでおります。これで殿が追撃できなくなったことに満足しておるはず」

「だと、いいのだがな」

これまでの正信の深い洞察力からすれば、そうなるようにも思える。

「とにかく何があるか分からぬ。まずは城の守りを固めよう」

「それがよろしいかと」

家康は気を取り直し、防戦の手配りを始めた。

これほどの負け戦はなかったが、それでも家康は前を見ていた。

十四

信玄が転寝《うたたね》をしていると、「よろしいですか」という虎綱の声が聞こえた。

「構わぬ。皆はどうした」

「敵の逆寄せもないようなので、すでに参集しております」

「誰が夜襲の警戒に当たっておる」

かった。


「戦いに参加しなかった穴山殿です」

穴山勢は魚鱗の陣に反転した際、最後尾となったので戦っていない。

「では、首実検を始めるか」

身を起こすと、胃の腑の痛みを思い出した。その時、一瞬顔をしかめたのを、虎綱は見逃さなかった。

「御屋形様、首実検の大将役は、四郎様に代わられたらいかがでしょうか」

「いや、士気を保つためにも顔だけは出す。行こう」

虎綱に腕を取られて立ち上がると、信玄は皆の待つ首実検の場に向かった。

「大儀」という信玄の声に応じ、諸将が一斉に拝跪した。

「では、始めるか」

信玄は打鮑《うちあわび》、勝栗、昆布の順に口を付けると、酒の入ったかわらけを掲げて飲んだ。酒は胃の腑に悪いので、口を付けただけだ。

続いて勝鬨を上げる番だが、信玄は声が出ないので、勝頼に命じた。

「えいえい、おう！」という声が夜空に轟《とどろ》く。

それが終わると、一番首を取った者から論功行賞が行われる。だが信玄は「後は四郎に任せる」と言うと、その場を後にした。

陣幕内の自室に入ると、信玄は絵図を取り出した。

――さて、どうやって堀江城を落とすか。

そこに虎綱が入ってきた。

「御屋形様、具合がお悪いのですか」

「ああ、よくはない」

相変わらず胃の腑の鈍痛は収まっていないので、そう答えるしかない。

「では、いかがいたしますか」

「いかがいたしますかとは、わしに甲斐に戻れとでも言いたいのか」

「さようなことは申しませんが、せめて長篠城辺りに戻り、ゆるりと年を越されたらいかがでしょう。年が変われば、体調もよくなるかもしれません」

「さような暇はない」

今の信玄にとって、時間ほど貴重なものはない。

「ということは、このまま堀江城を攻めるのですね」

「ああ、そのつもりだ」

虎綱がため息をつく。

「それで、城攻めの拠点を考えていたのですね」

「そうだ。この――」

信玄はある地点を指した。

「三方原を下りたところにある刑部《おさかべ》という村ではどうだろう」

「いかにも、庄内半島の堀江城を攻めるには適地ですな」

刑部は庄内半島の喉頸《のどくび》を押さえる場所にあるだけでなく、引佐細江《いなさほそえ》という川のように細長い湾の南岸に位置し、そこから船で浜名湖にも出られる。

「しかも刑部には、今川氏時代の城があるようだな」

絵図には城の印がついていた。

「たいした城ではないでしょうが、短い滞在なら十分かと」

「では、隼人《はやと》を先行させて、その城とやらを検分させておけ」

隼人とは原昌胤のことだ。本格的な城を築くのは馬場信春の担当だが、昌胤は陣馬奉行という地位にあり、陣所の選択と設営を担当している。

「承知しました」と言って信玄の陣所から出ていこうとする虎綱に、信玄は言った。

「四郎を呼んでくれ」

虎綱が悲しげな顔でうなずいた。


しばらくすると勝頼が駆けつけてきた。

「見事な働きであった」

三方原の戦いは、敵をできるだけ引き寄せておき、その伸びきった陣形をいかに叩くかに掛かっていた。勝頼が早く動いてしまえば、敵は兵を引いたはずだ。しかし勝頼は敵に押されても堪えに堪え、敵の陣形が伸びきったところで反撃に移った。その時機が見事だったので、敵は一気に崩れた。

「ありがたきお言葉」

信玄はめったに勝頼を褒めない。そのため勝頼は満面に笑みを浮かべた。

「だが、武田家の当主になろうとする者にとっては、当然の働きだ」

「もとより！」

「それで話だが、これから堀江城を攻める。その大将を任せたい」

「はい！」

勝頼の顔が生き生きとする。

「さて、この絵図にある通り、堀江城に至る道は一本で、物見によると、道は狭い上に左右は湿地のようだ」

「行軍に難儀しそうですね」

「うむ。そこで刑部で近隣から船をかき集め、堀江城の北西の舘山寺に上陸しろ。それで陸路を行く衆と城を挟撃するのだ」

信玄は舘山寺のある小さな半島に、舟入があることを調べ上げていた。

「父上は陸路を来られるので」

「いや、わしは刑部に留まる」

「それがよろしいかと」

勝頼はほっとしたようだ。信玄の体を気遣うというより、前線であれこれ指示されたくないのだろう。

「堀江城を落とせば、浜松城は死に体だ。家康も必死に後詰してくるだろう」

「彼奴らに、後詰する余力はないでしょう」

「敵を侮るな」

信玄の言葉に多少むっとしたようだが、勝頼はうなずいた。

「申し訳ございません」

「よし、浜名湖にある船という船を集めよ。それがそろったら城攻めだ」

「承知仕った！」

勝頼が鎧の札の音を派手に立てながら去っていった。

その逞《たくま》しい背を見ながら、信玄は自分の時代が終わろうとしているのを感じていた。

十五

長い夜が明けた。遠州灘に昇る朝日を見つめながら、家康は生きていることを実感した。

――生きていれば何とかなる。過去を振り返っていても仕方がない。前を向こう。

そう己に言い聞かせると、家康は軍議を招集した。

評定の場に集まった面々の顔には、疲労の色が濃かった。しかも死傷者が多く出たので、いつも居並んでいた顔のいくつかが見えない。家康はあらためて敗戦の痛手を思い知らされた。

「皆、大儀であった！」

あえて威勢のよい声を発したが、「はっ」と答えた一同の顔は冴《さ》えない。

「そなたらのおかげで、わしは体面を保てた」

早速、佐久間信盛が発言する。

「徳川殿、体面を保っていただくのはこれからですぞ」

「分かっております」

「では、いつご出陣か」

「佐久間殿！」

酒井忠次が憤怒《ふんぬ》の形相で言う。

「われらは一千余の傍輩を失いました。すぐに信玄を追うのは無理です」

「何を仰せか。武田勢も長い軍旅で相当疲れてきています。今こそ追撃し、わが主と挟撃すべきではありませんか」

作戦的には、信盛の言っていることは正しい。だが兵は物ではないのだ。元気な者だけで追撃部隊を編成するとしたら、五千にも満たない兵力となるだろう。そうなれば三方原の二の舞を演じかねない。

家康は二人の間に入った。

「佐久間殿、敵の動きが摑めてからでも遅くはありますまい」

「三方原の戦いの前にも、同じ言葉を聞いたような気がしますが」

信盛の皮肉がささくれ立った心に刺さる。

「よろしいですか」

末席から手を挙げる者がいる。それを見た信盛が吐き捨てた。

「徳川家の軍議では、鷹匠殿がよく発言しますな」

それを無視して本多正信が言う。

「堀江城からの知らせによると、敵は刑部に先乗りを入れたようです」

家康は首をひねった。

「なぜ、そなたがそれを知る」

「堀江城には懇意にしている鳥見がおり、鷹を飛ばしてきました」

一同が驚いて顔を見合わせる。

「こより状にした書付を鷹の足に縛り付けて放すのです。鷹は仲間のいる場所に舞い降りる習性があるので、それがしがいち早く知った次第です」

家康も鷹については詳しいので、正信の言っていることが正しいと分かる。

「信玄は刑部にとどまり、堀江城を攻撃するつもりのようです。それゆえ浜松城と佐鳴湖の間を通って、堀江城の近くまで伏兵を出すのがよろしいかと」

その言葉に、重臣たちが侃々諤々の議論を始める。

酒井忠次が皆を静めると言った。

「これは敵に一矢報いる千載一遇の機会ですぞ。しかも堀江城は、浜松城の死命を制する位置にあります。何があっても守らねばなりません」

家康は石川数正に問うた。

「兵を率いて、あの難路を越えられるか」

「以前も申しましたが、難路ですが行けないことはありません」

「では、誰が行く」

そのとたん、皆がわれもわれもと手を挙げる。

「ぜひ、それがしに！」

「弟を討ち取られた無念を晴らさせて下さい」

「わが手勢は無傷です。その役はそれがしに」

希望者が殺到したが、数正が冷静な声音で言った。

「殿、この仕事は、あの難路を知悉《ちしつ》している者でなければ無理です」

「誰か迷わずに行ける者はおるか」

その時、正信が手を挙げた。

「それがしなら迷わずに行けます」

「なぜ、そなたが――」

「鷹匠だからです。権現谷の鷹の営巣地はすべて知っています」

その言葉は重みをもっていた。ただの鷹狩で権現谷に行く者はいない。沼地が多く見通しが悪いからだ。だが、正信は鳥見も兼ねた鷹匠なので、よい鷹を捕らえるためなら、どこにでも入り込む。

「分かった。そなたが嚮導役《きょうどう》を担え。それで兵を率いるのは――」

「殿、それがしに率いさせていただけませんか」

正信が膝を進める。

「そなたがか――」

「はい。それがしなら、あの辺りの地形を知悉しておりますので、兵の駆け引きを即断できます。指揮官が別だと、それがしが進言してもすぐに容れられず、勝機を逃すことも考えられます」

その時、「ははは」という高笑いが聞こえた。

「徳川家では、鷹匠が兵を率いるのですか」

佐久間信盛だ。

「いえ、この者は――」

家康の言葉にかぶせるように、忠次が言った。

「さようです。鷹匠だろうと釜焚《かま》きの爺《じい》だろうと、当家では、適材なら一手の将を任せます」

それを無視して、信盛が家康に言った。

「徳川殿、堀江城を失えば、われらはしまいです。その重大な仕事を鷹匠にやらせるのですか」

――たいがいにせいよ！

家康も遂に堪忍袋の緒が切れた。

「そうだ。文句があるなら、さっさとこの城から出ていけ！」

「えっ」と言って信盛が絶句する。

すかさず正信が言った。

「ありがたきお言葉。それがしにお任せ下され」

「よし、任せた。堀江城を守り抜け！」

それで軍議はお開きとなった。

正信には留守居衆や無傷の者たち三百を付けた。

――またしても家運を鷹匠に託すのか。

そこに一抹の不安を感じたが、「どうとでもなれ」という気持ちも湧いていた。

――こうなれば、なるようにしかならん。

開き直りにも似た気持ちが、家康の心には満ちていた。


十二月二十四日、本多正信に三百ほどの兵を託した家康は、浜松城内に設けられた陣所にいた。

――堀江城の兵は二百ほど。それに三百の加勢を加えたとて何ができよう。

勝敗は明らかだが、何らかの形で一矢報いられればよいくらいに、家康は考えていた。というのも、大敗を喫したままでは遠江国衆から離反者が相次ぐ上、三河国衆の間にも動揺が広がるからだ。

しばらくすると、酒井忠次と石川数正がやってきた。二人は仲がよいとは言えないが、意見が一致すれば、連れ立ってやってくる。

「何用だ」

家康がぞんざいに問うと、忠次が笑み崩れた。

「気が立っておられるようで」

「当たり前だ。一千もの忠臣を失ったのだ。その責めは、わしが負わねばならぬ」

数正がしたり顔で言う。

「大名たる者、当然のことでござろう」

「まさか、それを言いに来たのか」

「さようなことはありません。向後のことです」

忠次が無愛想に言う。

「向後のことだと。何だ、申してみよ」

「はい。おそらく堀江城は落ちます」

——さようなことは分かっている。

だが、それを口にすることは士気にかかわる。

「もう一度申し上げますが、このままでは堀江城は落ちます」

「だから何だというのだ。堀江城のことだったら、信玄坊主が岐阜の方に去ったら、全力で取り戻せばよい」

数正が眉間に皺を寄せつつ言う。

「いかにも仰せの通りですが、佐久間殿が騒いでおります」

「何だというのだ」

「早急に兵を出し、武田勢を追えと申しています」

「そなたらは、使番の小僧のように、それを言いに来たのか」

忠次が柿渋を飲み下したような顔で答えた。

「そうです。それとも、佐久間殿をここに連れてくればよろしかったですか」

「それは困る」

「それゆえ、われらが佐久間殿を抑え、二人で参りました」

「それは助かるが――」

数正が長い顎《あご》を突き出すようにして問う。

「で、どういたしますか」

「決まっているだろう。この有様で追撃など行えるか」

「しかし佐久間殿は、織田殿に『すぐに追撃を行います』と伝える使者を送ったそうです」

「何だと。さように勝手なことを――」

忠次が話を替わる。

「それを聞いたそれがしが、『では、佐久間殿ら織田勢だけで追いかけたらいかがか』と申したところ、顔を赤らめて怒り、『さようなことをしたら、やられるだけだ』と申しておりました」

「それ見たことだ。できもしないことを言いよって」

忠次が思案顔で問う。

「では、織田殿から『岐阜城への後詰を頼む』と実際に言われたら、殿はいかがされる所存か」

「さようなことを言ってきたのか」

「いいえ、まだです。しかし、そう言ってくるのは間違いないでしょう」

徳川勢以外に後詰してくれる味方がいない信長が、このまま家康を解放するわけがない。

「だろうな。では、追撃するとしたらどのくらいの兵を出せそうか」

すでに答えを用意してきたのだろう。数正が得意げに答える。

「当家の討ち死に及び行方不明は一千五百余。精鋭三百は鷹匠に付けました。残るは約六千ですが、浜松城に留守居も置かねばならず、三千五百から四千がよいところかと」

忠次が付け加える。

「そのうち五百から一千は国衆の兵です。しかも国衆は、何のかのと言って自らの城に帰りたがっています。つまり士気は低いかと」

士気が低いということは、今後の展開次第で武田方となることを暗示している。

「では、三千で信玄坊主を追えと言うのか」

家康は天を仰ぎたい心境だったが、数正は平然と答えた。

「さようなことになります」

「それで二万余の武田勢と、いかに戦う」

忠次が首を左右に振る。

「吉田城に三百、岡崎城に二千、野田城に三百おります。それらを合わせれば形は整うかと」

だが、すべての城を留守にするわけにはいかない。

数正が渋い顔で言う。

「後は、この城の留守居衆を減らすだけですが、そうなると、武田の海賊衆がやってきた時に守る術はありません」

「さようなことがあるのか」

「久野城の久野殿から知らせが入り、浜野浦《はまのうら》に武田海賊衆が集結しているとのこと」

浜野浦とは、高天神城近くの菊川《きくかわ》入江にある水軍拠点で、今川氏時代に整備され、武田水軍も引き続き使用している。

　忠次が冷静な声音で言う。

「要は、追撃など不要ということです」

「では、織田殿から追撃を要請されたらどうする」

「われらはやるだけのことはやったのです。他家から、とやかく言われる筋合いはありません」

　数正も付け加える。

「佐久間殿は、うまく言いくるめます。実は佐久間殿も、織田家中の前で威勢のいいところを見せたいだけで、本音ではこの城を出たくないはず」

　――それは言える。

　これまでの信盛の言動からすると、大言壮語が信長の耳に届くのを計算してのことに違いない。

　忠次が不愉快そうな顔で言う。

「佐久間殿の件は、われら二人にお任せ下さい」

「うむ。よきに計らえ」

　家康は、少しだけ肩の荷が下りた気がした。

第四章

野望の焔

一

——風が強いな。

次第に目が覚めてくると、戸板を叩《たた》く音が激しいことに気づいた。刑部の豪農屋敷を陣所としたので致し方ないが、戸板の音で起こされるほど風が強いようだ。

嫌な予感がしたので、短檠《たんけい》（丈の低い燭台《しょくだい》）に灯を入れ、「誰かある」と次の間に声を掛けた。

「はっ」と近習《きんじゅ》が答えたので時間を問うと、寅《とら》の下刻（午前四時頃）だという。

冬なので、まだ朝日は昇っていないようだが、まもなく夜が明けるはずだ。

——この風では、船は出せないだろうな。

信玄は搦手《からめて》からの攻撃ができないことを覚悟した。

「弾正と平八を呼んでこい」

弾正とは春日虎綱、平八とは土屋昌続のことだ。

信玄が起床の支度をし、割粥《わりがゆ》を用意させていると、二人がやってきた。ちょうど割粥も運ばれてきたので、二人にも勧め、三人で食べながら話し合うことにした。

「堀江城攻めの船は出せるのか」

昌続が答える。

「先ほど船溜《ふなだまり》まで行ったところ、四郎様が地元の漁師と思《おぼ》しき者たちを正座させ、『船を出せ！』と喚《わめ》いておりました」

「で、出すことになったのか」

「いいえ。この強い南西風《さがりにし》では、船を出しても押し戻されるか、沈船となるだけでしょう」

「それで四郎はどうした」

昌続が箸《はし》を擱《お》くと言った。

「漁師たちを馬鞭《ばべん》で叩き、叱咤《しった》しておりました」

その言葉には、強い非難の色が込められていた。

「なぜにさようなことをする」

「分かりません」

昌続が疲れたように首を左右に振る。

「よし、平八は船溜に赴き、風波が収まるまで船を出さぬよう、四郎に伝えよ」

「承知仕《つかまつ》った」と答えるや、昌続は大股《おおまた》で出ていった。

「さて、困ったことになったな」

「風雨ばかりは、どうにもなりません」

虎綱もお手上げといった体だ。

「海路を使えれば舘山寺に上陸し、北西から堀江城を攻められたのだが、それができないとなると、陸路で南東から攻めるしかないな」

そうなれば力攻めとなり、兵の損傷も多くなる上、どれだけ時間がかかるか分からない。

「仰せの通りです。厄介なことになりました」

「致し方ない。わしが出張ろう」

自ら現地に赴いて地形を見れば、二俣城攻めの時のような妙案が浮かぶかもしれないと、信玄は思った。

「御屋形様、それは、ちとまずいのでは」

「四郎の顔を潰《つぶ》すことになりかねないと申したいのだな」

「はい。此度《こたび》ばかりは、御屋形様は刑部にとどまった方がよいと思われます」

「わしもそう思う」

しかし胃の腑《ふ》のしくしくした痛みが、「お前には時間がない」と教えてきている気がする。

「だがな、もはや四郎に気を遣っている暇はないのだ」

「御屋形様——、お気持ちよく分かりました。四郎様には、それがしから申し聞かせます」

虎綱は、気が重そうに俯《うつむ》いた。

「四郎も分かってくれるだろう。四郎には、わしが死せば——」

死という言葉は縁起が悪いので、信玄は言い換えた。

「わしがいなくなれば好きにやれる。それゆえしばし堪《こら》えよ、と伝えよ」

「承知仕りました」

「で、どう攻める」

その時、外が騒がしくなると、「父上!」という声が聞こえた。

——もうやってきたのか。

致し方なく、信玄は箸を擱いた。

「ご無礼仕ります！」と言いながら、勝頼が入室する。その背後には昌続と内藤昌秀がいる。

「何事だ。騒がしい」

「平八から、海路を行かず、陸路だけで攻めると聞きました」

勝頼が拝跪《はいき》すると言った。

「うむ。風波がやむまで陸路から攻めてみようと思う」

「となると、搦手から攻撃ができないので時間がかかります」

搦手とは舘山寺方面になる。

「承知の上だ。しかし漁夫たちが船を出せぬというのに無理に出させれば、不要な犠牲を強いることになるやもしれぬ」

「彼奴《きやっ》らは大げさなのです。かような風波でも、漁夫は飢えれば海に出ます」

「そうかもしれぬが、無理強いはできぬ」

「分かりました。では、それがしは陸路を行きます」

「いや、そなたには、ここで風波が収まるのを待っていてほしいのだ」

「陸路からの城攻めの指揮は、誰が執るのですか」

「わしが執る」

勝頼の顔に不満の色が広がる。

「では、風波が収まらなければ、それがしはここで待つだけではありませんか」

「それは分からぬ」

「納得いきませぬ！」

それを無視して、信玄は勝頼の背後に声を掛けた。

「修理はおるか」

勝頼の後方に控える内藤昌秀が、「はっ、ここに」と答えた。

「という次第だ。船を出す出さぬは、地場の漁夫たちの判断次第。出すなら褒美を多く取らせよ」

「承知仕った」

勝頼が不平をあらわに言う。

「父上、さようなことなら、それがしに陸路を行かせて下さい」

「わしもそれは考えた。しかしよほどの妙手が思い浮かばぬ限り、陸路は包囲するだけとなる。すなわち搦手からの攻撃が主攻になる」

しばし考えた末、勝頼が言った。

「承知しました。仰せの通りにいたします」

「それでよい。では、陣触れを発せよ」

「おう！」と答えると、勝頼らは去っていった。

信玄は大きなため息をつくと、「以上だ。着替えを用意させよ」と虎綱に言った。

二

「何と、それは真《まこと》か！」

十二月二十四日の夜、堀江城の使者が、敵が城を攻めあぐねているという一報を伝えてきた。

——南西風が強すぎて、船が出せなかったか。

そうした観測は浜松城にいる者たちの間でも広がっていたが、今のところ武田方が船を使って搦手に回った形跡はないという。

「敵は堀江城の北東の大草山《おおくさやま》の麓《ふもと》から舟橋を架け、搦手に回ろうとしましたが、風波が激しく、船は流されるばかりでした」

傍らに控えていた忠次が問う。

「では、堀江城は落ちていないのだな」

「はい。それがしは夜陰に紛れ、浜名湖沿いを南下し、何とかこちらにたどり着きましたが、その間も城は落ちていませんでした」

「途次にお味方を見なかったか」

「お味方とは後詰勢のことですか」

「そうだ」

「分かりません」

——夜では分からぬはずだ。

家康は、武田勢の背後で息をひそめるようにしている本多正信率いる後詰部隊のことを考えた。

——弥八郎は、ここぞという時に掛かるつもりだな。そうか。一向一揆《いっき》を率いていた時は、さような山戦（ゲリラ戦）ばかりだったのだろう。だから慣れておるのだ。

正信こそ後詰勢の将に適任だったと、今更ながら家康は確信した。

数正が問う。

「誰ぞ、観天望気を知る者はおるか」

観天望気とは、空の様子から天候を予測することだ。

「はっ」と答えて軍配者が進み出る。

「日の出の時、東の空は真っ赤でした。風を呼ぶ笠《かさ》のような雲も南の空にありました」

軍配者の間の抜けた返答に、家康は苛立《いらだ》った。

「だから、どうだというのだ！」

「はっ、それがしの風雨考法では、この荒天は、しばらく続くと見ております」

風雨考法とは、この時代の人々が経験から得た天気を予報する知識のことだ。

「しばらくとは、どのくらいだ」

「五日から十日かと」

――信玄め、焦《じ》れているだろうな。

だが信玄の思惑は依然として摑《つか》めていない。岐阜に向かうとは思うが、もしかすると堀江城を落とし、浜松城への糧道を断ってから、じっくりと浜松城を包囲する気なのかもしれない。

――となると、信玄の狙いは遠江一国の制圧か。

家康は「どうするつもりだ」と信玄に問いたいほどだった。

忠次が憎々しげに言う。

「堀江城は背後に回られない限り、攻め口が南東の一方向しかないので、容易には落ちません。その間に、三方原を通って後詰したらいかがでしょう」

数正が首を左右に振る。

「刑部に抑えの兵を置いているはずなので、奇襲にはなりませんぞ」

――そうだ。信玄がしくじるはずがない。

その前提ですべて考えていかねばならないと、家康は己を戒めた。

「後詰はできん」と家康が断じると、早速、激しい議論が始まった。

そこに現れたのは、佐久間信盛だった。

「徳川殿、われらを抜きにして軍議を行っていると聞きましたぞ」

われらと言っても、平手汎秀は討ち死にし、水野信元は行方不明になっているので、生き残った織田勢を率いるのは信盛だけになる。

「佐久間殿、これは内々の評定です」

「内々にしては、皆様お揃いですな」

「さようなことはありません。たまたまそうなっただけです」

軍議の場には、家康の腹心と呼べる者たちが十人ほど集まっていた。

「いずれにせよ、追撃の評定と思ってよろしいですな」

――此奴《こやつ》は出たくないくせに虚勢を張っている。

それを見抜いていても信盛は客将なのだ。丁寧に接しなければならない。

「もちろんです。敵の動きの先を読み、どこにどう兵を出すかを慎重に協議しております」

「慎重に――。敵の行く先は岐阜に決まっておるではありませんか」

「そうとも限りません。敵は今、堀江城を攻めています。堀江城は、この城の糧道を担う重要な城です。つまり堀江城を落としてから、この城を囲むことも考えられるのです」

「敵は二万余の大軍ですぞ。遠江一国ごときを領有するための出兵のはずがありません」

――遠江一国ごときだと。遠江は、われらが血を流して得た領国ではないか！

それでも家康は耐えた。

「佐久間殿にとっては、遠江などつまらぬ国かもしれません。しかし、われらにとっては大切な土地なのです」

「わしは、さようなことを言っているわけではありません。信玄の狙いは上洛《じようらく》にあると、わが主《あるじ》はにらんでいます。その線に沿って、すべての策を立てねばならないのです」

――やはりそなたの考えではなく、信長殿の考えだったか。

だが信長の予測は、どうしたわけか大半が当たる。

「佐久間殿」と忠次が苦い顔で言った。

「多くの戦場を経験している佐久間殿です。敵の動きに合わせて手を打たねばならぬは、承知しておりますな」

信盛を罵倒《ばとう》するかと思ったが、忠次は意外に冷静な口調で問うた。

「申すまでもなきこと。織田家中にあって百戦錬磨のそれがしです。さように当たり前のことを言われても――」

「だったら黙っていなされ！」

「何と無礼な！」

家康はすかさず間に入った。

「小平次、もうよい。佐久間殿、敵の思惑が摑めるまで、しばしご猶予を」

「致し方ありませんな」

不満たらたらの顔で、信盛が去っていった。

三

——さて、どうする。

十二月二十四日、堀江城の南半里ほどの堂地《どうじ》に本陣を置いた信玄には、まだ迷いがあった。

大草山から舟橋を架けようとしたが、それも失敗し、もはや力攻めしか選択肢はなくなった。

むろん力攻めをすれば、間違いなく城は落とせるだろう。だが、相応の損害を覚悟せねばならない。万が一、城を攻略できなければ、士気の低下は免れない。

しかも、ここまでの軍旅と三方原の戦いで味方は疲弊してきており、どこか安全な地で、年末から正月にかけて数日間は休ませたい。

——やはり堀江城を落とす前に、休ませるか。

それは、自らの肉体が欲していることでもあった。

その時、「ご無礼仕る」と言いながら、山県昌景が入ってきた。

「手配りが終わりました。最前線にはそれがし、その後方には典厩勢、その西には甘利勢、その東には小幡勢という布陣になります」

典厩とは甥の信豊のこと、甘利勢を率いるのは信康、小幡勢を率いるのは信真になる。

「さらに舘山寺街道の東方には、馬場民部ら後詰勢が控えております」

「分かった。それでよい」

「御屋形様、それがしの見るところ、力攻めは避けた方がよろしいかと」

「そなたは、そう見るか」

「はい。背後から挟撃できないとなると、兵を損じるのは必然かと」

「難儀な城攻めになるのだな」

昌景が申し訳なさそうな顔でうなずく。

「では、降伏を促せぬか」

「やってみますが、これだけ遠江西部だと、土豪も徳川家とは一蓮托生《いちれんたくしょう》でしょう。となると徳川家を滅ぼさない限り、お味方にはならないかと」

堀江城の城主は大澤基胤という国人で、家康が付けた加勢として、井伊谷三人衆のうちの二人、近藤康用《こんどうやすもち》と鈴木重時《しげとき》が入っている。それゆえ基胤の独断では降伏できないはずだ。こうした加勢は、監視役や城主が弱気になった時の激励役も兼ねていた。とくに井伊谷三人衆は家康に忠実なので、徳川家の直臣同然だった。

「分かった。では、こうしよう」

二十七日までに搦手に勝頼率いる船手衆が漕《こ》ぎ寄せられれば惣懸《そうが》かり、そうでなければ刑部まで撤退し、越年するという腹案を伝えた。

「それでよろしいかと」

「では、風がやむのをのんびりと待つか」

「はい。この場は堪えて下さい」

無念そうに三つに分かれた唇を嚙《か》むと、昌景は「御免」と言って出ていった。

しかし二十五日、二十六日の両日とも、風波は収まらなかった。二十七日の朝、信玄は刑部に使者を出すと、勝頼に「堀江城への来援無用」を伝えた。

「退《の》き戦だ。刑部まで引く」

その言葉が全軍に伝えられ、武田勢は整然と退却に移った。それを待っていたのが、堀江城の籠城《ろうじょう》衆と、和地に潜伏する本多正信勢だった。

撤退が始まるや、出陣してきた籠城衆が激しく鉄砲を撃ち掛けてきた。しかし兵力と火力に勝る武田勢はこれに応戦し、双方は激しい「筒合わせ」を演じた。

一方、本多勢は舘山寺街道を進む武田勢を急襲した。しかし山戦は馬場らも慣れているので、地形を読みながら敵の伏勢のいる場所に鉄砲を撃ち掛けつつ進み、恐慌を来すことはなかった。

結果として、籠城衆も本多勢も寡勢のため武田方を崩すには至らず、三刻（六時間）の戦闘の後、日没になったので双方は兵を引いた。


二十八日、刑部の陣に戻った信玄は、今後どうするか迷っていた。当初は堀江城を奪取し、そこを本陣として年を越すつもりだったが、それが叶《かな》わないとなると、どこか別の城を攻略せねばならない。

――さて、どうする。

だが家康は、こちらの思惑が摑めていないので容易には追撃戦を行えないと、信玄は踏んでいた。もしも追撃してきたとしても、三方原の戦いの痛手が大きく、さほどの兵を割けないと見ていた。

「御屋形様、よろしいですか」

春日虎綱が入室を求めてきた。

「構わぬ」

「さて、向後のことですが、このまま行軍を続けますか」

「そのことよ」

この頃から、再び胃の腑の調子が悪くなり始めていた。

「お顔色からして、具合がよろしくないと思いますが」

「よくぞ察した。さすが弾正」

「御屋形様とは長い付き合いですから」

二人は声をひそめて笑った。

「では、どこかで越年いたしますか」

「兵も疲れておる。そうせざるを得まい」

「それがよろしいかと。年の瀬と正月だけでも、兵たちに休息を与えましょう」

「しかしこの地は敵地の内懐だ。安堵《あんど》して正月を迎えられるような場所ではない」

「それはご尤《もっと》も。しかし御屋形様には刑部城がありますし、諸将もそれなりの陣構えを設ければよろしいのでは。年が変われば風もやみ、再び堀江城を攻められるかもしれません」

「それもそうだな」

信玄は堀江城だけは落としておきたかった。

「では、それで手配いたします」

「分かった。ここで越年しよう」

虎綱は一礼すると去っていった。

この後、武田勢は、信玄の在陣する刑部城を中心に、三方原北端、気賀《けが》、井伊谷にかけて、いくつもの陣城を築いて越年の支度に入った。

ところが、そこに信玄を落胆させる一報が入る。近江国まで出てきていた朝倉義景が、本国の越前に撤退したというのだ。三方原の一報が義景に入っているのは間違いないが、信玄の年内の上洛がないと見て、本国の越前で正月を迎えようということらしい。だが、そうなると来年の二月まで木ノ芽峠などが雪に閉ざされるので、雪が解けてからでないと、朝倉勢が畿内に戻ってくることはない。

信玄は筆を執り、義景に三方原の詳報を伝え、「今こそ信長討伐の時節到来」と書いたが、いったん戻ってしまった義景が、それだけで引き返してくるとは思えない。

信玄の落胆は大きかった。

かくして元亀四年（一五七三）の正月を、信玄は刑部の地で迎えることになる。

四

十二月二十八日、本多正信率いる堀江城へ後詰した部隊が浜松城に帰還した。事前に「お味方大勝利」の一報が届いていたので、歓喜の声で迎えられた。だが実際は、「筒合わせ」をしただけで、彼我共にたいした損害は出ていなかった。

それでも家康は、これを大勝利として城の内外に喧伝《けんでん》し、士気を高めようと思っていた。

「殿、勝ちましたぞ！」

正信も心得たもので、阿吽《あうん》の呼吸で勝利を強く訴えた。

「よくやった！」

家康は用意していた脇差を、皆の前で正信に下賜した。

――此奴は、こうしたことになると分かっていたのか。

たとえ小さなものでも、徳川方が勝利を渇望していることを正信は分かっており、鉄砲を撃ち合っただけで「大勝利」と伝えてきたのだ。それもあってか、正信に率いられた兵の中には戸惑いの表情を見せている者もいる。

——それはそうだろう。大半は戦っておらぬのだからな。

戦ったと言えるのは鉄砲足軽だけなのだ。しかし正信でないほかの誰か、例えば大久保忠世のような者に後詰勢を託したら、不要な戦いをし、また惨敗を喫していたかもしれない。それを思うと、正信は状況をよくわきまえていた。

——此奴は只者《ただもの》ではないな。

脇差を受け取りながら、正信が上目遣いに目を合わせてきた。その目は「これでよろしいですな」と言っているようだった。

家康は皆の方に向き直ると言った。

「これにて三方原の借りは返せた。信玄坊主の肝を冷やすこともできただろう。祝い酒を振る舞うので、今夜は飲んで騒げ」

「おう！」という声と共に、いくつも置かれた樽酒《たるざけ》を割る音が聞こえた。

「弥八郎、こちらへ来い」

そう言って家康は、正信を自らの居室に連れ込んだ。

「うまくやってくれた。感謝する」

「当然のことです」

「味方は、数人の死傷者が出ただけと聞いたが、武田方はどうか」

正信が渋い顔で首をひねる。

「似たようなものかと」

「やはりそうか。ということは、本当に筒合わせに終始したのだな」

「はい。もしも敵が堀江城に掛かれば、われらも死を覚悟で後詰しました。しかし敵は刑部まで兵を引く途次だったので、無謀な戦いは慎みました」

「それでよい。妥当な判断だった」

「ありがたきお言葉」

正信が顔を歪《ゆが》ませる。おそらく笑っているつもりなのだろう。

「で、信玄坊主はどうすると思う」

「刑部周辺に陣城を築いているようなので、刑部で越年するようです」

正信はそこまで調べてきていた。

「そうか。まだ去らぬか」

「はい。堀江城に未練があるのでしょう」

「いかにもな。風波がやんでから攻略しようというわけか」

「そうかもしれませんし、そうでないかもしれません」

「信玄坊主の頭の中は、誰にも分からぬからな」

「そう言ってしまえば思考は停止します。それで敵の様子を見て考えたのですが――」

正信が言いよどむ。

「何か気づいたことでもあるのか。遠慮なく申してみよ」

「信玄坊主は大軍。われら後詰は小勢です。もし信玄に鋭気があれば、われらを揉《も》み潰すこともできたでしょう」

「兵力を温存したいからだろう」

正信が首をかしげる。

「だと思いますが、それにしては、敵の士気が高くないような気がしました」

「士気か――。三方原で勝ち、士気は天を衝《つ》くばかりだと思っていたが、そうでもないのだな」

「軍旅による疲れもあるでしょう。しかし、それだけではない気もします」

「やはり、信玄の病いか」

正信が慎重に言葉を選ぶように言う。

「予断は禁物です。それゆえ、このことは語らないつもりでした。しかし戦というのは、大将の気魄《きはく》が配下の隅々まで浸透するものです。三方原では、武田勢に気魄がありました。しかし堀江城攻めから和地の戦いでは、それがさほど感じられませんでした」

「うーむ。それで動きたくないので、刑部で越年する気になったのかもしれぬな」

「はい。刑部でしばらく病いの様子を見てから、向後の方針を決めるつもりかもしれません」

「となると、こちらも様子見だ」

家康は、場合によっては刑部に奇襲を掛けようと思っていた。だが家康には、三方原の痛手がある。ここで無理をして再び負けでもしたら、間違いなく国人たちの去就は定かでなくなる。堀江城でさえ、敵に寝返ることも考えられるのだ。

「いかにも。この場は様子見がよろしいでしょうな」

「分かった。そうしよう。では、共に祝宴の場に行こう」

「はい。せいぜい大げさな自慢話をさせていただきます」

「こいつはまいった」

二人は談笑しながら皆の待つ場へと向かった。

五

元亀四年の正月となった。相変わらず胃の腑は痛むが、皆が挨拶《あいさつ》に来ているはずなので、信玄は起き上がろうとした。ところが、うまく上体が起こせない。

――どうしたのだ。

それでも体をひねり、腕を支えにして上体を起こすと、寝床が濡《ぬ》れていることに気づいた。

――知らぬ間に失禁したのか。

それが死の知らせの第一報だというのを、信玄は知っていた。

――わしは今年を生きられないのか。

頭では分かっていても実感を伴わなかった死という現実が、眼前に突きつけられたような気がした。

――もはや時間はないのか。

常に冷静な信玄でも、頭の中が混乱した。慌てて胃の腑を探ると、相変わらずしこりが鎮座している。信玄は床の間に飾った脇差を一瞥《いちべつ》した。

――此奴を取り出せれば、まだ生きられるのか。

だが、それは別の理由での死を意味した。

――焦ってはいかん！

信玄が冷静を装い「誰かある」と問うと、聞き覚えのある「はい」という声がした。

「まさか――」

「武藤喜兵衛に候！」

「そなた、来たのか」

「はい。春日殿から刑部で年を越すと聞き、駆けつけてまいりました。あらためまして、あけましておめでとうございます」

――弾正め。

とは思いつつも、信玄は虎綱の配慮に感謝した。

「よくぞ参った。もう皆は集まっておるのか」

「はい。御屋形様のおいでを、今や遅しと待っております」

襖越《ふすまご》しなので喜兵衛の声は弾んでいた。だが、げっそりと痩《や》せた信玄の顔を見れば、落胆の色は隠せないだろう。

「まずは法印を呼んでくれ」

「お具合がよろしくないので」

喜兵衛の声音が変わる。

「いや、以前とたいして変わらぬが、まずは触診してほしいのだ」

「承知仕りました」

そう言って喜兵衛は足早に去っていった。

――何を言われようと覚悟せねばならぬ。

ここ半月ほど、戦陣にあったので法印に触診してもらっていなかった。そのため、しこりが大きくなっている可能性がある。

板坂法印は正月の挨拶を済ませると、信玄の傍らまで近寄ってきた。

「どうも胃の腑の具合がよくない」

「よろしいですか」

信玄が寝間着の襟をくつろげると、法印が「御免」と言って信玄の胃の腑の辺りを触った。

「どうだ」

「しばしお待ちを」

信玄の胃の腑を探り続ける法印の顔は渋いままだ。その背後では、喜兵衛が心配そうな顔で薬湯を淹《い》れている。

「忌憚《きたん》のないところを聞かせてくれ」

法印が深刻な顔で答える。

「胃の腑のしこりは大きくなっております」

「取り出せぬか」

「えっ、取り出すとは――」

「こうした腫物《はれもの》を取り出し、傷口を縫えば治ることもあると聞いた」

「しかしそれは初期のことで、ここまで腫物が大きくなってしまうと、毒が血流に混じって体中に回り、ほかの臓器も悪くなっているかもしれません」

「ということは、あとどれくらい持つ」

「い、命が、ですか」

「そうだ。正直に聞かせてほしい。それによって向後の手配りが異なる」

法印は難しい顔をすると、思いきるように言った。

「三月から半年かと」

「さように悪いか」

「は、はい。今となっては——」

法印が言葉に詰まった。

「手の施しようがないのだな」

「残念ながら——」

喜兵衛が震える手で薬湯の入った茶碗《ちゃわん》を捧《ささ》げ持ち、にじり寄ってきた。

「御屋形様、これを——」

信玄は薬湯を喫した。その熱さの故か、胃の腑の痛みから一時的に解放される。

「法印、下がってよいぞ。喜兵衛は着替えの支度をせい。皆の前に出る」

——わしはどこまで行けるのか。それでも、やるだけのことはやらねばならぬ。

信玄は気力を奮い立たせた。


刑部城の広間に出ると、重臣から物頭《ものがしら》まで、立錐《りっすい》の余地もないほどの者たちが待っていた。

——此奴らのためにも、病いなどに負けてはならぬ。

そうは思うものの、もはや意志の力で病いを捻《ね》じ伏せる段階は過ぎていた。

信玄が新年の挨拶をすると、皆も口々に挨拶を返してきた。

「さて、此度の軍旅はまだ道半ばだ。向後のことは敵次第の一面もあるが、わしは美濃国の岐阜まで攻め上りたいと思っておる」

今後の方針が信玄の口から示されるのは、これが初めてだった。

「皆の間では、上洛するという雑説がしきりです。その真意はいかに!」

穴山信君が問う。信君は親類衆筆頭なので、勝頼に次ぐ座を与えられている。

――いよいよ、わが真意を述べる時が来たな。

これまで向後の思惑を秘匿してきたため、将兵の間では様々な憶測を呼んでいた。

浜松城攻略後に甲斐に戻るというものから、岐阜城まで攻め上るというもの、さらに上洛を行うというものまで、多様な雑説が囁《ささや》かれていた。

「わが真意か」

「はい。この祝いの場で真意をお伺いし、われらの気持ちを一つにしたいと思っております」

「尤もなことだ」

信玄は一拍置くと言った。

「わしは瀬田に旗を立てるつもりだ」

その言葉は上洛を意味した。

「おお」というどよめきが起こる。

「まずは岐阜城を落とし、その勢いで上洛戦を行い、信長の首を取る!」

「おう!」

皆が一斉に賛意を示す。

「それが、いかにたいへんかは分かっている。だが考えてもみよ。今、上洛戦を行って信長の首を取らなければ、未来永劫《えいごう》、武田家が天下に覇を唱えることはない」

「おう!」

「よし、皆で天下を取りに行くぞ!」

「おう！」

——これでよい。

信玄は疲れを感じたので、それだけ言うと奥の間に引っ込んだが、家臣たちの士気は天を衝くばかりになった。祝宴の盛り上がりを奥の間で聞きつつ、信玄は皆の期待を裏切ることにならないよう神仏に祈った。

朝倉氏は本国に撤退したものの、本願寺が武田勢を迎え入れる下ごしらえは順調に進んでいた。本願寺顕如《けんにょ》は、美濃・尾張・三河・遠江の門徒に檄文《げきぶん》を送り、一月中頃を期しての一斉蜂起《ほうき》を促した。

一月三日、信玄は家康の本拠の三河国に向かって動き出した。その先にあるものが何なのかは誰にも分からない。だが信玄は病いを捻じ伏せてでも、上洛するつもりでいた。

六

一月四日早朝、その一報を聞き、家康は勢いよく衾《ふすま》を払うと起き上がった。

「信玄坊主が動いたか」

「はい。敵は三河国に入りました」

——信玄め、三河国を蹂躪《じゅうりん》してから岐阜に向かうつもりだな。

信玄の狙いが浜松城ではなかったことに一瞬、安堵した家康だったが、このまま手をこまねいていては、本領の三河国が危うくなる。三河国が占拠または蹂躪されれば、どのみち浜松城も遠江国も失うことになるのだ。

――そうか。浜松城を攻めずに、立ち枯れさせるつもりだな。

三河国を制圧すれば浜名湖水運を押さえられる。それは浜松城への糧道を断つことにつながる。

――となると、次なる狙いは吉田城か。

吉田城は酒井忠次に預けてある城で、平時は一千ほどの兵がいたが、忠次が七百ほどの兵を率いて浜松城に来ているので、今は留守居衆が三百ほどしかいない。

今川氏の三河撤退以降、酒井忠次は南方の田原《たはら》城と連携を取りながら、東三河の支配を進めていた。家康の勢力が東方に伸長するに従い、その重要性は薄れてきていたが、武田方に東三河まで侵攻された今、絶対に奪われてはならない城の一つだ。

小姓に手伝わせて着替えていると、「殿！」と呼びつつ忠次がやってきた。

「殿、次なる敵の狙いは吉田城ですぞ」

「どうやら、そのようだな」

小姓が帯を強く締めすぎたので、家康は手を払うと、自分で締め直した。

「吉田城に籠《こ》もる兵は三百ほどです。攻められればひとたまりもありません」

「分かっておる」

「後詰に行くことをお許し下さい」

「信玄が吉田城に攻め掛かるとは限らぬ」

「いえ、井伊谷を越え、伊平城か長篠城でいったん兵を休めてから、南西の吉田城方面に向かうは必定」

家康もそう思う。さもないと岐阜方面には向かえないことになる。

──だが、待てよ。

「信玄は長篠城まで行き、兵を休ませてから吉田城に向かうだろう。その途次には──」

家康の言葉を遮るように忠次が言った。

「野田城があります」

野田城は長篠城と吉田城の中間辺りにあり、双方の中継拠点の役割を果たしていた。しかし徳川氏の持ち城ではなく、田峯菅沼氏の庶流の野田菅沼氏の城になる。常ならば、二万五千もの武田勢を見れば降伏開城するだろうが、援軍として桜井《さくらい》松平家当主の忠正《ただまさ》を入れているので、城主の菅沼定盈も容易には城を開けないはずだ。

──だが四百では、どうにもならない。

総勢四百ばかりの兵では、忠正も降伏に同意するかもしれない。仮に突っ張ったとしても、武田軍が本気で掛かれば、短期間で落城するのは明白だ。

──野田城を攻略すれば、敵は背後も確保できる。

野田城を落とせば長篠城からの兵站《へいたん》も確保できるので、信玄は余裕を持って吉田城を攻められる。

浜松城から野田城へは、三方原に上がり、祝田で下り、浜名湖の北辺部を通って北西に進み、宇利《うり》峠を越えれば着く。行程は一日から二日になる。

「野田城は、とても守り切れないな」

「はい。数日で落ちるのは必定かと。それゆえ後詰勢を出しましょう」

「だろうな。だが後詰勢を出したところで、野田城を守れる保証はない」

「それは尤もながら、国衆は、われらがどう出るか見ています。それだけならまだしも──」

「また佐久間殿か」

「はい。先ほども『殿に会う』と言って騒ぎ、こちらに来ようとしましたので、今は与七郎（石川数正）らが押さえております」

「それで、そなたが代わりに来たのだな」

「いかにも。困った御仁ですが、織田殿が遣わしたのですから無下にもできず――」

「うまくやってくれ。わしは顔も見たくない」

忠次が苦い顔で話題を変える。

「で、野田城ですが、殿が行きますか」

「ああ、行かずばなるまい。少なくとも吉田城までは出張る」

こうした場合、領主が出向くかどうかで士気に違いが出る。しかも今回の場合、三河の国衆が家康の動きを、息をひそめるように見ている。

「承知仕った」と言うと、忠次は勢いよく立ち上がり、大股で去っていった。

――いろいろ難儀なことよ。

家康が立ち上がろうとすると、襖の向こうで「よろしいですか」という声がした。

「誰だ」

「弥八郎に候」

「構わぬ。入れ」

本多正信は入室すると、蟹《かに》のように這《は》いつくばって膝行《しっこう》してきた。

「今、殿自ら野田城に赴くと聞きました」

「そこで聞いていたのか」

「いえ、次に入るのを待っていたところ、聞こえたのです」

「分かった。どちらでもよい。で、何用だ」

「信玄は野田城を囮《おとり》にして、殿をおびき出すつもりです」

——ああ、そうか。それもあり得るな。

家康はそこまで気が回らなかったが、立場上、「ああ、そうか」とは言えない。

「さようなことは分かっておる。その措定（前提）で小平次と話していた」

「行ってはなりませぬぞ。行けば三方原同様の罠《わな》に掛かります」

正信が三白眼をぎらりとさせる。

「行かねば、わしが国衆から愛想を尽かされる。それだけではない」

「織田殿ですな」

「そうだ。その何が悪い！」

正信の先回りした物言いが家康の癇《かん》に障った。

家康は大名とはいえ、信長の助力なしで生き延びることはできない。そのため常に信長の意向を忖度《そんたく》していた。しかしそれを指摘されると、怒りを抑えられなくなる。

だが正信は、家康の怒りを無視して言った。

「承知しました。では、行くだけ行って、武田勢と干戈《かんか》を交えるのはお控え下さい」

「さすれば、どうなるかは分かるだろう」

戦は政治の延長線上にある。後詰しなければ今後、三河国衆は戦わずに信玄に降《くだ》ることになるだろう。

「しかし再び負ければ、徳川家は滅亡しますぞ」

ここで敗れれば、国衆たちの間で「武田強し」という印象が蔓延《まんえん》し、東三河も一気に武田領となるに違いない。

——行かなければ国衆は愛想を尽かす。だが、行ったところで勝つことは難しい。

どっちの道を選んでも八方塞《ふさ》がりにさせるのは、信玄の常套《じょうとう》手段だ。

「滅亡は大げさだろう」

「いえ、領国内で二度負ければ、その道は没落に通じています」

「では、野田城を見捨てろと、そなたは申すのだな」

「いえいえ、うまくやらねばならないと申し上げたいのです」

正信が下卑た笑みを浮かべる。だがその醜い風貌《ふうぼう》の奥に隠された双眸《そうぼう》には、優れた知性が宿っていた。

「うまくやるだと。どういうことだ」

「はい。信玄は先を急いでおるゆえ、戦わずして後詰の構えだけ見せ、敵が惣懸りしようとする寸前、降伏開城を申し入れさせれば、信玄は受け容れるはずかと」

「わしは後詰せずともよいのか」

「はい。近くに陣を布《し》き、降伏した野田城の兵を収容して下さい。決して武田方に手を出してはなりません」

「それでは、野田城が奪われる」

「城兵を救い出せれば、殿の信用は失墜しません」

——ああ、そうか。いかにも妙策かもしれない。

極めて難しい舵《かじ》取《と》りが必要だが、やってやれないことではない。

「だが、城内にいる者たちに、こちらの意図を伝えようがない。好んで死地に赴く者などおらぬからな」

「仰せの通り」と言うと、正信はにやりとした。

「まさか、そなたが入るのか」

「ぜひ、それがしにやらせて下さい」

「信玄が本気で城を攻めれば、あのような小城は落ちる。さすれば、そなたも――」

家康は、その後に続く「死ぬことになるぞ」という言葉を濁したが、正信は平然と返してきた。

「分かっております。しかし何かを賭場《とば》に張らねば、博打《ばくち》は打てません」

「ということは、そなたは賭場に命を張るのか」

「それ以外、それがしに張るものはありません」

――此奴は、さようなことをしてまで成り上がりたいのだな。

家康は正信の知恵や勇気もさることながら、その欲心に感心した。

「そなたは、なぜそこまでして出頭したいのだ」

「殿を天下人にしたいからです」

「わ、わしを天下人にだと」

家康は思わず噴き出した。

「はい。それがしは諸国を流浪し、常の者より、はるかに多くの者と接してきました。中には英雄豪傑の類《たぐい》と言ってもよい者たちもいました。しかし――」

正信が鋭い眼光を向ける。

「殿以上の者はおりませんでした。殿こそ天下人にふさわしいお方なのです」

「世辞を言うな。今のわしは、領国どころか命まで失おうとしておるのだぞ！」

「世辞ではありません。世辞を言う者は賭場に命を張りません」

――尤もだ。

だが家康は、己が他人に秀でていると思ったことはない。

「そなたが嘘偽りを言わぬ男だというのは分かった。しかしそなたは――」

「今は鷹匠《たかじょう》にすぎません。しかし殿の帷幄《いあく》にあり、殿を天下人としたいのです」

家康は膝《ひざ》を叩いて笑った。

「滅亡の危機に瀕《ひん》したわしを、鷹匠が天下人にするというのか」

「はい。それがしは見返りも要りません。ただ殿の側近くに仕え、智謀の限りを尽くしたいのです」

「そうか、面白い。では、此度のことが成功しても鷹匠のままだぞ。それでもよいか」

「もとより」と答えて、正信が再びにやりとする。

――この男はまともではない。

武士とは、功を挙げて褒美をもらうことで主君に忠節を尽くす。しかし目の前にいる男は、家康を駒として双六《すごろく》遊びをしたいというのだ。

「分かった。これが永《なが》の別れになるやもしれぬが、存分にやってこい」

「はい。お任せ下さい」

家康は、ほかに野田城を救う手がないか考えてみた。

――一日でも早く上洛の途に就きたい信玄は、早急に吉田城を落としたい。そのためには、長篠城と吉田城の間を分断する野田城を落とさねばならない。だが、ただ落とすだけではつまらない。わしをおびき出し、あわよくばわしの首を取りたい。首を取れずとも、わしの信用を落としておきたい。つまり包囲だけして、すぐには城攻めはしないつもりだろう。

「殿、野田城を失っても、吉田城が落とされたわけではありません」

沈思黙考していた家康を元気づけるように、正信が言う。

「今、ほかに策はないか考えていたのだ」

「それがしも昨夜寝ずに考えましたが、ほかに策はありません」

「あらゆることを勘案し、この方法が最適だというのだな」

正信が確信を持った顔でうなずく。

「後詰する構えを見せて後詰しないのはよいが、わしはどこに陣を構える」

もったいをつけるように、正信は懐から絵図を取り出すと広げた。

「ここです」

「笠頭山《かさがしらやま》か」

笠頭山は、野田城の南を流れる寒狭川《かんさ》（現在の豊《とよ》川）の対岸にある標高九十七メートルの低丘陵で、野田城までの距離は半里ほどになる。

「笠頭山なら寒狭川を隔てているので、武田方の奇襲にも備えられる上、北方、すなわち野田城方面の眺望も開けています」

「さようか。そこまで考えていたのだな」

「はい。それがしは鷹匠ですから、三河の地形は、手に取るように頭に入っております」

家康は肚《はら》を決めた。

「よし、そなたの策で行こう」

正信が醜い顔をほころばせる。

「お任せ下さい」

それだけ言うと、正信は一礼し、再び膝行で後退し、襖の向こうに消えていった。

――またしても鷹匠に賭《か》けるのか。

家康は苦笑せざるを得なかった。

七

長篠城は奥三河の山間部にあり、信州の伊奈《いな》方面から三河の豊橋《とよはし》・吉田方面に抜けるには、必ずその前を通過せねばならない交通の要衝だった。寒狭川と大野《おおの》川（現在の宇連《うれ》川）の合流点にあるこの城は、標高六十メートルの切り立った崖上《がけうえ》に造られているため、川側から攻め上るのは不可能に近い。つまり「後ろ堅固」な場所に築城されており、寄手は地続きの北方から攻めるしかない。

その縄張りは、本曲輪《ほんくるわ》を奥まった位置に配し、それを取り囲むようにいくつかの曲輪が同心円状に連なる梯郭《ていかく》式の平山城で、河川の合流点に築かれているという立地だけで、要害と呼んで差し支えない城だった。

刑部から井伊谷を経て長篠城に入った信玄は、ようやく人心地ついた。

「お疲れですね」

本曲輪にある城主屋敷の奥座敷でくつろいでいると、武藤喜兵衛が薬湯を煎《せん》じてきた。

「いかにも疲れたな」

「では、いったん戻られたらいかがでしょう」

「戻るというと、甲斐にか」

喜兵衛がうなずく。

「戻れば、二度と軍旅には就けぬ」

その理由が分かっているからか、喜兵衛は何も言わず薬湯を差し出してきた。

「すまぬ」と言いつつ一服喫した信玄は、思わず本音を吐露した。

「甲斐はよきところだ。戻れるものなら戻りたい」

「そうお思いなら、なぜ――」

喜兵衛が唇を嚙む。

「京で待ち人がいるからよ」

「待ち人とは、どなたですか」

「そなたの知らぬ人だ」

喜兵衛はそれ以上、問うてはこない。自分の立場をよくわきまえているのだ。

「よいか。わしはもう一年も生きられないだろう。だが上洛さえ遂げれば、わが兵を託すに足る人物がいる。それゆえ京まで皆を率いていくのが、わしの最後の仕事だ」

そう言うと、信玄は薬湯を再び飲んだ。心地よい苦みが喉《のど》を通っていく。

――可笑《おか》しなものよ。信長を岐阜で破り、京まで兵を連れていくことが、わしの最後の仕事とはな。

その時、襖越しに声が聞こえた。

「山県源四郎、罷《まか》り越しました」と言って入室した昌景の顔に、一瞬だが驚きの色が走る。

――さように衰えたか。

信玄は多数の死にゆく者たちを見てきた。病いによって死が近づいた者は、一様に頬がこけ、目から生気が消え失《う》せ、唇も紫色になる。おそらく己もそうなっているのだろう。

「ご無礼仕ります」と言いつつ、昌景が膝行してきたが、視線を合わせようとはしない。

「昨日、歯が一本、抜け落ちたわ」

「えっ、それは真で」

「うむ。歯茎が弱っているらしい。胃の腑の病いの影響だろう」

昌景が強い口調で言う。

「歯がなくなれば粥を食えばよいだけです」

「さすが源四郎、そなたは、何があってもよくよくよせぬな」

信玄はつい笑みを漏らした。

「他人事《ひとごと》のように言ってしまい、申し訳ありません」

「いや、構わぬ。それで源四郎、何か気づきはせぬか」

「気づくとは――」

昌景が首をひねる。

「三方原の後、小僧が突然、賢くなったとは思わぬか」

「あっ、お気づきでしたか。それがしも、何かおかしいと思っておりました」

「小僧はもちろん、三河の田舎侍どもには、勇気はあれど知恵はなかった。だが刑部陣への退去の折に待ち伏せを食らったことからも、どうも小僧の陣中に策士がおるような気がする」

「場数を踏んでいる酒井忠次か石川数正では」

「あの二人ではないだろう。もっと小戦や地形に熟達した者だ」

「心当たりはありません」

「分かったところでどうにもならない。これからは慎重に事を運ぶとしよう。それで野田城攻めのことだが――」

「はい。前駆は、明日にも進発できるようにしてあります」

「そうか。とにかく攻めずに囲み、小僧が出てくるのを待つのだ」

昌景が首をかしげる。

「小僧は三方原で相当の痛手をこうむっているはず。とても出てはこられないでしょう」

「いや、三河の国衆は小僧の動静を見つめている。ここで後詰せねば、雪崩を打ってわが方になる。それに――」

「信長ですな」

「そうだ。まだ浜松城内には、信長の派した者が残っておるはずだ。おそらく佐久間信盛は生き残っている。三方原での首実検の折に、奴の首はなかったからな」

「かの御仁は、三方原の戦いでも真っ先に裏崩れしたとか」

二人は笑い合った。

裏崩れとは、最前線が戦っているにもかかわらず、第二線以降の部隊が、戦況不利と見て撤退することだ。

「しかし戦で役に立たずとも、小僧の尻《しり》を叩くことはできる」

「いかにも。佐久間殿には、大いに叩いてもらわねばなりませぬな」

再び二人は声を上げて笑った。

「で、此度の城攻めだが、そなたには伏勢を率いてもらいたい」

「三増峠と同じですな」

三増峠の戦いでは、昌景が伏兵の役割を担い、北条方に致命的な打撃を与えた。

「そうだ。小僧が姿を現すかどうかは分からぬが、後詰勢は寄越《よこ》すだろう」

「おそらく形だけでも、後詰の構えを見せるでしょう」

「だろうな。本坂峠《ほんざか》を越えて吉田城に入り、浜松城内にいる戦える者と吉田城で戦っていない兵を率いて南西から後詰してくるはずだ」

「いかにも。浜松城にいる兵は青息吐息の者がほとんどでしょう。その点、吉田衆は戦っていませんからな」

「うむ。それゆえここらに――」

信玄は絵図を広げると、野田城の南西側に指を置いた。

「どこか兵を隠せる場所はないか」

「寒狭川の南岸なら、兵を隠す場所はいくらでもあります」

「さようか。では任せる」

「はい。敵の草に覚《さと》られぬよう、今夜にでも出ますか」

「いや、少し休め。九日の夜に出ればよい」

昌景がほっとしたように言う。

「それを聞いて安堵しました。兵も疲れておりますので。しかしわれらが見つかれば、小僧は野田城に後詰しませんな」

「うむ。小僧に寒狭川を渡らせたいのはやまやまだが、見つかったら見つかったでよい。渡河してきたら攻撃する、してこなければ対峙《たいじ》するだけで、そなたらはよい」

「そなたらと仰せになりますと」

「馬場隊を背後に付けよう」

「ありがたいことです」

武田勢の中でも最も精強な二つの隊が、寒狭川の南岸に陣を布くことになる。

「で、御屋形様はいかがなされますか」

「十日の早朝にここを出て、野田城を囲む。本陣はここだ」

信玄は鳥居平《とりいだいら》と書かれた一点に指を置いた。

「なるほど、それはよき場所ですな」

「うむ。小僧の出方次第で、いかようにも動ける」

「で、野田城をいかがいたしますか」

「最後は城を開くことになろう。さすれば野田城を陣所として吉田城を攻める」

「その時こそ、小僧は出てきますすな」

「おそらくな」

その返事とは裏腹に、信玄は獲物が確実に罠に近づいてきているのを感じていた。

「腕が鳴ります。いずれにせよ小僧の首と胴がつながっているのは、あとわずかですな」

「ははは、それを祈っておる」

二人の笑い声が陣内に響いた。

八

一月十日、吉田城の大手門をくぐった家康は歓呼の声で迎えられた。

——さぞ心細かっただろう。

三方原の大敗は吉田城にも聞こえているはずで、どれほどの敗戦か予想もつかなかったに違いない。しかし家康が千余の精鋭を率いて姿を現したので、吉田衆は安堵したのだろう。

大広間に入った家康は吉田衆の労をねぎらい、早速軍議に入った。

そこに飛び込んできたのが、信玄が長篠城を出たという一報だった。

「思っていたより早いな」

酒井忠次が膝を乗り出す。

「敵が包囲する前に、野田城に後詰しましょう」

「分かっている。だが、罠かもしれん」

「殿、また鷹匠から何か吹き込まれましたな」

「何も吹き込まれてはおらぬ」

忠次の双眸が鋭く光る。

「かの鷹匠が地形をよく知っているのは認めます。しかし戦の駆け引きは素人ですぞ」

「さようなことは承知している」

「では、なぜ野田城に入れたのです」

「なぜ、それを知っている」

忠次は正信の動向を摑んでいた。

「われらは、浜松城に出入りする者を逐一確かめております。かの鷹匠が『殿の使いです』と言って過所（通行手形）を示したので通しました。しかし鷹匠は帰ってきませんでした。となると、殿の密命を帯びて野田城に入ったとしか思えません」

家康が口ごもっていると、忠次が畳み掛けてきた。

「よろしいか。かの鷹匠には失うものがありません。それゆえ思惑違いになっても、『運がなかった』とでも言って死ぬだけです。しかし殿は違います」

「分かっている。わしには皆への責務がある」

「そうです。それでもさような男に、殿は身代を賭けますか」

「これまで彼奴が言っていたことは、すべて当たっていた」

「殿」と言って忠次が首を左右に振る。

「それは違います。そのように思えるだけです」

「さようなことはない。なぜか彼奴は信玄の心の内を読めるようだ」

「それは誤解です。織田殿は元々援軍を出すつもりだったのでしょう。また堀江城の待ち伏せも、誰もが考えつくこと。鷹匠が見事だったのは、地形と道を知っていたことです」

言われてみれば、その通りのような気もする。

「鷹匠から何を吹き込まれましたか」

「いや、たいしたことではない」

「野田城の近くまで行き、敵に掛からずに牽制《けんせい》せよとでも命じられましたか」

忠次の言葉が図星だったので、家康は憤然として言った。

「命じられたわけではない！」

「殿、敵は信玄ですぞ。鷹匠の猿知恵が通用する相手とお思いか！」

――それもそうだな。

家康は己の浅はかさに気づいた。

「では、どうすればよい」

「野田城が落ちる前に、後詰せねばなりますまい」

「信玄の罠だったらどうする」

「後詰せねば、殿の信用は失墜します」

「しかし罠だったら、やられるだけだ」

「それは、伏兵がいるかどうか探れば分かること」

――その通りだ。

考えてみれば三河国は領内なのだ。兵たちも地理に精通しており、地元出身者を四方に走らせれば、分かることだ。

「分かった。それも考えておこう」

だが家康は、できれば戦いたくはなかった。

「御意のままに。いずれにしても、後悔しないようなご判断をして下され」

「分かっておる」

それで出陣と決まったが、この時の家康は、現地に行ってみてからどうするか決めるつもりでいた。

翌朝、家康は一千五百余の兵を率いて吉田城を出陣した。

吉田城から野田城までは四里半ほどの行程なので、軍勢を率いても一日あれば着く。

馬に揺られながら、家康は憂鬱《ゆううつ》だった。野田城を救援できなければ、自分の名は地に落ち、三河国衆は離れていくかもしれないからだ。

——だが、弥八郎が言っていたように、城を失っても城兵を救い出せれば、信用は落ちないかもしれぬ。

やがて本陣とする予定の笠頭山に着いた。早速、木柵《もくさく》や竹束を張りめぐらせ、敵の奇襲攻撃に備えた。だが堀と土塁を造る余裕はない。

——どうしたものか。

正信の言っていることは尤もだと思う。しかし野田城を明け渡し、籠城兵だけ引き渡してもらうなどという難事が可能とは思えなかった。

——あの鷹匠に賭けるか。それとも後詰してみるか。

家康はいまだ迷っていたが、とにもかくにも、この辺りの地形をよく知る者を呼び集め、物見として四方に走らせた。

まず入ってきたのが、信玄らがどこに陣を布いたかだ。

物見によると、信玄の本陣は野田城の北西半里ほどにある鳥居平と呼ばれる微高地で、その前衛となる座《ざ》頭磯上《とういそがみ》周辺に勝頼らが張陣しているという。

そこまでは信玄も知られることを承知だろう。問題は伏兵を配しているのか、配しているとしたらどこなのかだ。

その問題は、すぐに解決した。

物見の一人が、寒狭川の南岸に山県隊が、さらにその後方に馬場隊が陣を構えていると告げてきた。その兵力は二千前後だという。

――なんと大胆な。

寒狭川は急流な上に河畔まで深い崖になっているので、渡河は容易でない。すなわち家康が伏兵を撃滅すべく兵を動かせば、信玄本隊はすぐには駆けつけられない。

――しかし伏兵を先に撃破するにも、こちらは兵力が足りない。

山県・馬場両隊だけで、家康の率いてきた兵力を上回る。つまり山県・馬場両隊にも勝てないかもしれないのだ。

――そこまで見抜いての布陣に違いない。

山県・馬場両隊が激戦を展開している間に、別の部隊に寒狭川を渡河され、笠頭山の背後に回られれば、万事休すとなる。

――これでは身動きが取れぬ。

家康は、いよいよ正信の策に頼るしかないことを覚った。

九

一月二十日、信玄は激しい胃の腑の痛みで目が覚めた。「きりきりと差し込むほど」という表現が生易しいほどで、腹を切る時の痛みとはこういうものかと思えた。

――何たることか。

ここまでは、すべてが思い通りだった。だが、胃の腑だけが言うことを聞いてくれない。

信玄は苦しみを堪えつつ、声を絞り出した。

「誰かある」

「はっ」と答えて喜兵衛が入ってきた。

「お目覚めですか。薬湯を――」

そこまで言ったところで、喜兵衛が絶句する。

「わしの顔は、それほどひどいか」

「いえ、さようなことはありません」

「よいのだ。今朝は、これまでにないほど胃の腑が痛む」

「法印を呼びますので、しばしお待ち下さい」

それだけ言うと、喜兵衛は去っていった。

信玄の陣所として、急造の小屋が設《しつら》えられているが、廁《かわや》は穴が掘られているだけだ。そこまで行って用を済ませて寝所に戻ると、板坂法印と喜兵衛が待っていた。

法印は信玄を横にすると、早速、触診した。

「ご加減がよろしくないようで」

「ああ、これまでにないほど痛みがひどく、気分が悪い」

しばらくしこりの周囲を撫《な》で回すと、法印が思いつめたように言った。

「ご覚悟を決める時が迫ってきたようです」

「何と――、それは真か」

「はい。腫物の毒が体中に回り始め、それが複数の臓器の働きを鈍くし、気分が悪くなっておられるものかと」

法印が額の汗を拭《ふ》きつつ言う。腫瘍《しゆよう》が体内に拡散し、多くの臓器が機能を発揮できなくなっているらしい。

――ああ、無念だ。

信玄一個の生命が絶えるのは仕方ない。しかし今の信玄は、あまりに多くのものを背負っているのだ。

――わしが死ねば、どれだけ多くの者に迷惑をかけるか。

それを思うと、申し訳ない気持ちでいっぱいになる。それでも信玄は、少ない可能性に賭けてみるしかなかった。

「法印、これからのことだが、何とか上洛はできないか。上洛さえしてしまえば、そこで死んでもよいのだ」

突然、すすり泣きが聞こえた。法印の背後で薬湯を淹れる支度をしている喜兵衛だ。

「このまま何の戦いもなく京に至ることができるなら、見込みがないとは言いません。しかし――」

「戦わずして上洛するなど、とても無理な話だ」

――いよいよ、最後の手段を講じねばならぬのか。

法印を下がらせると、信玄は喜兵衛を手招きした。

「何なりとお申しつけ下さい」

喜兵衛が涙声で言う。

「これは秘事なので右筆も呼ばぬ。そなたが筆を執ってわが言葉を書き取り、最も有能な使者に持たせ、さる御仁に届けてくれ」

「分かりました」と答える喜兵衛の緊張が伝わってくる。

「では、よいか」

信玄の言葉を喜兵衛が正確に記し始めた。

それが終わると、喜兵衛は緊張の面持ちで「これでよろしいですか」と確かめた。

「これでよい」

それを黙読した信玄はうなずいた。

この後どうするかは、かの御仁次第だ。

「しかと、お届けいたします」

「まさか、そなたが行くのか」

「はい。これほどの秘事です。途次に敵に捕まれば一大事。それがしが届け、その御仁をお連れします」

「さようか。しかし敵の領内を通るのだ。死地に赴くと同じことだぞ」

「もとより」

この使いが成功するか否かに、武田家の将来は掛かっていた。しかし信玄は、喜兵衛を失う危険を冒したくはなかった。

――だが、事ここに至れば、喜兵衛以上に信頼できる者はおらぬ。

「よくぞ申し出てくれた。兄上らに会い、何か言い置いておかずともよいか」

喜兵衛には、長兄の信綱《のぶつな》と次兄の昌輝《まさてる》がおり、軍旅を共にしている。信玄としては、喜兵衛に兄二人との別れの場を設けてやりたかった。

「これは一刻を争うものです。それどころではありません」

「そうか、すまぬな」

一礼して顔を上げた喜兵衛の瞳《ひとみ》は潤んでいた。

「御屋形様、名残惜しゅうございます」

「ああ、わしもだ」

「もったいない」

喜兵衛の瞳から大粒の涙がこぼれる。

「だが、わしはまだ死ぬわけにはいかぬ。そなたとも、そなたが連れてくる御仁とも、再会するまでは生き続けるつもりだ」

「その言葉を信じ、行ってまいります」

そう言い残すと、喜兵衛は振り向かずに去っていった。


二月五日、家康が動かないと踏んだ武田方は、昼夜を分かたず鉦《かね》や太鼓を叩きつつ城攻めを開始した。当初は威嚇の要素が強かったが、それでも家康が沈黙を守っているので、本格的な城攻めに移行した。

しかし野田城は寒狭川の北岸の台地突端に築かれた崖端《がいたん》城で、攻め難い城だ。しかも城の北東には桑ケ淵《くわがふち》、南西には龍ケ淵《りゅうがふち》と呼ばれる深い断崖があり、城の攻め口は地続きの北側しかない。

それでも三曲輪と二曲輪に猛攻を掛け、立て続けに制圧した。しかし本曲輪は堅固そうなので、ここで攻撃の手を休め、金掘衆《かねほりしゅう》に命じて水の手を断つことにした。本曲輪の井戸を涸《か》れさせ、降伏を促すのだ。

金掘衆とは金の採掘を専門とする者たちで、坑道を掘り、城内の井戸に流れ込む地下水を断つことに長《た》けている。軍旅に連れてきているのは、こうした場合のためだ。

これには城方も堪《たま》らず、降伏開城の意思を示す使者が送られてきた。

その後、条件のやり取りがあり、二月九日、籠城衆三百が武田方に降ってきた。ここまでの戦いで、百ほどは討ち死にを遂げていた。

彼らを捕虜とした信玄は、城の破却を命じた。本来なら吉田城攻めの拠点にするつもりだったが、吉田城攻めを断念し、いったん長篠城まで引くことにしたので、野田城は再利用できないほどに破壊することにした。

当初、三百の捕虜を甲斐まで送ろうと思っていた信玄だったが、敵方の捕虜の中に山家三方衆の人質がいたので、人質交換を提案した。この後、この人質交換は成立する。

結果的に、家康は信玄の罠には掛からなかったものの野田城を失った。その影響はまだ分からないが、城兵だけでも救えたことは大きかった。


この頃、畿内では、武田勢が上洛するとの噂が広がり始めていた。信長の庇護下《ひごか》にある宣教師たちは、信玄によって比叡山延暦寺《ひえいざんえんりやくじ》などの寺社勢力が盛り返してくることを危惧《きぐ》し、信長との関係が悪化し始めていた将軍足利義昭は、決断の時を迎えていた。

一方の信長は岐阜城に戻り、信玄との戦いの準備に余念がなかった。そんな信長の許《もと》に、義昭離反の噂が流れてきた。

実際に義昭は信長との手切れを決意し、武田・本願寺・朝倉・浅井・松永連合へ加盟した。すなわち反織田連合の力によって室町幕府再興を目指すことにしたのだ。そして二月十三日、義昭は彼らに御内書を送り、信長討伐を命じた。長篠城に入った信玄にも若狭《わかさ》武田氏の一族を派遣し、正式に連携することにした。

信長は義昭に翻意を促したが、義昭は聞く耳を持たなかった。そしてこの頃、側近く控えていた武田信虎を甲賀に派遣し、甲賀衆を率いて信長と戦うことを命じた。

二月十七日、野田城を破却した武田勢が移動を開始した。本来なら吉田方面に向かうはずが、道を逆に取り、長篠城に向かった。

十

二月十八日、笠頭山でその一報を聞いた時、家康は耳を疑った。

「信玄が長篠方面に向かったというのか」

「いかにも。この目でしかと見届けてきました」

本多正信が確信をもって答える。

――どういうことだ。

また信玄の意図が読めなくなった。

正信がここに至るまでの経緯を語った。

野田城内に入った正信は家康の書付を見せたものの、野田城は野田菅沼氏の持ち城だったことから、説得に手間取った。というのも野田城という本拠を明け渡してしまえば、野田菅沼氏は根無し草になってしまうからだ。そのため家康が笠頭山まで来たと分かっても、野田菅沼氏当主の定盈は降伏に応じなかった。

正信は、城は明け渡しても城兵を救い出すことで家康の信用を維持しようとしたのだが、それほど容易なことではなかったことになる。

それでも武田方の攻撃が本格化し、遂に本曲輪だけとなり、水の手が断たれたことで、ようやく定盈も降伏に応じることにした。

正信は使者として武田方と交渉し、城兵の降伏を認めさせた。ただしそれには条件があった。

長らく徳川方だった山家三方衆は、浜松城に肉親の人質を入れていた。そのため信玄は人質交換を求めた。それを聞いた正信は、笠頭山まで行って家康の同意を取り付けた。

早速、使者が浜松城に送られ、山家三方衆の人質を連れてきた。それを待って、正信は信玄の許に赴き、人質交換を行った。

正信は、籠城衆の解放という難しい交渉を成し遂げた。常の者なら、それだけでも大功なので、意気揚々と笠頭山まで戻るはずだが、正信は定盈らと別れ、武田勢の監視の任にあたることにした。それで武田勢が長篠城に向かったことを、誰よりも早く察知したのだ。

「そなたの働きには感服した。よくやってくれた」

「過分なお言葉ありがとうございます。しかし、あれだけ道を急いでいた信玄が、なぜ長篠まで戻ることにしたのでしょう」

「野田城攻略に手間取ったので、いったん兵を休めることにしたのではないか」

「それなら野田城で休めばよいはず」

「それもそうだが、長篠城の方が要害だからだろう」

「しかし吉田城を攻撃するつもりなら、野田城を破却した意図が分かりません」

「いかにもな。では、再び浜松城を攻撃するのだろうか」

正信が首を左右に振る。

「ここまできてから、再び三方原の上に兵を戻すとは考え難いです」

「だとしたら、最初から野田城を破却するつもりだったのか」

「いや、それもちと違うかと。というのも武田方は火矢を射ませんでした」

火矢を射てしまうと、城内の建築物が使えなくなる。接収後に使用するつもりなら、火矢を使わず攻撃するのが常道だ。

「では、野田城を包囲した頃は吉田城攻めの出撃拠点として使うつもりだったが、城攻めの間に考えが変わり、兵を引くことにしたというのか」

しかしそれは矛盾していた。というのも畿内の情勢は信玄有利に働いており、ここで兵を引くとは考え難い。

「殿、信玄坊主が予期できないことが一つだけあります」

「それは何だ」

「病いです」

「やはり病いか」

以前からその可能性は考慮していたが、ここに来て軍旅に耐えられないほど、病いが悪化したとも考えられる。

「しかし予断は禁物です」

「その通りだ。何事も自分に都合よきよう解釈すると、足をすくわれる」

戦国武将にとって、希望的観測で行動することは死や没落を意味した。

「仰せの通りです。ここはいったん吉田城まで引き、信玄の動向を窺《うかが》うべきでしょう」

「そうだな。そなたのおかげで籠城衆も救えた。これである程度は、わしの信用も保たれた。ここはいったん兵を引いても、三河国衆は弱気とは思わないだろう」

絶対的に不利な状況下で隠忍自重を余儀なくされていた家康にも、わずかながら光明が見え始めていた。


吉田城に戻った家康を待っていたのは、信長の使者だった。使者は畿内の様子を逐一語ると、「信玄を三河から出すな」という信長の言葉を伝えた。信長自身はこれから岐阜城を出陣し、畿内の反乱勢力の討伐に向かうとのことだった。

信長が岐阜城から畿内に向かったことで、家康は単独で信玄と相対せねばならなくなった。これまでだったら心細いことこの上なかったが、信玄が長篠城まで引いたことで、信長の期待に何とか応《こた》えられそうな気がした。

かくして両陣営は三月を迎える。

十一

夜通し胃痛に悩まされ、眠れなかった信玄だが、明け方には多少まどろむことができたらしい。意識が途切れているので、それと分かったが、眠れたのか痛みで意識を失ったのかは定かでない。

「御屋形様、お目覚めですか」

枕頭には春日虎綱が侍していた。その背後には板坂法印も控えている。

「ああ、ここはどこだ」

「長篠城です」

「今日は何日だ」

「三月十日になります」

「もうそんなになったか」

信玄は記憶を手繰ろうとしたが、時系列がうまく嚙み合ってくれない。

「どこからここに来た」

「はい。野田城を攻略した後、この地まで引いてきました」

「そうだったな」

やっと記憶がよみがえってきた。

「喜兵衛は戻ってきたか」

虎綱の顔が明るくなる。

「まだですが、先ほど使者が着き、明日には、こちらに到着するとのこと」

「では、近くまで来ているのだな」

「はい。伊勢国の大湊《おおみなと》から船で三河湾北岸の小さな漁村に着き、そこから敵の目をかいくぐって野田城に入ったとのこと」

――喜兵衛、ようやった。

敵の領国や勢力圏を通り、喜兵衛たちがここまで来られるか、信玄には一抹の不安があった。しかしそれは杞憂《きゆう》に終わった。

「で、喜兵衛は一人ではないな」

「はい。数人の修験を伴っているとのこと」

「さようか」

信玄は覚悟を決めるべき時が迫っていると感じた。

「四郎を呼べ」

「畏《かしこ》まりました」と答えると、虎綱は背後にいる近習にそれを伝えた。

向き直った虎綱が不安そうに問う。

「御屋形様、ここから甲斐に戻るのではないのですか」

上洛を強く唱える勝頼を呼んだことから、まだどこかの城を攻めるのだと、虎綱は思ったのかもしれない。

信玄は上体を起こしてもらうと、冷たいすましを飲んだ。

これまでは冷たいものを控えてきたが、もはやそれも無駄だと気づいたのだ。

「わしは甲斐に戻ることになるだろう」

虎綱がほっとした顔をする。

「皆にそれを告げてもよろしいですか」

「いや、明日、喜兵衛が連れてくる人物と会った後、わしから皆に告げる」

「それは、いったいどなたですか」

「そなたは会ったことがない御仁だ」

「ということは、甲斐にご縁のあるお方ですか」

その時、誰かが長廊を歩いてくる音がすると、「父上、お呼びですか」という声が聞こえた。

「四郎が来たようだ。人払いせよ」

「はっ、私もですか」

「ああ、親子二人で語り合いたいことがある」

「承知しました」

虎綱は、板坂法印らを従えて下がっていった。

続いて、虎綱と勝頼が挨拶を交わす声が聞こえてきた。その時、虎綱が何か言ったのだろう。勝頼が「知らぬ。呼ばれたから来たのだ」と言い返している。

――困ったものだ。

勝頼は、甲斐への引き揚げを唱える穏健派の重臣たちとの折り合いが悪くなっていた。

「ご無礼仕ります」と言って勝頼が入室してきた。

「四郎か。相変わらず壮健そうだな」

黒々と日焼けした勝頼の顔が、信玄には眩《まぶ》しかった。

――わしにも、かような時があった。

しかし多忙を極めるうちに時は流れ、病み衰え、待っているのは死だけとなってしまった。

「四郎、いくつになった」

唐突な問い掛けに、勝頼は戸惑ったようだ。

「はっ、二十と八になりました」

「早いものだな」

「いかにも、あっという間でした」

「時が経つのは早い」

「仰せの通りです。だからこそ、今やれることをやっておかねばなりません」

「その通りだ。人の一生は短い。短すぎる」

信玄は今年五十三歳になった。まだ十年は頑張れると思っていたが、天はそれを許してくれそうにない。

「父上、よろしいですか」と勝頼が改まった。

「何なりと申せ」

「はい。父上の病いは、たいへん厳しいものと聞いております。父上は甲斐国に戻って療養に専念なさって下さい」

「分かっている。そのつもりだ」

「ようやく決心いただけましたか」

「ああ、わしの戦いはここまでだ。しかしそなたの戦いは続く」

勝頼の顔に笑みが浮かぶ。

「はい。戦うことを放棄すれば、待っているのは没落だけです。わが家、わが家臣、わが領民のために、それがしは戦い続けます」

交易や金銀の採掘を別とすれば、他より多くの領土を獲得することが戦国大名の懐を潤し、強《きょう》靱《じん》な兵を養うことにつながる。それが戦国の原理なのだ。

「そなたを呼んだのはほかでもない。わしが引き揚げた後、そなたはどうしたい」

あらかじめ考えてきたかのように、勝頼が答える。

「それがしの器量では、上洛戦を行っても信長に勝つことはできません」

その答えは、信玄の意表を突くものだった。

「なぜ、そう思う」

「軍勢の中に父上がいらっしゃらないことは、すぐに敵に知れわたります。さすれば大名や国衆は様子見を決め込むでしょう」

「よくぞ、それに気づいた。そなたの度量や才覚は、わしに劣るものではない。しかし最も大切なのは、その名を聞くだけで敵が震え上がる名声だ。それなくして大名も国衆も靡《なび》いてはこぬ」

「名声ですか」

「そうだ。名声は一朝一夕に築き上げられるものではない。大戦小戦に後れを取らず、こつこつと勝利を積み上げていった先に名声がある」

「よく分かります」

「だがな、そなたに欠けている名声を別の誰かが補えれば、話は別だ」

「山県たちのことですか」

「彼奴らでも無理だ」

いかに他国に勇名が鳴り響いている信玄股肱《ここう》の重臣たちでも、総指揮官がいなければ十分にその力を発揮できないと思われる。

「では、どなたのことですか」

「それは明日にも分かる。今聞きたいのは、そなたの覚悟だ。名声を補えた時、そなたは上洛戦を行えるか」

勝頼の顔に困惑の色が浮かぶ。

「父上ほどの名声を獲得している者が、この世に二人とおるでしょうか」

「尤もな疑問だ」

「いったい誰のことを指しているのですか」

「今は、それが誰かより、そなたの覚悟が聞きたい」

勝頼が口惜しげな顔つきで言う。

「いつの日か信長と戦い、雌雄を決したいと思っております。しかし今は――」

「今は何だ」

「それがしが、信長に勝てる見込みは薄いかと」

「それゆえ、わしの名声を補うのだ」

「名声が補えれば、それがしでも勝てると仰せか」

信玄は勝頼とのやり取りに疲れを感じ始めていた。胃の腑の病いが気力を奪うとは聞いていたが、ここまで消耗が激しいとは思わなかった。

「もうよい。今日のところは、結論は要らぬ。とにかく一晩、そなたの存念を練っておくのだ」

「承知しました。そして明日、ですね」

「そうだ。すべては明日決する」

勝頼が一礼して去っていった。その後ろ姿には、これまでのような自信は感じられない。

――揺らいでおるのか。

勝頼の強気は信玄がいたからこそだった。

――しかし、わしの背負ってきた荷を別の誰かが代わって担ぐとなれば、四郎は勇んで先頭に立つだろう。

信玄はそう信じたかった。

十二

――どうして信玄は長篠まで引いたのだ。

家康の頭は、そのことでいっぱいになっており、昼食を取っていても、砂を噛んでいるようで味がしない。遂に家康は箸を擱いた。

吉田城の自室で一人頭を抱えていると、酒井忠次と石川数正がやってきた。

「殿、ご無礼仕ります」

二人は家康に入室の可不可を聞かない。

「おっ、子持ち鰈ですか。膳《ぜん》の上の鰈《かれい》の煮つけを指差しながら言う。

入ってきた数正が、膳の上の鰈の煮つけを指差しながら言う。

「わしが何を食べているかを見にきたわけではあるまい」

「仰せの通り」

忠次が鋭い眼光を向けてくる。

「此度、信玄が長篠城まで引いた理由を、殿は何だとお考えか」

「そのことか」

家康は膳を横に押すと言った。

「わしを吉田城からおびき出し、野田城奪回に向かわせたいのではないか。そこに猛然と駆けつけ、追撃戦を行うという目論見《もくろみ》だろう」

「まあ、誰でも考えそうなことですな」

家康が必死に考えた信玄の思惑を、忠次は一笑に付した。

「では、そなたは別の目論見でもあると申すか」

「そこです」と言って数正が話を替わる。

「われらも懸命に考えました。一つには何かの罠かと。しかし――」

「病いと言いたいのだろう」

「あっ、ご存じでしたか」

「当たり前だ。病いかもしれぬというのは、信玄が甲斐国を出る前に、上杉家の使者が匂わせていたではないか」

上杉家の使者とは山崎秀仙という儒者のことだ。

「いかにも。しかし野田城攻略までの信玄には、病いの気配がなかったかと」

「うむ。それを匂わせる動きはあったが、さような様子は見せなかったと言ってもよいだろう。それゆえ病いのことは、ここのところ忘れていた」

忠次が再び話を替わる。

「しかしどう考えても、長篠まで戻るのは不可解です。しかも信玄は先を急いでいました」

「うむ。先を急いでいたからこそ、浜松城を攻めなかった。だが、吉田城を落とさずに先へ進むとは考え難い」

「ということは、やはり病いでは」

「病いだと断定はできないが、それを否定もできない」

数正が長い顎《あご》をしごきながら言う。

「病いと見せかけ、われらを油断させておき、長篠方面から浜松城を突くことも考えられます」

長篠城から鳳来寺道を通り、伊平、井伊谷、金指と来て、祝田から三方原台地に登れば、浜松城の北側に出られる。

「あり得ぬ話ではないが、今更それをするなら、野田城を奪取した意味があるまい」

「いかにも。殿が吉田城まで来ているのを知っていながら、殿不在の浜松城を攻めるというのも不可解です」

家康は武田方の透破にばれるのを覚悟で、隊列を整え、馬標《うまじるし》を掲げて浜松城から吉田城に移動した。というのも、家康の所在を信玄に知らせようが知らせまいが、信玄の動きはさして変わらないと思ったからだ。それよりも、三方原で大敗を喫した家康が戦う気満々だということを近隣の国人たちに知らせることで、離反を防ぐという効果の方が大きい。

「だろうな。武田勢の方が先に浜松城に着くだろうが、こちらは後詰という形になり、城内と呼応して信玄を挟撃できる」

数正が顎に手を当てたまま首をかしげる。

「となると、やはり病いと――」

「短絡的に結論づけるのは避けたいが、とにかく今は、次の一手を信玄がどう打ってくるかを待つしかない」

忠次が問う。

「では、このままここに腰を据えると仰せか」

「うむ。信玄を先に動かす。その後で、われらが動く」

「後手必勝を期すわけですな」

「そういうことだ」

忠次がうなずくと言った。

「われらは、殿の下知があれば、いつでも出陣できるようにしておきます」

「そうしてくれ」

二人は一礼すると、家康の前を辞していった。

――信玄の動きを読めぬは、二人もわしも同じだ。となれば、腹を据えて掛かるしかない。

そう思うと、次第に気持ちが楽になってきた。そうなれば食欲も湧く。

家康は膳を引き寄せると、冷えた鰈の煮つけに再び箸を付けた。

十三

信玄は夢と現《うつつ》の間を彷徨《さまよ》っていた。これまでかかわりのあった人たちが、現れては消えていく。

その中には生きている者もいるが、大半は死んでいった者だ。

――わしは現世と浄土を行き来しているのか。

そうとしか思えない幻想が脳裏で渦巻く。

――諸行無常、か。

かつて貪《むさぼ》るようにして読んだ『平家物語《へいけ》』の一節が頭に浮かぶ。

――それでも平相国《へいしょうこく》は天下を取った。だが、わしは東国の一部を手にしたにすぎない。

平相国とは平清盛《たいらのきよもり》のことで、相国とは太政大臣の唐名になる。

――若き頃は、己の才があれば唐天竺《からてんじく》さえも手に入れられると思った。だが手にしたのは、この国の半分にも満たない。何とも空しいではないか。

信玄は若い頃より『四書五経《ししょごきょう》』から『武経七書』まで暗記するほど精読し、この世の「知」の大半を脳裏に収めたつもりでいた。それによって天下を治め、戦乱の世を終息させようと思っていた。だが病いという魔に、今すべてを奪われようとしている。

――わが肉体が朽ち果てれば、すべては雲散霧消する。これまでの苦労も辛酸も、すべて無に帰すのだ。人というのは、実に空しいものではないか。

自分が武田家の当主嫡男として生を享《う》けた意味を、信玄はずっと考えていた。天は、この世に静謐《せいひつ》をもたらすため信玄を遣わしたのだと信じてきた。しかしその使命は、自分ではなく尾張の虚《うつ》けに託されたようだ。

――さようなはずはない。わし以外の者に、天下を統べることはできないはずだ。

今となっては、それは空しい叫びにすぎない。

信玄は僻遠《へきえん》の地の一大名として、その生を終えねばならないのだ。

――嫌だ。わしはそれで終わる男ではない！

その時、天空から一条の光が差してきた。

――いよいよ天に召されるのか。

だが、それは浄土への招きではなく、目覚めを意味した。

信玄はゆっくりと目を開いた。

――ここはどこだ。

「御屋形様、お目覚めですか」

「そなたは――」

ようやく焦点が結ばれた。

「喜兵衛か」

「はい。喜兵衛が戻りました」

喜兵衛がその場に泣き崩れる。

「まさか、この世でそなたに会えるとは思わなんだ」

「それがしもです」

「これも天の思《おぼ》し召《め》しだ」

「その通りです。天は常に御屋形様と武田家を見守っています」

「うむ。常に天はわれらと共にある。して、首尾はどうだった」

喜兵衛が顔を上げると言った。

「意中のお方をお連れしました」

「おお、よくやった」

信玄は体中に緊張が走るのを感じた。

「で、今どこにおられる」

「奥の間でくつろいでおいでです。お呼びしますか」

「ああ、一刻を争うゆえ、すぐに呼んでくれ」

信玄は一人で上体を起こそうとしたが、うまくいかない。つい数日前までは、人の手を借りれば立ち上がって歩くことはできたのだが、それも今ではままならない。

「はっ」と答えて去ろうとする喜兵衛を、信玄は呼び止めた。

「待て。その前に正装に着替えたい」

その言葉を聞いた喜兵衛は、小姓たちを指揮して素襖《すおう》と烏帽子《えぼし》を用意させ、その間に、手際よく信玄の下帯を取り換えた。その時の臭いがきついことに信玄は気づいた。

「薫物《くんもつ》を焚《た》け」

「持ってきた薫物は『梅花』、『菊花』、『落葉』などがありますが、何にいたしますか」

「『黒方《くろぼう》』はあるか」

「黒方」とは四季を通して使われる名香中の名香で、とりわけ公家《くげ》や僧侶《そうりょ》が好む。

「すぐに用意します」

「黒方」が焚かれると、部屋中に朝日差す寺を思わせる清々《すがすが》しい匂いが満ちてきた。

「これでよい。では、呼んでくれ」

信玄の緊張は、胃の痛みを忘れさせるくらいまで高まっていた。それでも衾の上に正座し、意中の人を迎えることはできる。

やがて廊下を歩く音が聞こえてきた。続いて喜兵衛の「ご無礼仕ります」という声がした。

信玄は瞑目《めいもく》していた。感無量で自分からは語り出せないからだ。

「こちらに」「うむ」といった声が聞こえる。

どうやら意中の人は、信玄の衾に膝が触れるほど近づいてきたようだ。

だが、何の声もないということは、病いによって痩せ衰えた信玄の姿に驚いているのだろう。

「久しぶりだな」

ゆっくりと目を開けると、老いさらばえた信虎の顔があった。

「父上――」

「かような再会になるとは思わなんだ。少なくとも仰臥《ぎょうが》するのはわしで、傍らに座すのがそなただと思っていた」

「父上、どうかお許し下さい」

「致し方ないことだ。しかし無念だ」

信虎が唇を嚙む。

信玄は過去に思いを馳《は》せた。

かつて信玄、すなわち幼名太郎《たろう》は信虎と不和だった。というのも太郎が柔弱で文を好み、内気な性格だったからだ。一方、弟の次郎《じろう》（後の信繁）は快活で武を好んだ。そのため信虎は次郎を後継者とし、己を出家させるつもりだと思っていた。それを覚悟した太郎は、十五歳が近づくにつれて『武経七書』や『四書五経』から『般若経《はんにゃきょう》』『法華《ほっけ》三部経《さんぶきょう》』『浄土三部経《じょうどさんぶきょう》』といった仏典に親しむようになっていった。

天文十年（一五四一）六月、前月に海野平《うんのたいら》合戦に勝ち、海野《うんの》一族を上野国へと追いやった信虎は、本拠の躑躅ヶ崎館に戻ると、当時、晴信と称していた信玄を呼び出した。

帳台構えの内の信虎の居室に呼ばれることは、何かの祝い事の時以外はなかった。それゆえ太郎はその日、出家を言い渡されるものだとばかり思っていた。

そこには重臣の板垣信方と甘利虎泰もいた。その畏まった様子を見れば、出家を申し渡されるのは明らかだった。

「太郎、罷り越しました」

「大儀」と言うと信虎は黙った。その沈黙が辛《つら》いので、太郎は上目遣いに上座を見た。

「ははは、つい成長したそなたを見ていた」

信虎が上機嫌なので安心したが、太郎はどう答えてよいか分からない。

「よくぞこの二十一年、耐えたな」

この時、太郎は二十一歳になる。

「と、仰せになりますと」

それには答えず、信虎は傍らの銚子《ちょうし》を持つと、「ちこう」と言った。

信方と虎泰の間を通り、信虎の近くまで膝行すると、信虎が目前に置いてあるかわらけを持つよう、目で合図した。

――そうか。出家すれば酒は飲めないので、父子で最後の酒席というわけか。

太郎の掲げたかわらけに、信虎が黙って酒を注ぐ。

「頂戴《ちょうだい》いたします」

かわらけの酒は、儀式などで使われる形式的なものなので少量しか注がれない。そのため酒をさほど好まない太郎にも飲み干せた。

「武士にふさわしい、よき飲みっぷりだ」

「えっ、それはいかなる謂《いい》で――」

左右から信方と虎泰の控えめな笑いが聞こえる。

「分からぬか」

「はい。いっこうに――」

「そなたに家督を取らせる」

その言葉に、太郎は反射的に平伏した。

「ありがとうございます」

「今日は何の話だと思った」

「いや、何も考えておりませんでした」

「正直に申せ」

「は、はい。出家させられるか、それがしを、どこぞの国人に養子入りさせるお話かと」

信方と虎泰が再び忍び笑いを漏らす。信虎も笑みを浮かべている。

「どうして、かように思った」

「はい。父上は、武田家の家督には次郎が適任だと思っているとばかり――」

「いかにもな。次郎は武勇に優れ、皆から好かれている。武田家を継いでも、うまくやっていけるだろう」

信虎の眼光が鋭くなる。

「だが、わしには野望がある。それを実現させるには、明晰《めいせき》な頭脳の持ち主が必要だ」

信虎が真摯《しんし》な眼差《まなざ》しで語り始めた。

「わしの野望とは、武田家が天下に覇を唱えることだ。そのためには、わしが甲斐国を出て、諸国を放浪しつつ様々なお膳立てをしていかねばならぬ。まず駿河国の駿府に赴き、今川家中を混乱に陥れ、駿遠二国を武田家のものにする。続いて上洛を果たし、西上の地ならしをする」

「な、なんと、それほどの大望をお持ちでしたか」

太郎は深く平伏した。

「当たり前だ。武士たる者、大望を持たずして何とする。しかもわれらは、新羅三郎義光公の血筋を受け継いでいる。天下に覇を唱えるのは当然のことだ」

「恐れ入りました」

「しかし、この策を実現させるには、わし以上の器量を持つ者が当主に就かねばならぬ。なるほど次郎は武勇に優れた利口者だ。だが彼奴の器量では、甲信二国を保つのが精いっぱいだろう。だが――」

信虎の眼光が鋭いものに変わる。

「そなたなら、わしを凌駕《りょうが》していける」

「もったいない」

「いや、そなたは戦国大名になるために生まれてきたような男だ」

――わしにさような才があるというのか。

それは、太郎が全く気づいていないことだった。

「そなたは幼い頃から文に親しみ、古今東西の才覚者の考えを己のものにしてきた」

「どうして父上に、それが分かるのですか」

「話していれば分かる。近くに侍《はべ》る者たちから、そなたは『武経七書』や『四書五経』などに精通し、様々に引用するとも聞いた」

確かに太郎は記憶力が抜群で、そうした引用をよくした。だが、そうした衒学的《げんがくてき》な態度こそ、信虎の気に入らないところだと思い込み、信虎の目につかないように励んできた。

「仰せの通り、しばしば引用します」

「天下を取るために必要なのは、さようなものなのだ」

「し、しかし父上は、己の国を後にして流浪の身になるのですぞ。それでもよろしいのですか」

「ははははは」と信虎が高笑いする。

「よいか。天下を取るためには、多少の不自由くらい我慢せねばならぬ」

「多少の不自由どころか、御身がどうなるかも分かりません」

もし信虎の真意が敵にばれれば、殺されるかもしれない。調略を施すことになるので、真意を明らかにすることもあるはずだ。その時、例えば今川家に忠節を尽くそうと思っている者に声を掛ければ、一も二もなく殺されるだろう。

「わしが下手を打つはずがあるまい。もしも下手を打って殺されたら、それまでの運ということだ。そなたは甲信二国を守り抜くことに方針を変えればよい」

「しかし父上、殺されずとも山野を彷徨い、食い物にも困る時がありましょう」

「わしのことは心配せんでよい。だが少し芝居を打たねばならぬ。板垣、わしの代わりに策を語ってくれ」

「はっ」と答えて信方が話を替わる。信虎はそれを笑って聞いていた。

それが、太郎が信虎を追放し、武田家を乗っ取るという大芝居を打つことだった。

それから十日後、信虎は甲府を後にし、長女が輿入《こしい》れしている駿府へと向かった。長女の顔を見に行くというのが名目だった。その直後、晴信は甲駿国境《くにざかい》の関に兵を送って閉鎖した。

数日後、信虎は帰国しようと国境まで来たが、帰国できないと知り、怒り狂った。そしてそこを守る兵たちに罵詈《ばり》雑言を浴びせかけた末、駿府に戻っていった。それを聞いた晴信は今川義元に書状を送り、信虎の隠居所を造ってもらうよう依頼し、その建築費用から生活費まで出すことを伝えた。義元もそれを了承し、信虎の駿府での生活が始まった。

信虎に代わって国主となった晴信は、圧政に苦しんできた人々を救うべく、代替わりの徳政を実施した。この結果、晴信の名は騰《あ》がり、家中も一丸となった。

一方、駿府に居候となった信虎は、今川家中と親交を深めながら、次第に与党工作に移っていった。そして永禄十一年（一五六八）十二月、信玄は駿河侵攻作戦を開始する。

これに対し、義元の跡を継いだ氏真は陣触れを発し、朝比奈《あさひな》・庵原《いはら》・葛山《かずらやま》ら重臣たちを薩埵《さった》峠に布陣させた。しかし武田勢が迫ると、重臣たちはそろって陣払いするか降伏し、武田勢の駿府への乱入を許した。これにより氏真は、一戦も交えず駿府から遠江懸河城へと退去した。重臣たちが寝返ったのは、信虎の説得に応じたからだった。

その後、京に上った信虎は、武田家が天下に覇を唱えるための活動に移る。

「父上、それがしの生涯は何だったのでしょう」

「そなたの生涯か」

「そうです。それがしは何のためにこの世に生まれ、何のために生き、そして死んでいくのですか。そしてこの世に何が残せるのか。否、残せたのか。分からぬことだらけです」

「人の一生とは分からぬものだ」

信虎が嘆息と共に言う。おそらく自分の生涯をも嘆きたいのだろう。

「さように人とは空しいものなのでしょうか」

「そうだ。空しい。これほど空しいなら、獣に生まれた方がましと思うくらいだ」

信虎が少し投げやりに言う。野望の焔《ほのお》が消えかかっているのかもしれない。

「それでも父上は、空しいことになるかもしれぬと知りながらも、己の進む道を違《たが》えませんでした」

「ああ、何事も素志を貫徹することが大切だからな」

「素志貫徹ですか――。ああ、それをお手伝いできないのは、実に無念です」

「もうよい。これも運命だ。そなたの運は尽きたのだ」

堪えようとしても、瞳から止め処《ど》なく涙が流れる。

「父上、申し訳ありません」

「すべては終わったのだ。後はゆっくりと養生せい。兵だけはもらっておく」

「えっ、今何と」

眼前に座す信虎が幽鬼のような笑みを浮かべる。

「分からぬか」

その眼窩《がんか》は落ちくぼみ、右目は白瞳《はくどう》（白内障）となっているが、左目はそこに映るものすべてを焼き尽くさんばかりに光っていた。

――これが野望の焔か。

信虎は野望の魔に囚《とら》われた幽鬼と化していた。

「武田の兵は、わしが率いる。そして信長に挑む」

「やはり父上が兵を率い、上洛戦を挑むのですね」

「さよう。本来はそなたに上洛までさせ、その威権によって武田の柳営（幕府）を開くつもりだったが、ここからはわしが行う。つまり多少、段取りが狂っただけだ」

「そこまでして父上は――」

「ああ、天下がほしい。わしは、そのために生涯を費やしてきた。そなたが死ぬくらいで、野望の焔を消してたまるか」

「父上というお方は――」

信玄は後の言葉が続かない。

「そなたは何も心配せずに甲斐に戻れ。そして、われらの戦いを見守っていろ」

「しかし父上、勝算はおありですか」

「ないわけがあるまい。そなたの三方原での勝利で、いよいよ将軍家が信長に反旗を翻した。これで朝倉、浅井、本願寺、松永らも一斉に信長を包囲攻撃する。だが不安もある。今は信友が京で包囲網を維持しているが、わしがいないと烏合《うごう》の衆ゆえ、早急に兵を率いて戻らねばならぬ」

「それは分かりましたが、わが家臣たちの意向も聞かねばなりません」

信玄は独裁的傾向が強い領主と思われがちだが、実は和を重んじてきた。それゆえ、主立つ者たちの気持ちも聞いておかねばならないと思っていた。

「その必要はない。そなたが、わしに全権を委任すると言えばよいだけの話だ」

「それだけで、家臣たちはついていきてくれるでしょうか」

「必ずついてくる。わしはそなたの父なのだからな」

——父、か。

信虎は信玄の父で、かつての武田家当主なのだ。信玄から全権を委任されることには正統性がある。

——首を挿《す》げ替えただけで、従前通り、手足は動くのか。

だが信虎なら、どのようなことでもできる気がする。

「よいな」

「父上、お待ち下さい」

「もはや待つことはできぬ。すぐに主立つ者を集め、全権をわしに委任するのだ」

——どうすればよいのだ。

上洛戦の途次で敗れれば、その時点で武田家は崩壊する。これまで苦心惨憺《さんたん》して手に入れた信濃、飛驒、駿河、遠江どころか、本領の甲斐までも一瞬にして失うことになるだろう。

「今、そなたは、これまでに手にしたものを惜しんでおるな」

「は、はい」

「一国、二国がそれほど惜しいか」

「はい。われらが血の滲《にじ》むような苦労をして獲得してきた領国です。それを思うと——」

「心配は要らぬ。わしは負けぬからな」

「もちろん、さようにに思いますが——」

信虎が失望をあらわにする。

「そうか。しょせんそなたは鄙《ひな》の一大名で終わる男だったか」

「さようなことは——、さようなことはありませぬ。しかし——」

「後顧の憂いなど捨て、そなたの兵をわしに託すのだ」

——いかにも父上なら信長を倒せるかもしれぬ。だが、その後はどうする。

信玄の内面で葛藤《かっとう》が生まれていた。

「わしは天下を取ったら隠居し、政権はそなたの息子、つまりわしの孫に託す」

——それなら何とかなるやもしれぬ。

信玄の心の内にも、勝算が芽生え始めた。

「分かりました。父上に全権を委任します」

「よし、そうと決まれば話は早い。喜兵衛、重臣たちを集めろ」

だが喜兵衛は、俯いたまま信虎の命令に従おうとしない。

「何をやっておる。早くしろ！」

「御屋形様以外の命を奉じるわけにはまいりませぬ」

「何だと」

後ろを振り向いていた信虎が信玄に向き直る。

「晴信、いや、もう信玄だったな。わしの命は、そなたの命だと告げろ」

それを告げれば、すべては信虎の思い通りになる。

――天下に覇を唱えることだけが目指すべき道なのか。

信玄はそれをずっと自問してきた。それが、家臣や領民を幸せにする最善の道とは限らないからだ。

――だが、ここまで天下を取るために苦労してきたのではないか。そのために父上は、甲斐国の太守の座まで放り出したのだ。

信玄は厳しい声音で命じた。

「喜兵衛、父上の命は、わしの命だと思え」

「よろしいのですね」

「構わぬ。すぐに皆を集めろ」

「はっ、御意のままに」

信玄は、画龍《がりよう》に点睛《てんせい》を入れる時が迫っていることを覚った。

十四

春の穏やかな日差しを浴びながら、広縁に腰掛けた家康は、一人でぼんやりしていた。

――皆はわしの器量を高く評価するが、わしなどはこれで精いっぱいだ。いくつかの幸運によって、わしは二国の太守となった。それだけで限界にもかかわらず、酒井忠次も本多忠勝も、そして鷹匠さえも、わしには天下人の器量があるなどと言う。

家康は正直な話、困惑していた。

――天下人の器量など、わしにあってたまるか。

広縁にぽつねんと座すのは、敵の信玄と味方の信長に振り回され、右往左往することしかできない一人のつまらぬ男なのだ。

――だが、こうしていると、少し気が楽になるな。

数日前までは信玄のことで頭がいっぱいで、息苦しくなるほどだったが、そんな緊張が長く続いたことで、脳がそれを拒否し始めたのか、今は信玄のことを考えなくなった。すると胸のつかえがとれたように楽になり、心も落ち着いてきた。

――鷹狩がしたいな。

この戦いが終わったら、真っ先に鷹狩に出かけたい。

自然と笑いが出る。

「ははははは」

声に出して笑ってみると、本当に可笑しくなった。

――ここまで来られただけでも、わしには運があったのだ。それを思えば心残りなどない。

家康は広縁にひっくり返り、手枕をして軒の先に輝く太陽を見た。幾重にも雲をかぶっているためか、太陽は眩しくはない。

――いつか雲が晴れた時、お前はその輝くばかりの雄姿を見せることができるのか。それともこのまま一日が終わり、暗闇に閉ざされるのか。

家康が己に問い掛けたその時、広縁の向こうから背を丸めた男がやってくるのが見えた。その手には鷹が止まっている。

「殿、よき鷹が手に入りましたぞ」

乱杭歯をせり出すようにして笑いながら、男が近づいてくる。

「そなたは浜松城に留《とど》まっていたのではなかったのか」

「はい。そのつもりでしたが、留守居衆から荷を託されて運んできました」

「ああ、鉄砲だな」

家康は、浜松城にいる留守居衆に、吉田城に鉄砲三十挺《ちょう》を届けるよう伝えていた。浜松城が襲われる危険が遠のき、吉田城をめぐる攻防戦が始まる公算が高くなったからだ。

「はい。誰もやりたがらない仕事でしたが、つつがなく鉄砲四十八挺を運んできました」

「四十八挺だと。わしは三十挺と命じたはずだ」

「気を利かせました」

「余計なことだ」

「しかし殿、この城の守りを考えると――」

正信は、城のどこに何挺の鉄砲を配備すべきかを語った。何も考えずに適当な数を命じた家康は己の浅慮を恥じた。

――これで、どうして天下人になれる。

自嘲《じちょう》するのにも疲れたので黙っていると、正信が続けた。

「山間《やまあい》の道を知っているのはそれがしだけなので、この難儀な仕事を引き受けるしかありませんでした」

「それは大儀。して、その鷹はどうした」

「こちらに来る途次、山立《やまだち》（猟師）の老人が罠を仕掛けて獲ったものを買ってきました」

「そうだったのか。いかにもよき鷹だな」

家康が背を撫でると、鷹は神経質そうな眼をして羽ばたこうとした。だが、その足には足環《あしわ》が掛けられ、そこから延びた紐《ひも》は正信の手首に結んであるので逃げられない。

「此奴は大空を飛びたいだろうな」

「はい。今しばらくの辛抱です」

「つまり、あと少しで鷹狩ができるというのか」

「おそらく」

「なぜ、そう思う」

正信が胸を張って答える。

「長篠城から北に向かう使者が多いと、修験が申しておりました」

正信は己の人脈を駆使し、服部半蔵一派を上回る速度で様々な情報を入手していた。

「そなたは修験にまで伝手《つて》があるのか」

「修験だろうと山立だろうと炭焼きの爺《じい》だろうと、この地で生きる者に知らぬ者はおりません」

「そうか。さすがだな」

その言葉を大げさだとは思いつつも、正信の口から出る言葉はすべて、信じてもよいと思うようになっていた。

「殿、そのうち落ち着いて鷹狩ができる日々がまいります」

「それはいつだ」

「分かりません。粘り強く生き残っていれば、そんな日々も来るでしょう」

――粘り強さか。

家康は自分の取り柄を一つ思い出した。

「だと、よいのだがな。それより、ここでそなたも横になれ」

「もったいない」

「何を言っておる。同じものを見ない限り、話は通じないぞ」

「ははは、尤もですな」

鷹を手首につないだまま、正信が寝転がる。鷹は戸惑ったように広縁を歩いている。

「今、信玄は何を見ているのだろう」

「浄土の風景ではありませぬか」

信玄が重篤だと、正信は確信しているようだ。

「そうか。もはや信玄には、それしか見えないのだな」

「はい。殿には明日があります。しかし信玄に明日はないのです」

「うむ。どんなに苦しくとも、わしには明日がある」

「さよう。それを忘れずにいて下され」

「ああ、忘れぬ。いつの日か、わしにも信玄のように浄土の風景しか見えぬ日が来るだろう。だがその時、信玄より大きなものを得ていれば、わしの勝ちだ」

「殿、その意気ですぞ！」

二人は天にも届けとばかり笑った。

十五

左右を近習に支えられて長篠城の大広間に入ると、重臣や物頭たちが平伏した。続いて顔を上げると、「おお」というため息が漏れた。信玄が深刻な病いなのは誰もが知っているはずだが、これほど衰えているとは思わなかったのだろう。

――もう隠すこともない。

この場で、信玄はすべてを信虎に託すつもりでいた。そのため皆には、ありのままの己の姿を見せた方がよいと思った。

――ここまで衰えていれば、皆も納得してくれるだろう。

よろけながら信玄が座に着くと、しっかりした足取りで入室してきた信虎が隣に座った。信虎が来着したことは、誰もが知っているのだろう。その姿を見て驚く者はいない。

「皆、よくぞ集まってくれた。今日は大切な話がある」

私語をしていた者たちも一斉に押し黙る。

「わしの隣に座しているのが、誰だか分かるな。わが父、無人斎《むじんさい》様だ」

信虎は駿河入国以来、無人斎道有《どうゆう》という法名を名乗っていた。

衣擦れの音を派手にさせ、皆がそろって平伏する。

その光景を満足そうに眺めていた信虎が口を開く。

「少しは知った顔もおるようだな」

何人かの老将が深く頭《こうべ》を垂れる。

「あれから三十二年か。随分と経ったものだな」

信虎は懐から鉄扇を取り出すと、「あ奴には昔の面影がある」「あ奴は洟《はな》を垂らした小僧だった」などと言いながら、家臣たちを指し示した。

それが終わると、信虎は悠揚迫らざる態度で語り始めた。

「すでに経緯《いきさつ》は知っておるだろうが、わしはこうして皆の前に戻ってきた。だが信玄の病いが、ここまで進んでおるとは知らなんだ。しかしわしが来たからには、心配は要らぬ。そなたらの中には、わしが高齢だからと案じる者もおるようだが、わしはこの年でも至って壮健で、風病（風邪）一つ引かない」

信虎は七十六歳になるが、その言語は明瞭《めいりょう》で、頭の回転も衰えているようには見えない。

「見ての通り、信玄は病いでもう戦えぬ。ここからは、わしが皆を率いて上洛するつもりだ」

「おおっ」という声にならないどよめきが起こる。

「だが、わしが何を言ったところで、聞く耳を持つ者はおるまい。それゆえ――」

信虎が鋭い眼光で信玄を促す。

「そなたから、わしに全権を委任したことを伝えよ」

「はっ」と答えると、信玄は呼吸を整えた。

「皆、聞いてくれ。此度の出征だが、わしは病いで京までは行けない。ここから甲斐に引き返す。その代わり――」

信玄は声を大にして告げた。

「無人斎様はわしと寸分違わぬ、いや、わし以上の武略や智謀を持つお方だ。それゆえ、そなたらを無人斎様に託すことにした」

一瞬にして、大広間に喧噪《けんそう》が巻き起こる。

「分かってくれ。これしか道はないのだ。そなたらは無人斎様の命にすべて従うのだ。さすれば天下は転がり込んでくる」

――これで後には引けぬ。武田家が栄えるも滅ぶも、父上次第だ。

信玄の額から冷や汗が流れる。

信虎が話を替わる。

「今、聞いた通りだ。ここからは、わしが指揮を執る。まずは明日、ここを出て――」

「お待ち下さい」

最前列から澄んだ声が聞こえた。

――四郎、か。

話の腰を折られることを信虎は嫌う。そのため信玄は勝頼に注意した。

「四郎、話は後で聞く。今は黙っていろ」

「ああ、これがそなたの跡取り息子か。よき面構えだ」

信虎が不敵な笑みを漏らしたが、勝頼も負けてはいない。

「いえ、申し上げさせていただきます。われらは上洛などいたしませぬ」

「何を申すか」

「此奴は今、何と申した」

信虎が傍らの信玄を見る。

「この場はお任せ下さい」

信虎にそう答えると、信玄は勝頼に言った。

「四郎、まずは無人斎様の話を聞け」

「申し訳ありません」

勝頼が殊勝そうに謝罪すると、信虎が得意げに語り始めた。

「京では、わしが作り上げた信長包囲網が動き出そうとしている。もはや信長は風前の灯火《ともしび》だ。これぞわれら武田家にとって千載一遇の好機。今こそ総力を挙げて天下に覇を唱えるのだ」

その言葉の効果を確かめるように、居並ぶ者たちを一瞥した末、信虎が言った。

「武田家が天下に覇を唱える時が、遂に来たのだ！」

大広間が水を打ったように静まる。ところが話を続けようとする信虎を、勝頼が再び遮った。

「無人斎様、それはよきお考えとは思えませぬ」

信虎が信玄に向かって言う。

「何たることか。そなたは此奴に何を教育してきたのだ」

信玄は慌てた。

「四郎よ、無人斎様は、わしなど及びもつかぬ武略や智謀を持つお方だ。そなたは命を聞いているだけで天下人になれるのだぞ」

「そうとは思えませぬ」

突然立ち上がった信虎が、勝頼の前まで行き、その顎に手を添えて上げさせる。

「よく分かった。そなたは天下が要らぬのだな。では、出家を命じる」

「出家はいたしませぬ」

「何だと。わしはたった今、信玄から全権を託されたのだぞ。わしの命は信玄の命だ。それを聞けぬと申すか」

「もう一度申し上げます。出家はいたしませぬ」

「分かった。では、そなたは甲斐に帰れ。武田家の家督は玄蕃に取らせる。玄蕃、前に出ろ」

しかし勝頼の隣に座す穴山信君は微動だにしない。

「玄蕃、もしやそなたは四郎に同心いたしておるのか」

信虎が苛立ちをあらわにしつつ、鉄扇で群臣を指し示す。

「そなたらも同じか！」

誰もが俯いて何も答えない。つまり主立つ者全員が勝頼に同心しているのだ。

「そなたらは、いったい何を考えておる！」

信虎が鉄扇を振り回す。

「天下が眼前に転がっておるのだぞ！」

「無人斎様、お静かに。今、申し聞かせます」

胃の痛みが激しくなってきたが、信玄は気力を振り絞って言った。

「もう一度申す。無人斎様の命はわが命だ。そなたらは無人斎様に従うのだ」

「父上、それは違います」

勝頼が鋭い眼光を向けてきた。

「何が違うのだ」

「ご無礼の段お許し下さい。父上は長くはありません。これからの武田家は、それがしが背負っていきます。それゆえ、わが意を汲《く》んでいただきたいのです」

信虎の顔が真っ赤に上気する。

「そなたは何様だ！」

怒る信虎を信玄は必死になだめた。

「無人斎様、この場はお任せ下さい！」

「父上、無駄なことです」

「どういうことだ」

「われらは兵を引きます」

「何を言っておる。なぜ、そなたがそれを決められる」

信虎が口を挟む。

「その通りだ。此奴は当主ではない。信玄、これは政変だ。この場で廃嫡にしろ」

「無人斎様、お静かに！」

自分でも驚くほど力強い声が出た。

「四郎、そなたがさように思おうと、わしと無人斎様はそうは思わぬ。むろん——」

刹那《せつな》、一抹の不安がよぎったが、信玄は構わず言った。

「ここにいる者どもも、わしと無人斎様に従うはずだ」

だが、重臣たちは黙している。

「おい、山県、春日、馬場、内藤、そなたらの考えを申し述べよ」

山県昌景が代表して膝をにじる。

「昨夜、四郎様よりお招きを受け、われらは今後の身の振り方を協議しました。その結果、どのようなお方が来られても、御屋形様の代わりはできないとなり、兵を引くことで一致しました」

言うまでもなく、昌景らは信虎が来ると知っていたのだろう。

「そ、そなたは、わしの命が聞けぬと申すか」

「聞けませぬ」

昌景が断言する。

――あの源四郎が、なぜだ。

今まで反論の一つもせず、信玄の手足として動いてきた昌景が、信玄の命令を聞けないという。

信虎の瞳に憎悪の焔《とも》が灯る。

「何たることか。喜兵衛、刀を持て」

だが、喜兵衛も微動だにしない。

「そなたも同心しておるのか」

「無人斎様、お待ち下さい。話せば分かることです」

そうは言ったものの、信玄はどうしてよいか分からない。

「そなたは、そこに座していろ」

そう言うと、信虎は背後の小姓を蹴《け》倒《たお》し、信玄の刀を奪った。

「わが命は信玄の命だ。それが聞けぬ者は斬る！」

鞘《さや》を払った刀は灯火に照らされ、妖《あや》しい光を放っている。

「かつてわしは多くの者を手打ちにしてきた。わしの命が聞けぬというからだ」

信虎は当主だった頃、山県虎清《とらきよ》、工藤《くどう》虎豊《とらとよ》、内藤虎資、馬場虎貞《とらさだ》といった重臣たちを斬り捨ててきた。彼らは逆心を抱いたわけではなく、信虎の積極的な侵攻策を押しとどめようと諫言《かんげん》したからだ。そのほかにも信虎が斬り捨てた家臣は、五十人余に及ぶと言われる。こうしたことから、信虎は「平生悪逆無道」（『勝山記《かつやまき》』）、すなわち根っからの悪逆無道だったとされる。

信虎が昌景に近づく。

「まずは、そなたからだ」

「無人斎様、源四郎は大功ある者。どうかお許し下さい」

信玄は必死に懇願したが、信虎は聞く耳を持たない。

「覚悟せい！」

その時、その手首を摑む者がいた。

「誰だ、放せ！」

勝頼だった。

「放しませぬ。武田家は無人斎様のものではありません。われらのものです！」

「それは違う。武田家嫡流のものだ。そなたは諏訪家を継いだ者ではないか！」

「さようです。しかし今は武田姓をいただいております」

「さようなことは知るか。わしに歯向かう者は斬る！」

「分かりました。では、お斬り下さい。斬るなら、それがしからにして下され」

勝頼が信虎と昌景の間で平伏する。

「そなたは、わしを知らぬな。わしは『斬る』と言ったら必ず斬る男だ。その素っ首落としてくれるわ！」

「無人斎様、おやめ下さい！」

気づくと信玄は上座から下り、信虎の足にすがり付いていた。

「四郎は大切なわが息子。四郎なくして武田家は立ちゆきませぬ」

「放せ、そなたも斬られたいのか！」

逆上した信虎は、もはや抑えようがなかった。

「無人斎様、武田家は無人斎様のものでも、それがしのものでもありませぬ」

「では、誰のものだ！」

「次代を担う者たちのものです」

「次代だと――」

信虎の瞳に逡巡《しゅんじゅん》の色が走る。

「どうか、どうか刀をお収め下さい！」

信虎の口からため息が漏れた。気魄を吐き出したのだ。

刀を放り投げた信虎は言った。

「分かった。好きにせい。わしはもう知らぬ」

信玄は信虎の前に平伏した。

「父上、申し訳ありませぬ」

「これで武田家はしまいだ。信長は肥え太り、武田家をのみ込むほど大きくなっていくだろう。倒すなら今しかなかったのだ。わしには見える。炎に包まれる神宝御旗が」

神宝御旗とは、数ある武田家の旗幟《きし》の中でも、最も尊重されてきたものだ。

「いえ、四郎らが、そうならぬようにいたします」

「いや、そうなる。四郎や重臣たちの首を並べ、美酒に舌鼓を打つ信長の姿が、わしには見える」

――いかにも、そうなるかもしれぬ。

信玄にも同じような光景が見えていた。

信虎はその場に膝をつくと言った。

「わしの生涯は何だったのだ」

「それは――」

信玄にも続く言葉はない。

「もしあの時、甲斐に残れば、わしは五、六カ国を制し、大名として君臨できた。しかし天下を取りたいがために、そなたと狂言を演じて流浪の身となった。風雨を凌《しの》ぎ、盗賊と太刀打ちに及び、食うや食わずで山中を彷徨うこともあった。そして今、ようやく天下に手が届くところまで来たのだ。その千載一遇の機会を、そなたらは捨てろという」

信虎が口惜しげに膝を叩く。

「わしは何のために生きてきたのだ！」

それには誰も答えられない。

「無人斎様、残念ですが、われらの時代は終わりました。これからは四郎が武田家を率いていきます。われらは四郎の判断に従うしかないのです」

「分かった。わしはもう何も言わぬ。だが、わしは天下をあきらめてはおらぬぞ。武田家抜きで天下を取ってやる。そして天下の軍を率い、四郎の武田家を滅ぼしてやる。その時、そなたらが吠《ほ》え面《づら》をかいても遅いぞ」

その言葉に、勝頼は沈黙で答えた。

「さて、わしは時を無駄にできぬ」

そう言い残すと、信虎は広間を後にした。その背には、野望に憑依《ひょうい》された男だけが持つ焔が立ち上っていた。

――何というお方だ。

信玄は、信虎という男の恐ろしさを改めて痛感した。

広間には、深い沈黙が立ち込めていた。誰もが、信玄に対して申し訳ない気持ちでいっぱいなのだろう。

――皆の心を一にしなければ。

この出征をうまく締めくくるには、結束が必要だった。

「四郎、よう言った！」

勝頼が驚いたように顔を上げた。

「父上、許していただけるのですか」

「許すも許さぬもない。これからの武田家は、そなたが率いていくのだ。そなたの思うようにやればよい」

「ありがとうございます。昨夜、皆で話し合い、兵を引くことに決しました」

「よくぞ決断した」

勝頼が皆と話し合って出した結論なのだ。

「上洛戦を行い、天下を手に入れたいのはやまやまですが、父上抜きでは勝算が見えてきません。それゆえ、それがしに欠けている名声を手にするまで、隠忍自重を貫きたいと思っております」

「さようか。そなたは――」

信玄は嗚咽を堪えつつ言った。

「甲斐国とわが家臣団を託すに足る男になった」

「ありがたき――、ありがたきお言葉」

勝頼は泣いていた。それを見ている重臣たちにも涙が見える。

――これでよい。これでよいのだ。たとえ先々、武田家が滅びようと構わぬではないか。

その光景を見て満足した信玄は、引き際を覚った。

――わしの時代は終わったのだ。

「喜兵衛、下がるぞ」

「はっ」

「もう戦はない。皆、酒でも飲んで互いに労をねぎらえ」

「おう！」

喜兵衛らに支えられながら、信玄は寝所に戻った。なぜか胃の痛みは引き、清々しい気分が胸腔《きょうこう》に満ちていた。

――肩の荷を下ろすとは、これほど楽なものなのか。

胃の痛みが精神的なものから発せられていたことに、信玄は気づいた。

――事ここに至れば、何もかも四郎に任せればよい。わしはただ浄土を夢見るだけだ。

信玄は横になると、すぐに深い眠りに落ちていった。


三月十二日、武田勢は甲斐に向けて撤退を開始する。しかし鳳来寺まで来たところで信玄の病状がさらに悪化し、遂に動かせなくなる。この頃の信玄は意識が混濁し、正気を失う時間が長くなった。食事は一切受け付けず、粥さえも喉を通らなくなっていた。

それでも最後の気力を振り絞り、信玄は遺言を書き取らせた。その主要部分は、「三年の間、わが死を隠すこと（三年秘喪）」「三年の間、戦を慎め（三年不戦）」「武田の名跡は、勝頼の子の信勝《のぶかつ》が十六歳になったら継がせるものとし、その陣代を勝頼に申しつける（勝頼陣代）」という三項だった。ただし「三年秘喪」以外は事実として確認できない。

その後、病状が多少好転したため、武田勢は鳳来寺を出発した。

だが四月十二日、信州の駒場《こまば》まで引いたところで病いが急速に悪化し、信玄は帰らぬ人となる。享年は五十三だった。その遺骸《いがい》は大きな石棺に納められ、後に諏訪湖に沈められた。

信虎はこの後、京に戻って信長包囲網の構築に力を入れるが、信長によって室町幕府が滅亡させられたことで、包囲網は瓦解《がかい》した。それでも野望の焔は収まらず、勝頼を説得しようと甲斐国を目指すが、勝頼によって信濃国に留め置かれ、そこで病死することになる。享年は七十七だった。

信虎の予言通り、信長は急速に膨張していった。それを一気に挽回《ばんかい》しようとした勝頼は、長篠・設楽原《したらがはら》の戦いで決定的な敗北を喫する。

そして信玄の死から約十年後の天正十年（一五八二）三月、武田家は滅亡する。

かくして天地を震撼《しんかん》させた戦国最強軍団は、この世から永久に姿を消した。

十六

——帰ってきたか。

浜松城の大手門を入ると、歓呼の声で迎えられた。

——わしは領国を守ったのだ。

いまだ遠江には武田方に奪取された城が残るが、それを取り戻していくのは、さほど難しくはないはずだ。

「殿は勝ちましたな」

馬の口を取るのは正信だ。

「勝ったとは言えぬが、生き残ったのは確かだ」

「その方がよいのです」

「勝つことよりもか」

家康は周囲の歓呼の声に手を挙げて応えながら、正信との会話を続けた。

「そうです。勝った者は驕《おご》り高ぶり、滅びの道を歩みます。しかし勝ったか負けたか分からぬ者は、次は勝とうと必死に知恵を絞ります。それを繰り返していれば、最後には勝った者よりも多くを手にしているはずです」

「さような理屈があるのか」

「あります。回り道こそ天下人への道なのです」

馬の口を取りつつ振り向く正信の顔は、相変わらず醜い。

「わしには、回り道が向いている」

「そうです。勝ちに勝って高転びに転ぶよりも、回り道をこそこそ進んだ方が殿らしいです」

——こそこそはよかったな。

家康の口端もほころぶ。

「何度負けても生き残っておれば何とかなる。それがわしという男よ」

「だからこそ、皆が殿は天下人になれると言うのです」

「天下人などになれるか。わしの頭上には、織田殿が君臨しているのだ」

正信が口角泡を飛ばして反論する。

「いや、戦国の世は何があるか分かりませぬ。その時のために力を蓄えておくのです」

「そなたの申す通りだ。この世は何があるか分からぬ。こんなわしでも、信玄と武田勢を領国から追い払えたのだからな」

「さようです。殿はやり遂げたのです」

「ああ、これからもしぶとく生き抜くぞ！」

「その意気です！」

二人の笑いが天高く響いた。

その時、ずっと雲間に隠れていた太陽が顔を出し、浜松城内を照らした。

――わしには鮮やかに勝つことなどできぬ。それゆえ何事にも粘り強く取り組むしかない。それが、わしという男なのだ。

これからどんな艱難《かんなん》辛苦が待ち受けていようと、家康は生き抜いていこうと決めた。

家康のように鈍い光を放つ春の日差しが、家康と徳川勢を優しく包んでいた。

参考文献

『甲陽軍鑑』（上）（中）（下） 作者不詳 腰原哲朗（訳） 教育社新書
『現代語訳 三河物語』 大久保彦左衛門 小林賢章（訳） ちくま学芸文庫
『新説 家康と三方原合戦 生涯唯一の大敗を読み解く』 平山 優 NHK出版新書
『徳川家康と武田信玄』 平山 優 角川選書
『武田三代 信虎・信玄・勝頼の史実に迫る』 平山 優 PHP新書
『中世武士選書42 武田信虎 覆される「悪逆無道」説』 平山 優 戎光祥出版
『図説 武田信玄 クロニクルでたどる〝甲斐の虎〟』 平山 優 戎光祥出版
『戦史ドキュメント 三方ヶ原の戦い』 小和田哲男 学研M文庫
『信玄の戦略 組織、合戦、領国経営』 柴辻俊六 中公新書
『戦国の〈大敗〉古戦場を歩く なぜ、そこは戦場になったのか』 黒嶋 敏 山川出版社
『武田信玄と勝頼 ―文書にみる戦国大名の実像』 鴨川達夫 岩波新書
『戦国武将の謎に迫る！ 諏訪大社と武田信玄』 武光 誠 青春新書INTELLIGENCE
『歴史文化ライブラリー482 徳川家康と武田氏 信玄・勝頼との十四年戦争』 本多隆成 吉川弘文館
『歴史文化ライブラリー574 武田一族の中世』 西川広平 吉川弘文館

『戦国大名の日常生活　信虎・信玄・勝頼』笹本正治　講談社選書メチエ
『戦国の陣形』乃至政彦　講談社現代新書
『武田家臣団　信玄を支えた24将と息子たち』近衛龍春　学研M文庫
『徳川家康の決断　桶狭間から関ヶ原、大坂の陣まで10の選択』本多隆成　中公新書
『定本　徳川家康』本多隆成　吉川弘文館
『徳川家康の最新研究　伝説化された「天下人」の虚像をはぎ取る』黒田基樹　朝日新書
『人物叢書　新装版　徳川家康』藤井讓治　日本歴史学会（編）　吉川弘文館
『家康徹底解読　ここまでわかった本当の姿』堀　新・井上泰至（編）　文学通信
『徳川家康と9つの危機』河合　敦　PHP新書
『徳川家臣団の系図』菊地浩之　角川新書
『図説　徳川家康と家臣団　平和の礎を築いた稀代の〝天下人〟』小川　雄・柴　裕之（編）　戎光祥出版
『浜松の城と合戦　三方ヶ原合戦の検証と遠江の城』城郭遺産による街づくり協議会（編）　サンライズ出版
『静岡の山城ベスト50を歩く』加藤理文・中井　均（編）　サンライズ出版
『武田氏年表　信虎　信玄　勝頼』武田氏研究会（編）　高志書院
『文書等並べて辿る、家康、松平一族・家臣　徳川家康75年の生涯年表帖』上中下（前編・後編）巻　ユニプラン（編）　ユニプラン
『詳細図説　家康記』小和田哲男　新人物往来社
『合戦で読む戦国史　歴史を変えた野戦十二番勝負』伊東　潤　幻冬舎新書

初出
「小説 野性時代」特別編集 二〇二三年冬号～二〇二四年十月号
単行本化にあたり、大幅な加筆修正を行いました。

装画 ヤマモトマサアキ
装丁 泉沢光雄
地図 株式会社ニッタプリントサービス

伊東 潤（いとう　じゅん）
1960年、横浜市生まれ。早稲田大学卒業。外資系企業に勤務後、経営コンサルタントを経て2007年『武田家滅亡』（KADOKAWA）でデビュー。『国を蹴った男』（講談社）で第34回吉川英治文学新人賞を、『巨鯨の海』（光文社）で第４回山田風太郎賞を受賞。そのほか文学賞多数受賞。近著に『夢燈籠　野望の満州』（中央公論新社）がある。

伊東潤公式サイト　https://itojun.corkagency.com/

Xアカウント　@jun_ito_info

天地《てんち》震撼《しんかん》

2025年２月17日　初版発行

著者／伊東《いとう》 潤《じゅん》

発行者／山下直久

発行／株式会社KADOKAWA
〒102-8177　東京都千代田区富士見2-13-3
電話　0570-002-301（ナビダイヤル）

印刷所／旭印刷株式会社

製本所／本間製本株式会社

ISBN 978-4-04-114749-8　C0093

ISBN 978-4-04-104939-6

武田家滅亡

戦国最強を誇った軍団は
なぜ滅びたのか?

戦国時代最強を誇った武田の軍団は、なぜ信長の侵攻からわずかひと月で跡形もなく潰えてしまったのか?　戦国史上最大ともいえるその謎を、歴史小説の第一人者が解き明かす。

角川文庫
ISBN 978-4-04-394321-0